宝くじで40億当たったんだけど異世界に移住する 18

すずの木くろ
Suzunoki Kuro
ill 黒獅子
Kurojishi

モンスター文庫

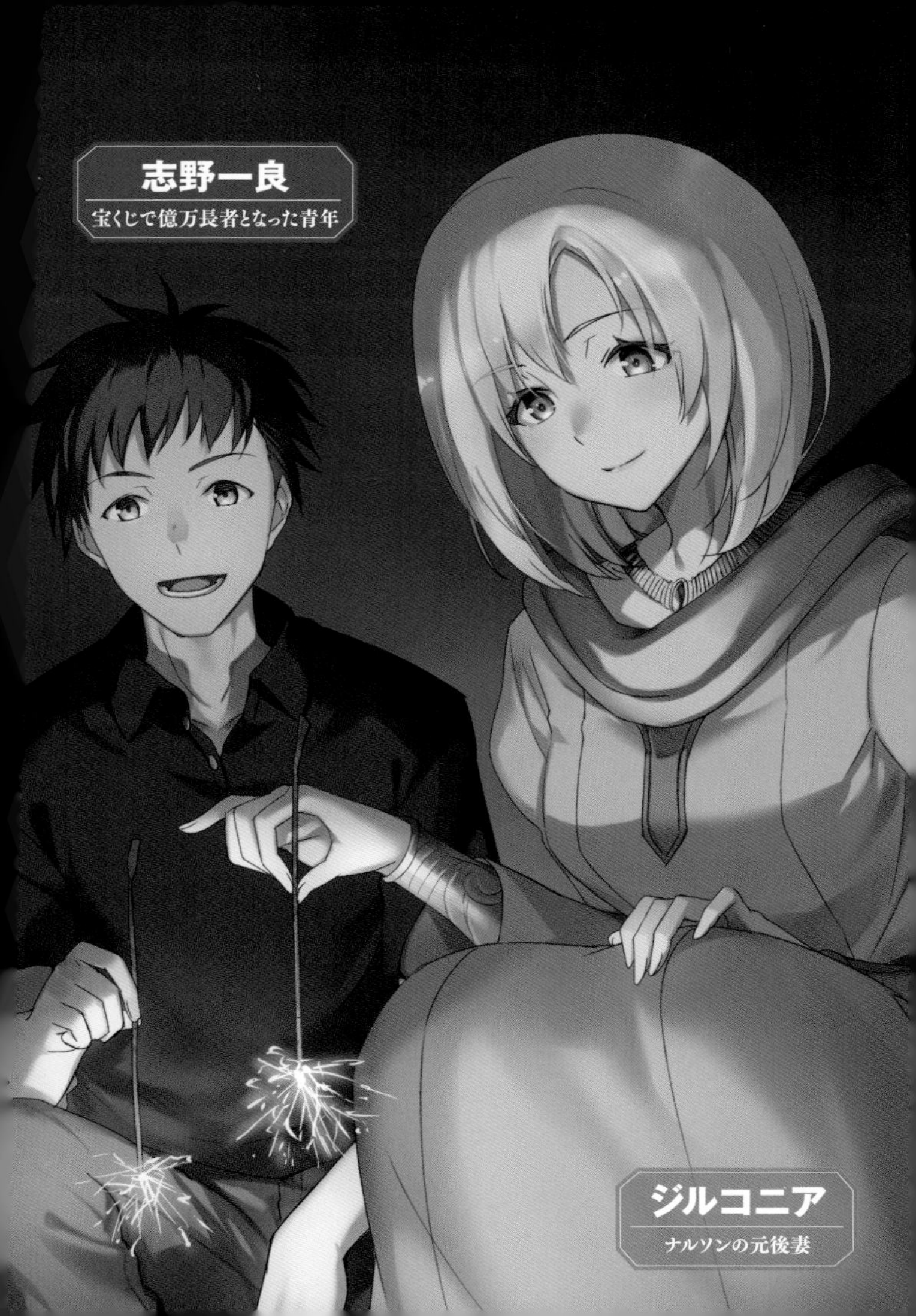

志野一良
宝くじで億万長者となった青年

ジルコニア
ナルソンの元後妻

「私もお父さんもお母さんも、ずっとお姉ちゃんのこと見守ってるから。お姉ちゃんは、おばあさんになるまで幸せに生きてね」
「……うん」
フィリア
ジルコニアの妹・故人

バレッタ
グリセア村 村長の娘

「すごい量……
これ、全部今月に
出た本なんですね」

リーゼ・
イステール
ナルソンの娘

「す、すごい……シャチって、頭がいいんですね」
「まるで言葉が分かってるみたいよね……あ、始まった！」
エイラ
リーゼ付きの侍女

アルカディア王国 周辺地図

バルベール共和国
Valvert

クレイラッツ
都市同盟
Craylutz

アルカディア王国
Arcadia

プロティア
王国
Protea

エルタイル
王国
Altair

アルカディア王国 国内地図

バルベール共和国
Valvert

砦

グレゴリア

グリセア村

イステリア

クレイラッツ
都市同盟
Craylutz

アルカディア王国
Arcadia

フライシア

王都アルカディア

宝くじで40億当たったんだけど異世界に移住する⑱

すずの木くろ

Contents

序章
3p

第1章
グリセア村のお祭り
7p

第2章
告白
76p

第3章
新たな関係
127p

第4章
ご挨拶
183p

第5章
憧れの地へ
236p

第6章
晴れの日
272p

最終章
そして繋がる物語
315p

後日談①
1カ月後
339p

後日談②
叶えられた夢
352p

EXエピソード
希望の船
373p

序章

バルベール首都、バーラルの執務室で、アロンドはカイレンと地図を見ていた。

机に広げられた大きな地図は、旧バルベール領全域を網羅したものだ。

現状、異民族が侵入してくる国境線沿いは、部族同盟の領土となっている。

「北の国境線にすべての軍団を張り付けるとなると、東側ががら空きになるのでは？」

「そっち側は元々ある都市が要塞化してあるから――」

2人が話していると、ノックもなしに扉が開いてウズナが入って来た。

「アロンド、まだなの？　待ちくたびれたんだけど」

「ああ、ごめん。カイレン様、今日はここまででもよろしいでしょうか？」

「あー。そうだな。あとのことは、こっちでやっておくよ」

カイレンが答えると、ウズナはぱっと明るい顔になった。

小走りでアロンドの下へ行き、腕を抱く。

「やった！　お風呂に行こ！」

「ちょ、ちょっと待って！　書類を持って行かないと……」

「そんなの、明日でいいだろ！　ほら、早く！」

ウズナに腕を引かれ、アロンドは部屋を出て行った。

閉まった扉を見つめ、カイレンがため息をつく。

「参ったなぁ。ウズナさんがいなけりゃ、もっと早く進むんだが」

元老院議員が大勢戦死してしまったせいで、バルベールは極度の人手不足になっていた。

議員たちは内政・軍事両面で長らく経験を積んできた専門家であり、汚職の問題はあったものの、能力は非常に高い。

死んでしまった議員たちの穴埋めとしてアロンドが頑張ってくれているおかげで、どうにかなっているというのが現状だ。

「それにしても、あいつ、すげえ優秀だな。あいつが部族同盟を取りまとめてくれなかったら、今頃俺は地獄を見てただろうな……」

ぶつぶつ言いながら書類を片付けていると、エイヴァーが入って来た。

「おっ、エイヴァー殿。ちょうどいいところに来て……何をニヤついているんですか？」

ニヤニヤしている彼に、カイレンが怪訝(けげん)な顔になる。

「いえ、アロンドご夫妻とすれ違ったのですが、ウズナさんが『今夜は寝かせない』とか言いながらアロンド殿に引っ付いていて。微笑ましいなと思いまして」

「そ、そうですか。早く子供を作りたいって、彼女は私の前でもよく言ってますよ」

「我々としても、早いところ跡継ぎが生まれてくれればありがたいですね。カイレン殿は、ティティス秘書官とはいつご結婚をされるので？」

「結婚って、まだ私には早いですよ」

「いやいや、そんなことはありませんよ。彼女も年頃ですし、きっと待っているはずです。次に会ったら、結婚を申し込んでしまいなさい」

やたらと押してくるエイヴァーに、カイレンは苦笑する。

戦争が終わってからというもの、エイヴァーはカイレンに非常に好意的に接してきていた。

カイレンが汚職と利権闘争にまみれた元老院を浄化する志を持っていると、理解したからだ。

平民出身のエイヴァーとしては、最高位にいる貴族として、カイレンは頼もしい仲間なのである。

命を狙われたこともあるが、それは過去の話だ。

「まあ、そのうちにということで……」

「まったく。そんなことでは、いずれティティス秘書官に泣かれますよ。あ、そうそう」

思い出したように、エイヴァーが、ぽん、と手を打つ。

「港湾都市ケルドに、アルカディアの輸送船がそろそろ到着する頃合いかと思いますが、同伴することになったクレイラッツの商人たちの移送先は決まったのですか？」

「……」

「……カイレン殿？」

強張った表情で冷や汗を掻いているカイレンに、エイヴァーが怪訝な顔になる。

「えっ⁉　ど、どうするんですか⁉　部族同盟と交易をするから、段取りを頼むと先方から──」

「連絡し忘れてた……」

「アロンドを呼んできます！」

カイレンが大慌てで、部屋を飛び出していく。

開けっ放しになっている扉を見ながら、エイヴァーは苦笑した。

「やれやれ。やはり、彼にはティティス秘書官がいなくては。彼女が戻ってきたら、さっさと結婚させてしまおう」

エイヴァーはそう結論付けると、散らかっている書類をまとめ始めた。

その後、アロンドを呼びに行ったカイレンは、２人がいちゃついている最中の風呂場に突撃してしまい、ウズナから強烈な平手打ちを食らったのだった。

第１章　グリセア村のお祭り

宮崎からデータを受け取り、一良はいつものホームセンターにやって来た。

店に入ると、もはや顔なじみの店次長が小走りで寄ってきた。

事前に連絡はしていなかったのだが、監視でもされているのだろうか……？

「志野様、ようこそおいでくださいました。今日は何が入用で？」

「こんにちは。花火を買いにきました。いいのありますかね？」

「ええ、ございますよ。どうぞこちらへ」

彼に案内され、店内の花火コーナーへとやって来た。

小容量のものから大容量のものまであり、打ち上げ花火もたくさん並んでいる。

そろそろ時期も終わりということで、30パーセントオフの特価品となっていた。

「おっ、けっこうありますね」

「ええ。秋になっても買いに来られるお客様は多いので。どれくらい必要ですか？」

「んー。150人くらいで遊ぶんで……どれくらいいるのかな」

「それはずいぶんと大人数ですね。何かのイベントですか？」

「いえ、集落のお祭り的なやつで……」

お祭り、と一良は自分で言ってから、せっかくだからグリセア村でお祭りをしたらいいのでは、という考えが頭に浮かんだ。

一良がいない間、村では秋の収穫祭が開かれていなかったとバレッタから聞いている。

せっかくの年に一回のお祭りが自分のせいで中止となってしまっていたので、子供たちは残念がっただろう。

今まで我慢した子供たちのためにも、大々的にお祭りをしてあげたら喜びそうだ。

「花火もそうなんですけど、お祭り用のおもちゃってありますか？　水風船とか、輪投げセットとか」

「ございますよ。家庭用にはなりますが、スーパーボールすくいや射的セットもございます。変わり種では、スタンプラリーキットなんてものもありますね」

「スタンプラリー？　お祭り用ですか？」

「まあ、お祭りでもいいのですが、小学校や幼稚園で使われているみたいです。肝試しのルート上とか、敷地内のあちこちにスタンプを置いて、全部押せたら景品をあげるといった具合ですね」

「へえ、それは面白いですね。買っていこうかな」

「では、現物をご覧になってみてください。こちらです」

店次長に案内され、店内を巡る。

地域のイベント用品も取り扱っているようで、さまざまなおもちゃや出し物キットが置かれていた。

子供用プールに浮かべたお菓子入りの大きなカプセルを釣り竿で釣るキットや、大量の紐の中から1つを引く方式の「千本くじ」というお菓子の景品付きのくじ引きセット。

小型のわたあめ機やポップコーンマシンもあり、かなり種類が豊富だ。

「うお。すごい種類ですね」

「こども会などでよく使うんですよ。毎年あれこれ要望を聞いているうちに、いつの間にやら種類も豊富になってしまいました」

「なるほど。皆、そういうのを買うってなったらホームセンターですもんね」

ふむふむと商品を見て回り、あれもこれもと注文していく。

ついでに、お好み焼きや焼きそばを焼く用の鉄板を数枚と、木炭を使うバーベキュー用コンロ、発泡スチロールの箱をいくつか注文した。

花火も大容量セットと打ち上げ花火をいくつか購入し、発泡スチロールの箱以外はいつものように即屋敷に送ってもらうようにお願いした。

カードで支払いを済ませ、店の出口へと向かう。

「欲しいものが全部あって、すごく助かりました。やっぱり、このお店は品ぞろえがいいですね！」

褒める一良に、店次長がキリッとした表情になる。

「ありがとうございます。もし店にないものがあれば、ご連絡いただければすぐに取り寄せますので」

「いつもすみません。何かあったら、よろしくお願いしますね」

そうして一良は駐車場に戻り、車に乗り込んだ。

カーナビを起動し、一息つく。

「……さてと、いいのがあるといいんだけど。専門店って近くにあるんだろうか」

スマートフォンで店を検索し、よし、と決めるとエンジンをかけた。

その後、駅前のスーパーにも寄り、肉やら焼きそば麺やらを購入し、山奥の屋敷へと戻ってきた。

庭先に置かれていた荷物をトラックに積み込み、運転席に乗り込む。

「さて……あ、そうだ」

ふと思い出したことがあり、スマートフォンを取り出して父親に電話をかけた。

数コールして、父の真治が出た。

「父さん、ひさしぶり」

『おう、えらくひさしぶりだな。あっちで忙しかったのか？』

「うん。いろいろとあったけど、とりあえずひと段落したから大丈夫。母さんは元気？」

『元気だぞ。一良から電話がこないって、いつもぼやいてるけど』

「そっか。今、近くにいるの？」

『いや、さっき風呂に行ったばかりなんだ。今、草津に旅行に来ててさ。何回来ても、ここは最高だな。湯畑の店で配ってる温泉饅頭を食いすぎちゃって、夕飯に響いちゃったよ』

「うわ、いいなぁ。温泉なんて、しばらく行ってないや」

『一良もたまには旅行でもしろよ。彼女でも連れ――』

真治が言いかけて言葉を止め、わざとらしく咳ばらいをした。

『で、何か用か？』

「あ、うん。ネジをあっちの世界で、どうにかして作れないかなって思ってさ」

『ネジ？　SK材（金属材料の名称）とかでか？』

「SKじゃなくても、自分たちで精錬した鉄とかでさ。どうにかならないかな？　ネジを見て、ぜひ作ってみたいって言ってる人がいるんだよ。モノづくりに革命が起こるって言ってさ」

『いやぁ、そりゃ無理だな。一良が言ってるのは、電気を使わずに人力でどうにかってことだろ？』

「うん。どうやっても無理なの？」

『かなり厳しいな。うちの工場にあるやつみたいな自動機が必要だし、こっちから材料を持って行って大量生産ってなら、材料をストレートにして細断する押し出しの機械がいるしさ。人力で削るのが無茶なのは、俺の仕事を見てたなら分かるだろ?』

「だよねぇ……そういえば、屋敷の床に張ってある鉄板って、父さんは何に使ったの?」

今なら教えてもらえるかもと一良は思い、思い切って質問する。

『それなー。まあ、もう少ししたら、たぶん全部話してやれるようになると思うから。その時まで待っとけ』

「なんじゃそりゃ……」

『んで、他には何かあるか?』

「えーと……母さんってやたらと若いけど、あれってどうしてなの? 実年齢と見た目がかけ離れてる気がするんだけど」

『それも、また今度だなぁ』

「えー……」

『まあ、元気でやってるようでよかったよ。あっちでの暮らし、充実してるんだろ?』

「うん。楽しくやってるよ。いい人たちばかりだしさ」

『そっかそっか。彼女はできたか?』

「う、うーん……まあ、それについては追々で」

『お? その言いかたは、いい相手がいるんだな? かわいいのか?』

真治のからかうような声色が響く。

「だから、追々だって。それじゃ、そろそろあっちに戻るから」

『おう。体を大事にな。楽しみにしてるぞ』

電話を切り、屋敷に入って異世界への敷居をまたぐ。

時刻は夕方で、木々の隙間からはオレンジ色の光が差し込んでいた。

しばらく進むと、強制転移されてしまう場所の少し先に、オルマシオールと人の姿のティタニアがいた。

『来たか。待ちわびたぞ』

「カズラ様、おかえりなさい」

「ただいまです。待っててくれたんですか？」

一良（かずら）はそう言いながら、手元に置いておいた犬用の大きな馬肉スティックを放り投げた。

オルマシオールが、ぴょん、とジャンプして、それを口でキャッチする。

『むぐむぐ……分かっているではないか』

「はは。前のこともあったんで、ひょっとしたらと思って準備しておきました」

「カズラ様！　私の分は⁉」

「もちろん、ありますよ」

彼らの下にまでトラックを進め、ティタニアにバナナのオムレツケーキを手渡す。

コンビニで買った、スポンジ生地でバナナと生クリームを巻いた洋菓子だ。

ティタニアはいそいそと包みを剥がすと、端からかぶりついた。

「んっ！　んまっ！　これ、めちゃうまですよ！」

目を輝かせてむさぼるティタニア。

馬肉スティックを咀嚼していたオルマシオールの口の端から、よだれがダラダラとこぼれた。

『わ、私のはないのかっ⁉』

「あはは。安心してください、ありますよ」

一良がもう1つのオムレツケーキを手にトラックから降り、包みを開けてオルマシオールの口に入れる。

彼はもっしゃもっしゃと勢いよく食べ、にへら、ととろけ顔になった。

『美味い……今まで食べた菓子のなかで一番美味いぞ……』

「オルマシオールさん、甘い物が大好きですもんね。いろいろ買ってきてあるんで、後でゆっくり食べてください」

『うむ。いつもすまんな。ありがとう』

口の周りをペロペロと舐めながら、オルマシオールが頭を下げる。

「いえいえ、これくらい。それじゃ、行きましょうか」

彼らと一緒に、木々の間をトラックで進む。

『今日は何をしてきたのだ？』

「政治の資料の受け取りと買い物です。思い付きで、たくさん買ってきちゃいました」

「これは、お菓子とおもちゃですか？」

半分ほど食べたオムレツケーキを手にしたティタニアが、荷台をのぞき込む。

ダンボール箱とビニール袋で、荷台はいっぱいだ。

「ええ。お祭りに使えればと思って。ようやく平和になったし、村の人たちに思いっきり楽しんでもらえればと」

「なるほど。それはいいですね」

そんな話をしながら、木々の間を進む。

雑木林を抜けて村へと着くと、何やら人だかりが見えた。

何だろう、と一良（かずら）は思いながら、トラックを降りてそこへと向かう。

「あっ、カズラさん！」

一良（かずら）に気づいたバレッタが、木箱に置いてあった布をかけられた皿を手に駆け寄って来る。

彼女の背後には、骨組み状態のビニールハウスが鎮座していた。

骨組みの両側に厚手のビニールが広げられていて、これから全体を覆うところだったようだ。

リーゼやジルコニア、村人たちも駆け寄ってきた。

カーネリアンやティティスたちも、その後を追った。

「おかえりなさい！」

「ただいまです。ビニールハウス、組み立ててたんですか」

「はい。カーネリアン様やラースさんたちにも手伝ってもらってます」

「カズラ、おかえり。あのビニールハウス、組み立てるのすんごく大変だね」

リーゼが疲れた顔で、ビニールハウスを振り返る。

「ああ。なかなか難しいだろ？　俺も父さんを手伝って組み立てたことがあるけど、だいぶしんどかったよ」

「だよね。金具のところにビニールを針金で押し入れるのが難しくってさ」

「指、挟まなかったか？」

「うん、大丈夫。エイラが一回、挟んじゃったけど」

一良がエイラを見ると、右手の親指に絆創膏が貼ってあった。

金具との間に挟んで、切ってしまったのだ。

「ありゃ。エイラさん、大丈夫ですか？」

「はい。少し切っただけなので」

エイラが指を摩りながら苦笑する。

「カズラ様！　このビニールハウスなら、真冬でも夏の作物が作れるんですよね⁉」

フィレクシアが興奮した様子で、ビニールハウスを指差す。

「ええ。でも、寒い日はストーブとかで温めておかないとダメですけどね。日光だけだと、どうしても限界があるので」

「それでもすごいのですよ！　あのビニールっていう素材は、私たちにも作れるのでしょうか？」

「いやぁ、あれはさすがに無理ですね。それと、ネジなんですけど、やっぱりこっちじゃ作るのは無理って結論になりました。すみません」

「ええっ!?　ダメなんですか!?　はあ……」

あからさまに落胆するフィレクシア。

そんな彼女の肩に、ティティスが、ぽん、と手を置いた。

「仕方がないですよ。諦めましょう」

「うう、残念なのです。あれを大量生産できれば、きっとすごいことになるのですよ……」

「あの、カズラさん」

バレッタが手にした皿にかかっている布を除ける。

そこには、赤、橙、紫の小さな四角い物体が3つ載っていた。

どれも綺麗に透き通っており、夕日を反射してキラキラと輝いている。

「えっ!?　何ですかこれ!?　もしかして、宝石ですか!?」

驚く一良（かずら）に、バレッタが微笑む。

「ふふ、違います。琥珀糖を作ってみたんです」

「琥珀糖？　……ああ！　砂糖菓子ですか！」

琥珀糖とは、砂糖と寒天で作る和菓子のことだ。

混ぜたそれらに色素を加えて煮詰めて冷やし、数日間乾燥させて完成となる。

本来、出来上がったものは曇りガラスのような見た目で、光沢や透明度はそれほどない。

しかし、作り立てのものは綺麗に透き通っており、宝石のように美しい。

「すごいな、こんなに綺麗なものなんですね。どうやって作ったんですか？」

「棒寒天をすり潰して、お砂糖と一緒に煮詰めたんです。ジュースとかワインで色を付けたんですけど、綺麗にできてよかったです」

「へえ、そうやって作るのか。食べてもいいですか？」

「はい！　あ、その前に手を洗ってください」

バレッタは皿を一良に渡し、水入りの革袋を持ってきた。

一良はそれで手を洗うと、赤色の琥珀糖を摘まんで口に入れた。

ぷるんとした舌触りと、ほのかな甘さが口いっぱいに広がる。

「んっ、美味い！　すごく美味しいです！」

喜ぶ一良に、バレッタがほっとした顔になる。

「よかった……本当はもっとたくさんあったんですけど、皆に食べられちゃって、３粒だけになっちゃいました」

「これだけ美味しければ、そりゃあ皆も夢中になりますよ。珍しいものを食べさせてくれて、ありがとうございます。残りも食べちゃっていいんですかね？」

「どうぞ、食べてください」

「いただきます！」

一良が橙色の琥珀糖を口に入れる。

1つ1つ味わって食べている一良の姿に、バレッタはとても嬉しそうだ。

すると、一良の背中を、ぽんぽん、とティタニアが叩いた。

いつの間にか、獣の姿になっている。

「あ、おやつですか？」

「ワン！」

ティタニアが、辛抱堪らん、といった顔で一良を見る。

その隣にいるオルマシオールも、だらだらとよだれを垂らしていた。

「それじゃ、ビニールをかけて家に戻りましょっか。カーネリアンさん、政治の話は風呂を出てからしましょう」

「承知しました。楽しみです」

カーネリアンが嬉しそうに頷く。

そうして、皆でビニールハウス作りを再開したのだった。

どうにかビニールハウスを作り終え、一良たちは家に戻ってきた。

一良が持ってきた総菜やピザを、皆で皿に載せて囲炉裏の前に並べている。

ピザはアルミホイルに包んで、囲炉裏の火の傍で温め直した。

他の村人たちの分も買ってきたので、それらはすでに各家庭に配布済みだ。

アイザックとハベルは、あまり大人数になるのも申し訳ないとのことで、守備隊陣地で休むとのことだ。

2人にも、一良が持ってきた料理を取り分けて先に渡してある。

「すっごく豪華だね！　美味しそう！」

大量に並んだ料理を前に、リーゼはうきうき顔だ。

囲炉裏の鍋では、バレッタがから揚げを揚げている。

「いい匂いですね！　揚げ物、大好きなのですよ！」

フィレクシアは待ちきれないといった様子で、ジュワジュワと音を立てている鍋を凝視している。

土間の台所では、エイラとマリーが炭火カツオのたたきとローストビーフを切り分けている。

「どれもすごく色鮮やかですね。この透明な袋に入っている白いものと茶色いものは、何なのですか？」

　ティティスがサラダを大皿から小皿に取り分けながら、一良に聞く。

「白いのはシーザードレッシングっていって、塩とか卵を使って作ったソースです。茶色いのは、ゴマっていう実の種から作ったソースですね」

「なるほど。塩と卵なら、シーザードレッシングは私たちでも作れそうですね」

「似たような味のものでしたら、作れますよ」

　バレッタがから揚げを油から上げながら、ティティスに答える。

「後で、レシピを書いてお渡ししますね。バルベールでも作ってみたらどうでしょうか」

「ありがとうございます。できれば、一度一緒に作らせていただけると」

「はい。明日の朝、作ってみましょっか」

「そういえば、バレッタさん。バリンさんは？」

「それが、ロズルーさんと一緒に森に狩りに出かけちゃって。今日はもう戻ってこないかもしれないです」

「そうなんですか。いいお酒を買ってきたんだけどな」

「たぶん明日には帰って来ると思いますよ」

「ただいま。お、カズラさん、帰ってきていたのですか」

　そうして夕食の準備をしていると、入口の引き戸が開いてバリンとロズルーが入ってきた。

バリンは手に大きな肉の塊を、ロズルーは何やら細長いオレンジ色の実をたくさん抱えている。

「あ、お父さん」

「いやぁ、遅くなってしまった。カフクを解体していたら真っ暗になってしまったよ」

バリンがそう言いながら、エイラとマリーの隣に並んで水桶で肉を洗う。

「カズラ様、料理、ありがとうございます。ターナもミュラも、大喜びしていましたよ」

ロズルーが小上がりに腰掛ける。

「いえいえ。ロズルーさんも、お疲れ様でした。それ、何ですか？」

「レヌーラという果物です。森で見つけたので、お土産に採ってきました」

はい、とロズルーがレヌーラを１つ、一良(かずら)に差し出す。

それを見て、ラースが「ほう」と声を漏らした。

「こっちでも採れるのか。それ、美味いよな」

「ええ。よく熟してて、すごく甘かったですよ。どうぞ」

ロズルーが投げたレヌーラを、ラースがキャッチする。

どれどれ、とラースはそれの真ん中あたりに両手の親指を突っ込み、左右に開いた。

中には、真っ白な果肉がぎっしり詰まっている。

ふわっと甘い香りが、一良(かずら)の下にまで漂ってきた。

「おお、いい匂いですね」

「ん？　カズラ様は、食べたことがないんですかい？」

「ええ。存在すら知りませんでした。街でも見たことがないですし」

「こいつはすぐ傷んで臭くなっちまうから、あんまり市場には出回らないっすね。新鮮なのは種ごと食えるんすよ」

ラースはそう言って、スプーンで果肉をすくって口に入れた。

一良も彼を真似して、皮を引き裂いてスプーンで果肉をすくう。

口に入れてみると、濃厚な甘みが口いっぱいに広がった。

バナナをもっと甘くしたような味だ。

小さな種が入っているのだが、シャリシャリとして少し酸味があり、いいアクセントになっていて果肉とよく合う。

「おっ、これは美味いですね」

「ロズルーさん、私も食べたい！　食べたことないの！」

「私も食べたいです！」

「おや、そうでしたか。明日の朝には臭くなってしまうと思うので、今日中にどうぞ」

ロズルーがリーゼとフィレクシアにも、レヌーラを渡す。

ティタニアとオルマシオールは皮ごと食べていた。

そうしていると、エイラとマリーがローストビーフとカツオを皿に載せて戻ってきた。

「では、私は家に戻ります。皆さん、また明日」

「あ、ロズルーさん、明日なんですけど」

一良がロズルーを呼び止める。

「村でお祭りをやれたらなって思うんです。いろいろと準備してきたんで、村の人たちにも伝えておいてもらえますか？」

「おっ、祭りですか。カズラ様も帰ってきたことですし、ぜひやりましょう！　バリンさん、いいですよね？」

「ああ。皆、きっと大喜びするな。どれ、私も伝えに行ってくるか。カズラさん、いつ頃始めますか？」

「昼くらいから夜まででどうでしょう？」

「分かりました。では、行ってきます」

「あ、お父さん。ご飯食べてからにしたら？」

バレッタがバリンを呼び止める。

「いや、遅くなってしまうし、私は後で食べるよ。皆で先に食べててくれ」

バリンとロズルーが家を出ていく。

なら先に、ということで、皆でいただきますと食事を始めた。

「いやはや、これまた珍しいものばかりですね。どれも美味しそうです」

カーネリアンが嬉しそうに、ピザへと手を伸ばす。

エビやイカがたくさん載った、シーフードピザだ。

「これは、何という料理ですか？」

「ピザって料理です。上に載ってる薄黄色のは、動物のミルクから作ったチーズっていうものです」

一良（かずら）が答えると、カーネリアンは「ほほう」とピザを一口かじった。

「ん、これは美味い。いい味付けですね」

「でしょう？　そっちにあるのがテリヤキっていう、鶏肉を甘く焼いたのが載ってます。あと、そっちのはトマトっていう甘酸っぱい野菜のピザです」

「カーネリアン様、もし辛い味付けがいいようでしたら、これをかけてください。タバスコっていう、すごく辛い調味料です」

バレッタがタバスコの小瓶をカーネリアンに差し出す。

「んー！　このお肉、美味しいですね！　ピリ辛で最高なのですよ！」

「だな。やっぱ、肉は辛めの味付けが一番だわ」

「このお芋、ほんのり甘くて美味しいですね。すごく柔らかいです」

フィレクシアとラースがスパイシーチキンを、ティティスが里芋の煮っころがしを、それぞれ食べている。

総菜はかなりの種類を買ってきたので、煮物から揚げ物まで選り取り見取りだ。

「あの、カズラ様。さっき酒がどうのって言ってましたが」

ラースが揉み手をしながら、一良に言う。

「あ、そうですね。たくさん買ってきましたし、先に飲んでましょうか」

「そうこなくっちゃ！」

「カズラ、どんなお酒を買ってきたの？」

リーゼが弾んだ声で尋ねる。

「いろいろ買ってきたよ。ウイスキー、ブランデー、日本酒とかさ。バリンさんは日本酒が好きだから、今回はそれがメインだな」

一良がバッグから、桐の箱に入った「夢殿」を取り出した。

長野県の地酒で、芳醇な香りの飲みやすい酒だ。

以前、バリンにプレゼントした「真澄」のシリーズである。

「うっわ、高そうな箱に入ってるんだね」

「まあ、高いっていえば高いかな。マリーさん、コップを取ってもらえます？」

「かしこまりました」

そうして、豪華な夕食を食べつつ酒盛りが始まった。

少ししてバリンも戻ってきて、その夜はおおいに盛り上がった。

数時間後。

バレッタの家の風呂小屋で、一良は風呂に入っていた。

全員が交代で入るには時間がかかるので、あちこちの家に貰い湯をしに行っている状態だ。

今は、手伝いに来てくれたニィナが火を見てくれている。

「もう、ほんっとうに美味しかったです！　王都でご馳走になった宮廷料理よりも美味しかったですよ！」

窓越しに、ニィナの楽しげな声が響く。

「はは。それはちょっと言いすぎじゃないですか？」

「そんなことないですって！　特に、プリンアラモードっていうのが最高でした！　毎日食べたいくらいです！」

「一緒にアイスクリームも渡したと思いますけど、プリンアラモードのほうが美味しかったですか？」

「私はそうですね。父と母は、チョコレートのアイスが一番気に入ったみたいです」

村の各家庭には保冷剤付きで、アイスやケーキ菓子などのデザートを配布した。

１００人以上いる村民全員分を用意するためにスーパーを梯子して骨が折れたが、皆とても喜んでくれた。

さすがにすべて同じ物とはいかなかったので、配った内容は家ごとにバラバラだ。

「あれって、村でも作れるようにはなりませんか？」

「できると思いますよ。砂糖は俺が持ち込めばいいし、卵とかミルクは畜産すれば村でも作れますからね」

「やった！　たくさん動物を仕入れないとですね！」

「ミヤギなら世話しやすそうですし、ナルソンさんに頼んでいくらか村に送ってもらいましょう」

「あ、エイラさん！」

窓越しに聞こえたその名に、一良が一瞬びくっとなる。

「お風呂、ありがとうございました。あとは私が代わりますので」

「分かりました。お願いします。カズラ様、また明日！」

ニィナが駆けて行く音と、じゃり、とエイラがかまどの前に座る音が響く。

そして10秒ほど、無言の時間が過ぎた。

「は、早かったですね。温まれましたか？」

沈黙に耐え切れず、一良が話しかける。

「はい。ニィナさんの家のお風呂もすごく立派で……その、カズラ様。今朝は突然あんなことを言ってしまって、申し訳ございませんでした……驚かれましたか？」

「は、はい。かなり」

「あはは、そうですよね」

　エイラはそう言うと、口をつぐんだ。

　再び、2人の間に沈黙が流れる。

「「あのっ」」

　2人の声が重なり、互いに言葉を止める。

「あ、エイラさん、先にどうぞ」

　一良が言うと、数秒間を置いてエイラは小さく「はい」と答えた。

「私……カズラ様が好きです。本当は言うつもりなんてなかったけど、心の声が勝手に口から出てしまいました。それくらい……好きなんです」

　緊張を押し殺すようなエイラの声が響く。

「カズラ様は……バレッタ様のことが、お好きなのですよね？」

「……はい」

　一良が小さく、だがしっかりとした声色で答える。

　再び数秒、沈黙が流れた。

「……それは、いつからですか？」

「しっかりと意識したのは、一年くらい前です」

「藁小屋が倒壊して、お怪我をされた時、ですね」

断言するエイラに、一良が驚く。

彼女の言うとおり、一良がバレッタのことを強く意識しだしたのは、その時からだ。

それまでも彼女の好意には気づいていたが、自分が村に来るまでつらい生活をしていたのを知っていたことから、守らなければならない存在としての認識が大きかった。

しかし、彼女が寝る間も惜しんで、ただ一良と一緒にいるために技術の習得や勉強をしていたこと。

そして、自分の身を案じてずっと思い悩んでいる彼女の言葉を聞き表情を見た時から、一良はバレッタを意識するようになった。

護られる存在ではなく、対等でありたいと強く願う彼女の姿が、一良にはこのうえなく眩しく見えたのだ。

「そ、そのとおりです。よく分かりましたね」

「あの時から、カズラ様の態度が少しだけ変わりましたので」

エイラがくすりと笑いながら言う。

「えっ、そうでしたか？　態度には出してないつもりだったんだけどな」

「ふふ。私、いつもカズラ様のことを見ていましたから」

でも、とエイラが続ける。

「リーゼ様のこともお考えに……絶対に傷付けないように、そして支えて差し上げようとしていましたよね」

「……はい。リーゼはいつも、周囲の期待に応えようと一生懸命で……だけど、何かの拍子にぽっきり折れてしまいそうで、あぶなっかしくって」

「分かります。リーゼ様はすごく真面目ですからね。カズラ様と出会ってから、ようやく頼れる人ができたって感じでした」

「俺、しっかりやれていましたか？　俺って、頭は悪いし勘は鈍いし、支えるどころか皆に助けてもらってばっかりでしたよね」

「そんなことないです。カズラ様は、すごく頼りになるおかたです。その、勘は少し鈍いかもですけどね」

くすくすと笑うエイラに、一良も苦笑する。

リーゼの好意はあからさまだったのでさすがに気づいていたが、ジルコニアのそれはからかいの延長だと思っていた。

エイラにも好かれているとは感じていたが、それは友人としてだとばかり思っていた。

もしかして、と思うことも何度かあったのだが、さすがに自意識過剰だろうと自分に言い聞かせていたのだ。

「カズラ様は、側室を持つというお考えはありますか？」

「そ、側室？」

「私を……カズラ様の側室にしていただけませんか？」

「い、いや、さすがにそれは――」

「お返事は、いつになってもかまいません。私はずっと、カズラ様のことだけを想い続けています。だから……だか……ら」

「おーい！　エイラー！」

リーゼの元気な声とともに、遠くから駆け寄る足音が響く。

「っ！」

「あれ？」

ぱたぱたとエイラが走り去る足音とリーゼの声に続いて、リーゼがひょこっと窓から顔をのぞかせた。

濡れた髪は解いてあり、肩にはタオルがかかっている。

「あ、やっぱり入ってたんだ。エイラがどこか行っちゃったけど、どうしたの？」

「え、えっと……お、お茶を用意しておくって言ってくれてさ」

「ふーん。なら、代わりに私が火の番をしてあげるね」

「ありがと。でも、ちょうどいい湯加減だから、先に屋敷に戻ってていいよ」

「家には誰かいるの？」

「バリンさんが酒を飲んでると思う。他の人は皆、まだよそで風呂に入ってるんじゃないかな」

「そうなの？　皆、遅いんだね」

「村の人たちと話し込んでるんじゃないか？　皆、いろいろと聞きたいこともあるだろうしさ」

「あー、確かに。私も、戦争はどうたったのかってあれこれ聞かれ……あ！　そうだ！」

リーゼが顔を引っ込め、ぱたぱたと走る音が響く。

どうしたんだろう、と一良(かずら)が首を傾げていると、浴室の引き戸が開いてリーゼが入ってきた。

「うわ⁉　な、何で入ってくるんだよ⁉」

「背中流してあげるよ！　ほら、こっち来て！」

「もう全身ピカピカだよ。洗う必要なんてないって」

「えー。だって、いつも邪魔が入ってちゃんとできてなかったじゃん」

リーゼが不満顔で頬を膨らます。

「それは、お前がいたずらするからだろ……」

「だって、カズラってからかうとすごく面白いんだもん」

「本人に言うことじゃなくない？」

「えへへ」

リーゼが湯舟に近づき、膝立ちになってお湯に片手を入れる。

一良は慌てて、彼女に背を向けた。

「こ、こら！」

「えへへー」

してやったりと、リーゼは後ろから一良の体に両腕を回して抱き締めた。

「これからも、ずっと一緒にいてね」

耳に息がかかるほどの距離で、リーゼが囁く。

そして、一良の首筋に唇をつけた。

「おま、何しいい⁉」

リーゼはそのまま思いきり吸い、一良が未知の感覚に悲鳴を上げる。

リーゼが口と手を放すと同時に、一良は浴槽の反対側に逃げた。

「んふふふ。カズラ、キスマークって付けられたことある？」

「あるわけないだろっ！」

「やった！　カズラの初めて、もーらいっ！」

「あっ！　リーゼ様！　何をしてるんですか⁉」

バレッタが窓から顔をのぞかせ、風呂場にいるリーゼを見てぎょっとする。

そんな彼女に、リーゼは、にやり、と笑みを向けた。

「カズラで遊んでたの。バレッタもくる？」

「なっ、行くわけないじゃないですか！　早くそこから出てください！」

「んふふ。はーい」

顔を赤くして怒っているバレッタにリーゼは答え、風呂場を出て行った。

「まったくもう……カズラさん、大丈夫で──」

バレッタが一良を見下ろし、固まる。

その視線を一良は追い、自分の股間がお湯越しに丸見えになっていることに気が付いた。

「ご、ごめんなさいっ！　あいたっ!?」

足を滑らせたのか、バレッタの転ぶ音が外から響く。

一良はリーゼに吸われた首筋を撫でながら、バクバクと鳴る胸をしばらく押さえていた。


数十分後。

一良、バレッタ、リーゼ、カーネリアンは、一良の部屋で宮崎が作ったアプリをノートパソコンで見ていた。

今見ているのは、中世の政治についての項目だ。

先ほど古代の項目を見終わり、その流れで続けて見ている状況である。

文章や動画の音声は、一良が翻訳して話している。

たくさんの政治形態を見て、クレイラッツに合ったものを選ぶのはどうかと提案したのだ。

ティティスやジルコニアたちは、真面目な話よりも酒盛りがしたいとのことで、居間でバリンたちと酒を飲みながら人生ゲームのボードゲームで遊んでいる。

かなり盛り上がっているようで、先ほど「借金して買った一軒家が全焼って何だよ⁉」とラースの悲鳴が聞こえてきた。

ケチって火災保険に入らなかったらしく、宿なしになってしまったようだ。

ちなみに、エイラは先ほど戻ってきたのだが、普段どおりの様子に戻っていた。

遅くなった理由は、村の屋内菜園でハーブを摘んでいた、と言っていた。

偶然とはいえ、一良の言い訳をなぞるかたちになり、一良は少し驚いた。

「ううむ……私たちのものよりも、だいぶ方向性が違う政治ですね」

教会が強く影響する政治形態に、カーネリアンが唸る。

「ですね。まあ、いろいろ見て考えるほかないと思います。その時の時世によっても変わりますし」

「先ほど見せていただいたものは、バルベールの政治形態にだいぶ似ていましたね。クレイラッツでも、元老院制を用いてみてはいかがですか？」

リーゼが言うと、カーネリアンは再び唸った。

「しかし、元老院制は権力の一極集中と汚職が心配です。長期にわたって、同じ者が政治の中枢にいるというのは……」

「任期制にしてしまえばいいのでは。1年だと短すぎるので、3年とかに区切って、同じ人の再選は禁止してはどうでしょう？」

「人選は今までどおりのくじ引きで、ですか？」

「いえ、それだと適任者が選出されるとは限りませんし――」

リーゼがあれこれと提案する。

カーネリアンとしては、一良に「こうすれば大丈夫」と完璧な政治形態を教えてもらえると思っていたので、まさか自分で選べと言われるとは考えてもいなかった。

現在のクレイラッツにはどんな政治が合っているのか、あちらを立てればこちらが立たずといったものばかりで、頭を抱えてしまう。

「やっぱり、いざ決めるとなると難しいですよね……」

バレッタが苦笑する。

王都にいる間に一良と書籍を見ながらあれこれ話したのだが、結局どの政治形態にすればいいのかの結論は出なかった。

カーネリアンは独裁状態になることを危惧していたので、帝政や王政といったもの以外がいいだろう、といった程度に留まったのだ。

「外交状況とか、人々の気質も関係してきますもんね。バレッタさんは、もし選ぶならどれがいいと思います？」

一良の問いに、バレッタが唸る。

「うーん……リーゼ様がおっしゃったような、任期制の議会制がいいのかなと思います。ただ、派閥ができてしまうと一党独裁みたいなことにもなりかねないから、それもどうなのかなって」

「確かに、前任者が懇意にしてる人を立候補させて当選させるために、人気取りが先行する政治を前任者が推し進めることにはなるでしょうね」

「はい。そうなると、結局癒着は起こります。完全にクリーンな政治なんて、今のクレイラッツがやっているくじ引き制しか無理ですよ」

「でも、衆愚政治になりかねないんですよね」

「そうなんですよ。面倒なことは誰でもやりたくないですから、くじで選ばれた人が他人任せの態度になったり、自分の任期が終わるまで難しい案件は先延ばしにしたり」

「お二人のおっしゃるとおり、それも大きな問題でして……」

カーネリアンが困り顔で一良とバレッタに言う。

「あまりにも議論が進まないから、結局私が口を出すことになってしまうのです」

「で、『じゃあそれで』となってしまうわけですね」

「はい」

カーネリアンが一良に頷き、はあ、とため息をつく。

「でもまあ、クレイラッツは平等の権利を尊重してるわけですし、選挙制がいいんじゃないかなって思うんですけど、どうです？」

一良が言うと、カーネリアンはすぐに頷いた。

「ですね。やる気のある者に政治をやらせるほうがいいですし、任期制にして再選は不可にしてしまえば、汚職もある程度は抑えられそうです」

「住んでいる地区ごとに必ず1名を選出するという方式もいいかもです。ただ、任期が終わって退職した議員さんがもったいないですから、現職同士で対立が起こった際の仲裁と助言機関として、期限付きで何人か残ってもらうとか」

バレッタの意見に、一良とカーネリアンが「なるほど」と頷く。

「あとさ、最高責任者は必要じゃない？　権力の集中が気にはなるけどさ」

「はい。選出された議員たちで、任期の間に持ち回りがいいかもですね」

リーゼの意見にバレッタが答える。

「ふむ……では、とりあえずはその方向で動いてみましょう」

「えっ。あの、今のは私たちが思いつきで言ったものですし、すでに出来上がっている政治方式から選ぶというのもありだとは思いますが」

早々に結論を出してしまったカーネリアンに、バレッタが慌てて言う。

「それもいいとは思うのですが、どうも政治に正解といったものはないように思えます。残りの資料もすべて見させていただいて、バレッタさんとリーゼ様のおっしゃったものに肉付けしていこうかと。ダメそうだったら、またその時に方向修正すればよいでしょう」

「そうですか……なら、政治が安定するまで、カーネリアン様は権力の頂点にいていただいたほうがいいと思います」

「そ、それはさすがに……独裁になってしまうではないですか」

「でも、しばらくは舵取りをする人が必要です。カーネリアン様ほど、国のためを思って動こうっていう人はいません。不正だって、絶対に働けないですし」

バレッタが一良を見る。

「ね、カズラさん？」

「はは。そうですね。もし汚職を働いたら、リブラシオールが激怒しますよ、きっと」

「き、気を付けます」

以前、マリーがリブラシオールとして会議中に乱入してきた時のことをカーネリアンは思い出し、冷や汗を掻く。

彼女の物言いからして、一良ほど温厚ではないとカーネリアンは思っていた。

もし不正でも働こうものなら、即座に処断されてしまうだろう。

あの時のマリーのカイレンへの言動を思うに、誰がどこで何をしていても子細を把握する力があるようだ。

常に見張られていると考えて、これからは生きていったほうがよさそうだとカーネリアンは心に決めた。

「あれ？　カズラさん、首が赤くなってますよ」

バレッタが一良の首を見る。

釣られてカーネリアンもそれを見て、「おや」と声を漏らした。

リーゼはニヤニヤしながら、一良を見つめる。

「そ、そうですか？　虫に刺されちゃったかな？」

「お薬持ってきますね。ちょっと待っててください」

バレッタが部屋を出る。

「んふふ。ずいぶん大きな虫だったみたいだねぇ？」

「ほんとだよ……はあ」

わざとらしく言うリーゼに、一良がため息をつく。

「あー……カズラ様。包帯を巻いておいたほうがよいかもしれませんね」

「そうします……」

そうしていると、バレッタが戻ってきた。

手に虫刺されの軟膏と、絆創膏を持っている。

「お待たせしました。あの、ジルコニア様が、オルマシオール様と一緒に、明日の朝から出かけてくるそうです」

「了解です。どこに行くんです？」

「それが、ジルコニア様の故郷に行ってくるとのことで。オルマシオール様が、誘ってくださったそうです。お別れをしに行くとのことで」

「そっか……うん、分かりました」

「……やっと、全部終わったって報告できるんだね。よかった」

リーゼがほっとした顔で微笑む。

「オルマシオール様、ほんと優しいよね」

「だな。後で、うんと甘いものをご馳走してやらないとだ」

「ふふ、そうですね。カズラさん、首にお薬を塗りましょう」

そうして、一良はバレッタに薬を塗ってもらうのだった。

翌日の夕方。

村内にはたくさんの屋台が置かれ、大人も子供もお祭りを楽しんでいた。

守備隊の兵士たちもお祭りに参加しており、見張りは交代で行うとのことだ。

「はい、どうぞ！」

「わーい！」

大きなわたあめを一良から受け取り、男の子が大喜びで走り去って行く。

わたあめ機は業務用のもので、発電機に繋がっている。

他にも、チョコレートファウンテン、カキ氷、やきそば、フランクフルト、カレーライスなどが振る舞われている。

かなりの量が必要になると見越して、食べ物も機械もたくさん用意してある。

どれも盛況で、あちこちで行列ができていた。

「カズラ様、２つ欲しいです！」

「はいよー！」

コルツとやって来たミュラに、わたあめを２つ作って差し出す。

「はい、コルツ。あーん」

「ちょ、自分で食べれるよ！」

「……私に食べさせられるの、嫌なの？」

「またそういうこと言う……」

コルツが顔を赤くしながら、仕方なくミュラにわたあめを食べさせてもらう。

この２人、例の「お嫁さん宣言」から四六時中一緒にいるようなのだが、仲良くやっているようだ。

完全にミュラが主導権を握っている様子ではあるのだが。

「あはは。2人とも、熱々だね！」

「はい！」

屈託のない笑みを浮かべるミュラに対し、コルツは顔を赤くしてわたあめを食べ続けている。

文句を言うとまたミュラに何か言われてしまうのを学習したのだ。

何だかんだでコルツもまんざらではないようだ、とバレッタから聞いている。

「おーっと、ダメだったな！　ほい、残念賞のうんまい棒だ」

「うう、あれ全然倒れないよ！」

コルク銃を手にした男の子が地団太を踏む。

一良の向かいでは、ラースが店主を務める射的屋に子供たちが群がっていた。

先ほどから皆が大きな猫の貯金箱を狙っているのだが、なかなかに重量があるようで倒れない様子だ。

皆が何発も当てているので、少しずつ後ろにズレてはいるのだが。

「まあ、特賞だからな。また挑戦してくれや」

「うー、俺の番まで落ちませんように！」

「おじさん、次は私だよ！　早くやらせて！」

「おうよ。ほれ、頑張れよ！」

順番待ちをしていた女の子に、ラースがコルク銃と弾を3発渡す。

そろそろ落ちるかな、と一良がわたあめを作りながらチラチラと見ていると、私服姿のマリーが駆けてきた。

マリーはカレーライスの屋台をエイラと一緒に担当していたはずだ。

「カズラ様」

「あ、マリーさん。もしかして、カレーが切れちゃいましたか？」

「いえ、まだまだ余裕があります。ジルコニア様が、カズラ様をお呼びになられてて」

「ジルコニアさんが？　もう帰ってきてたんですね」

「はい。わたあめを2つ、村はずれの溜め池まで持ってきてほしいそうです」

「分かりました。すぐに用意しますね」

そうして、一良はわたあめを2つ作り、店番をマリーに任せて溜め池へと向かった。

一良が溜め池に行くと、ジルコニアと10歳くらいの少女が地べたに座り、カレーライスを食べていた。

その隣にはオルマシオールもおり、一良を見て耳をピコピコさせている。

その周囲では、無数の小さな光の玉が宙を漂っていた。

「ジルコニアさん、お待たせしまし……ん？　ティタニアさん？」

嬉しそうにカレーを頬張る少女なティタニアに、一良が小首を傾げる。

以前にも外見を子供の姿に変えていたことがあったので、また同じことをしたのだろう。

「ふふ。カズラさん、わたあめ、ありがとうございます。フィリア、お礼を言って」

「もぐもぐ……お兄さん、ありがとう！」

口の中のものを飲み込み、フィリアと呼ばれたティタニアが満面の笑みを一良に向ける。

「え？　あの、フィリアって？」

「私の妹です。ティタニア様の体を使わせてもらってて」

「ええ⁉」

驚く一良に、ジルコニアが嬉しそうに微笑む。

「今朝、故郷に戻って両親や村の仲間たちに今までのことを報告していたんですけど、ティタニア様が『もしかしたらできるかも』って試してくださって」

「ええと、魂を憑依させてみたらできちゃった、ということですか？」

「はい。おかげで、今までのことをゆっくり話すことができました。それで、フィリアが村を見てみたいって言うので、皆と一緒に連れてきたんです」

ジルコニアの周囲を、無数の光の玉がふよふよと動き回る。

この中に、彼女の両親もいるのだろう。

「はー。そんなことまでできるんですか……」

『とはいえ、もうしばらくしたらティタニアの体から出てもらわないといけないがな。あまり長く入っていると、魂が体に定着してティタニアが代わりに死ぬことになりそうだ』

オルマシオールの言葉に、一良が「へえ」と声を漏らす。

「ずっと入りっぱなしとはいかないんですね」

『うむ。それに、ティタニアの魂も疲弊してしまうからな。長く体を離れていると、寿命が削れてしまうようだ』

オルマシオールがそう言うと、周囲で浮かんでいた光の玉の1つが、一良の目の前にやってきてくるくると回った。

どうやらこれが、ティタニアの魂のようだ。

「あとどれくらい大丈夫なんですか？」

『まあ、まだ大丈夫だろう。そろそろだと感じたら、私が言うよ』

「そっか……よし、ちょっと待っててください。ジルコニアさん、これを」

一良はジルコニアにわたあめを渡し、バレッタの家に駆け戻って行った。

「バレッタさん！」

一良が家の前に戻って来ると、バレッタが発泡スチロールの箱を持って家から出てきたところだった。

彼女が担当している焼きそば屋台の具材が足りなくなったので、追加で取りに来たのだ。

「あ、カズラさん。どうしました？」

「実は――」

かくかくしかじかと、一良が説明する。

「――というわけでして」

「す、すごい話ですね。ティタニア様、そんなことまでできるなんて……」

「ですよね。それで、これから妹さんに花火をして遊んでもらおうと思って。人が集まってきちゃうと、ティタニアさんの変身が解けちゃうかもなんで、皆に近づかないように伝えてほしいんです」

「分かりました。皆に言っておきますね」

「お願いします」

一良が家に入ろうとすると、バレッタに呼び止められた。

「カズラさん」

振り向くと、彼女はとても優しげに微笑んでいた。

「思いっきり、楽しんできてくださいね！」

「ええ。花火はたくさん買ってきてあるんで、こっちでも勝手に始めちゃっていいですからね」

「はい！」

そうして、一良(かずら)は家に入って行くのだった。

数十分後。

一良(かずら)、ジルコニア、フィリアは、手持ち花火を楽しんでいた。

シューッと音を立てて火の粉を噴き出す花火を手に、フィリアは大興奮だ。

「すごく綺麗だね！　どんどん色が変わっていく！」

両手にすすき花火を持ち、フィリアが走り回りながら花火を振り回す。

ジルコニアも大はしゃぎで、同じように走り回っている。

「ほんと、綺麗ね！　ちょっと煙たいけど。けほ、けほ」

『ぶえっくしょい！』

オルマシオールが煙を吸い込んでしまい、盛大にくしゃみをした。

フィリアがそれを見て、あはは、と楽しそうに笑う。

「よし、それじゃあ、次は大きいやつをやってみるか」

一良(かずら)が花火の大袋から、噴き出し花火を取り出して地面に置いた。

ライターで火を点けて離れると、すぐにすさまじい勢いで火の粉が噴き出した。

「「おー！」」

走り回っていたジルコニアとフィリアが足を止め、その光景に見入る。

「綺麗ですね……こんなに綺麗なもの、初めて見ましたよ」

「すごーい！」

シューシューと音を立てて火の粉を噴き出し続け、今度はパチパチと音を立てて火花が散り始めた。

ジルコニアとフィリアが再び、「おー！」と声を上げる。

「まだいろいろありますよ」

一良が今度は連発式の打ち上げ花火を取り出した。

それを地面に置いている間に噴き出し花火が終わり、一良が打ち上げ花火に着火して少し離れる。

すると、ぽん、と音がして、空に向かって緑色の光の玉が飛び出した。

パン！　と軽快な音とともに、夜空に小さな緑色の光の花が咲く。

それが何発も続き、すごいすごいとフィリアは大喜びだ。

そんな彼女の姿に一良も嬉しくなって、どんどん打ち上げ花火を並べては火を点けていった。

次々に上がる花火を見上げ、ジルコニアとフィリアは並んでそれを見つめている。

「お姉ちゃんは、今、幸せ？」

夜空に咲く眩い光に目を向けながら、フィリアが尋ねる。

「うん。すごく幸せ。こうしてまた、フィリアとも会えたし」

「そうだね！　お姉ちゃん、私たちのお墓に何度か来てくれたでしょ？　いつもすごく悲しそうな顔をしてたから、皆で心配してたんだよ」

「そっか……見えなくても、フィリアたちはあそこにずっといたんだもんね」

「うん。だけど、元気なお姉ちゃんにまた会えて、本当によかった」

『おい』

傍にいたオルマシオールが、２人に声をかける。

『もう少ししたらティタニアの体から出てくれ。そろそろ時間切れだ』

「うん」

フィリアがにこりと微笑む。

その時、ちょうど打ち上げ花火がすべて終わった。

「いやぁ、綺麗でしたね！」

一良(かずら)が花火の袋を手に、ジルコニアたちに歩み寄る。

「あとこれ、線香花火っていうんです。これもやりましょう」

「えっと……」

ジルコニアがオルマシオールを見る。

『大丈夫だ。やるがいい』

ジルコニアは頷き、一良から線香花火の束を受け取った。

「カズラさん、これはどうやって遊ぶんですか？」

「上のひらひらを持って、下側に火を点けるんです。揺らさないようにしておくと、しばらく燃え続けますよ」

「お姉ちゃん、早く！」

「うん」

ジルコニアが線香花火を配り、3人でしゃがみ込んで上のひらひらを摘まむ。

一良がライターでそれぞれに火を点けると、少しの間を置いてパチパチと火花が散り始めた。

「わあ、綺麗ですね……」

「すごーい！」

「派手な花火もいいですけど、これも趣があっていいですよね……あっ！」

一良の線香花火が真っ先に落ち、続けてフィリア、ジルコニアとそれぞれ落ちた。

火を点けた順番通りに落ちたかたちだ。

「あー、負けちゃった！　もう一回！」

「ふふ、はいはい」

「じゃあ、次は3人同時に点けましょうか」

一良が持つライターの火に、3人が一緒に線香花火の先端を近づける。

ほぼ同時に着火し、パチパチと燃え始めた。

「お姉ちゃん、泣かないで」

「っ」

線香花火を持ちながら、歯を食いしばって泣いているジルコニア。

フィリアは火花を見つめながら、穏やかな表情をしている。

周囲には、ジルコニアに寄りそうように無数の光の玉が浮かんでいる。

「私もお父さんもお母さんも、ずっとお姉ちゃんのこと見守ってるから。お姉ちゃんは、おばあさんになるまで幸せに生きてね」

「……うん」

「ふふ、よろしい」

涙を流しながらも、笑顔を作るジルコニア。

フィリアからはまったく悲しげな雰囲気がなく、よしよしとジルコニアの頭を撫でている。

まるで姉と妹が逆になったようだと、一良はその微笑ましい光景を見つめていた。

「あっ！　落ちちゃった！」

すると、フィリアの線香花火が最初に落ちてしまった。

一良とジルコニアが、あー、と声を漏らす。

その直後、ぽとぽとと、一良、ジルコニアの順に地面に落ちた。

「お姉ちゃん、次！」

「うん」

「これで最後ですね」

最後の線香花火をそれぞれが手に、ライターの火に近づける。

すぐに、パチパチ、と火花が散り始めた。

「あのね、お兄さん」

フィリアが火を見つめたまま、一良に話しかける。

「ん、何だい？」

「お姉ちゃんね、お兄さんのことが大好きなんだって」

「う、うん。知ってるよ」

一良が頷き、ジルコニアは「今それを言うのか」といった顔でフィリアに目を向ける。

「だからね、お兄さんがお姉ちゃんと――」

『そろそろ限界だ。ティタニアの体から離れてくれ』

オルマシオールの言葉に、フィリアが「うん」と頷く。

一良とジルコニアの線香花火が続けて落ち、数秒後にフィリアのそれが落ちた。

フィリアが座ったまま、ジルコニアの腕に抱き着く。

「私、２人の赤ちゃんになって生まれてくるから！　またね！」

「えっ⁉」

とんでもない台詞を吐いた直後、フィリアの体から力が抜けた。

ジルコニアが慌てて、体を支える。

「おおう……あ、危なかったです。あのまま死ぬかと思いました」

目を開いたフィリア、もとい、子供サイズのティタニアが、冷や汗を掻きながら姿勢を直す。

彼女の目の前に、くるくる、と光の玉が浮かんでいた。

そして、ふっとそれが消えた。

「あっ。天に送ってくれたんですか？」

一良（かずら）が聞くと、ティタニアは疲れた顔で首を振った。

「いえ、カズラ様たちにも見える状態にしておくと、多少なりと私の寿命が削れてしまうので。力を解いただけです」

「ああ、なるほど。じゃあ、皆さんはまだ、ここにいるんですね」

「ええ」

ティタニアが微笑み、ジルコニアを見る。

「ジルコニアさん、楽しんで……と言ったら語弊があるかもしれませんが、楽しめましたか？」

「は、はい。フィリアとたくさん話ができて、嬉しかったです」

「うんうん。フィリアさんも、すごく楽しかったとおっしゃっていますよ」

「あの……赤ちゃんになって生まれてくるって、フィリアが……」

ジルコニアが聞くと、ティタニアは、「ですね」、と頷いた。

「順番を入れ替える、ということですね。魂は常に巡っているので、あなたが子を宿すなら、そこに入るということでしょう」

「そんなことが、できるものなんですか？」

「あの世からなら、できるかもしれませんね。私たちの力では、さすがに無理ですけど」

「……なるほど」

ジルコニアが、一良に目を向ける。

「えっと……お願い、できますか？」

「え、ええ……」

一良が表情を引きつらせると、ジルコニアは少し寂しそうに笑った。

「もう、そんな顔をしないでください。傷つくなぁ」

「え、あ、すみません……」

「嫌ですか？」

「嫌なんてことは……でも、さすがにそれは……」

「ん――……じゃあ、もし気が変わったらというか、大丈夫ってなったら、ということで」

「ど、どういう状況ですか、それ」

『まあ、その辺りはお前たちで好きにやってくれ』

オルマシオールが苦笑しながら言い、ティタニアに目を向けた。

『さて。もうしばらくの間、このまま魂をこの場に留めておくこともできるが、どうする?』

「私としては、天に送るべきかと。あちらからでも、こちらの様子は見ることができますからね」

『そうだな……うむ、皆もそう言っているしな』

オルマシオールが虚空を見つめて頷く。

彼には、魂たちの言葉が聞こえているようだ。

「では、やりますね。ジルコニアさん、皆さんにお別れの言葉を」

ここら辺にいますから、とティタニアが手で指し示す。

ジルコニアは頷き、立ち上がった。

「お父さん、お母さん、フィリア、それに、村の皆」

ジルコニアが優しく微笑む。

先ほど見せたような、つらい表情は欠片もない。

ティタニアたちの話で、皆が常に見守ってくれることが分かったからだ。

「最後に会えて、本当に嬉しかった。私、精一杯生きるから、見守っていてね」

ジルコニアがティタニアを見る。

ティタニアは微笑み、すっと目を閉じた。

ジルコニアの目の前に無数の光の玉が現れ、彼女の周りをくるくると回る。

そして、ふっと掻き消えた。


遠目に見えるお祭り会場に向けて、一良たちはのんびりと歩く。

ティタニアはいつの間にか獣の姿に戻っており、オルマシオールと何やら話している様子だ。

「あー、よかった。皆、すごく元気そうで」

ジルコニアが朗らかに言う。

「復讐のことも、全部報告できたんですか？」

「はい。皆、『そこまでやってくれたのか』って喜んでくれたみたいです。両親とフィリアには、危ない真似してって怒られましたけど」

「そっか……皆さんとまた話せて、よかったですね」

「オルマシオール様のおかげです。いくら感謝しても、し足りませんよ」

『いやいや、感謝するのは私たちのほうだ』

オルマシオールの声が、２人の頭に響く。

ジルコニアは耐性が付いてきたのか、ふらつくでもなく大丈夫そうだ。

『また何か手伝えることがあれば、何でも言うがいい』

「ふふ、ありがとうございます」

『カズラ様、前々から疑問だったのですが』

ティタニアが一良に目を向ける。

『普通、人間の男というものは、快楽を得るために不特定多数の女とのまぐわいを求めると思っていたのですが、カズラ様は違うのですか？』

「い、いや、道徳的に、そういうのはちょっとダメだと思うんですけど」

『ふーん……ジルコニアさんも望んでいるんですし、別にいいのではと思うんですけどねぇ。他の人には、黙っていればバレないですし』

「あのですね、子供を作るってことなんですよ？　どう考えても、そのうちバレるじゃないですか。バレなくてもダメだと思いますけど」

「あ、それなら、アイザックかハベルに口裏を合わさせればよくないですか？　表向きは、彼らのどっちかに父親になってもらえばいいですよ」

「ダメですって。とんでもないことを、さらりと言わないでくださいよ……」

「むー」

「むーじゃない」

「ぶー」

「ぶーでもない」

　すると、遠目にバレッタとリーゼがこちらに駆けてくるのが見えた。

「ジルコニアさん、さっきの話は言っちゃダメですからね」

「はーい」

　バレッタとリーゼがやってきて、気遣うような視線をジルコニアに向ける。

「お母様、その……どうでしたか?」

　おずおずと聞くリーゼに、ジルコニアはにこりと微笑んだ。

「皆と話せたわ。全部報告して、妹とたくさん遊べたの。皆、安心してあの世に行ってくれたわ」

「よかった……オルマシオール様、ティタニア様、ありがとうございました」

　リーゼが彼らに頭を下げる。

『好きでやったことだ。気にしなくていい』

「おっとと……はい、ありがとうございます!」

　リーゼが少しだけふらつき、嬉しそうに微笑む。

　リーゼも、徐々に耐性が付いてきているようだ。

「カズラさん、皆が、カズラさんたちが戻って来てから花火をやりたいって言ってて。準備はできていますから、行きましょう」

「お、そうですか。急ぎましょう」

出店の並ぶ広場に戻ってくると、大勢の村人や老兵たちでにぎわっていた。

皆、焼きそばやフランクフルトを食べたり、酒を飲んだりしながら談笑している。

ラースの射的屋はまだ繁盛していて、たくさんの子供たちが群がっていた。

「ん？　子供たちの人数が足りないような……」

「あ、たぶん、スタンプラリーだと思います。ニィナたちの屋台にいるかもなので、行ってみましょうか」

バレッタに連れられ、一良たちは人ごみの中を進む。

皆、一良を見ると挨拶し、礼を言ってくれた。

「カズラ様！　俺、一番だったよ！」

すると、コルツがミュラを連れて駆けてきた。

その手には、オイルタイマー。

ミュラの手には、陶器製のオカリナが握られている。

どちらも、スタンプラリーの景品だ。

オイルタイマーとは、水と油の性質を利用した液体の砂時計のようなものだ。

コルツの持っているものは、透明の容器の中に水と青色の油が入っているもので、中央に歯車が付いている。

水の中を落ちる油が歯車を回す様子が、とても美しい逸品だ。

「おっ、コルツ君。いいものを貰ったね！」

「すごく綺麗だったからさ、絶対にこれを貰うって決めてたんだ」

「ミュラちゃんはオカリナにしたんだね」

「えへへ。これ、ずっと欲しかったんです」

ミュラが嬉しそうに、オカリナを口に当てると、ピロピロと優しい音が響いた。

「あっ、もしかして、前に一緒にイステリアのお店に行った時からずっと欲しかったの？」

「はい。いいなって思ってて」

「そっか。気づいてあげられなくてごめんね」

「いいえ、自分で取れて、すっごく嬉しかったので大丈夫です！」

ミュラが心底嬉しそうに微笑む。

見ると、他にも景品を手にしている子供が何人か、わいわいと騒ぎながらこちらに歩いて来ていた。

景品は同じ物はあえて用意しなかったのだが、どれも子供の興味を引きそうなものをチョイスしてある。

半透明のプラスチック製のリコーダー、水中ゴーグル、万華鏡などだ。

皆、自分だけの唯一無二の宝物になるだろう。

「あっ、カズラ様！」

一良がコルッたちと話していると、フィレクシアとティティスが駆けてきた。

「早く来てください！　準備万端なのですよ！」

「あの、爆発する兵器を使うと聞いているのですが、こんな場所で使って大丈夫なのですか？」

わくわくしているフィレクシアとは違い、ティティスはかなり心配そうだ。

「大丈夫ですよ。今回のは観賞用のものですから、危険はないです」

「そうでしたか。観賞用のものもあるのですね。カイレン様が、『とんでもない兵器』と言っていたので、同じ物を使うのかと思いました」

「ああ、同じやつもありますよ。最後に打ち上げますから」

「えっ⁉　大丈夫なのですか⁉」

「大丈夫、大丈夫」

皆でぞろぞろと、村の中心へと向かう。

そこにはたくさんの人々が集まっており、花火の開始を待ちわびていた。

ニィナもおり、スタンプラリーの景品渡しは終わったようだ。

「よし、始めるか。バレッタさん、皆にアナウンスをしてもらえます？」

「はい。ニィナ！　始めるよ！」

少し離れた場所で友達と話していたニィナに、バレッタが呼びかける。

ニィナは手に拡声器を持っていた。

彼女は頷き、拡声器を口元に当てた。

『間もなく、花火の打ち上げを始めます。皆さん、村の中央に集まってください』

「おっ、準備がいいですね。さすがバレッタさん」

「えへへ」

すぐにすべての村人や老兵たちが集まってきたので、一良、バレッタ、リーゼは設置してある花火に歩み寄った。

ニィナたちもライターを手に、設置済みの花火の下へと向かう。

「カズラさん、順番なんですけど、皆で手前にあるやつから順に点火しようかなって」

見ると、置かれている花火は同じ種類のものが一列に並んでいた。

その後ろには、また別の種類の花火というふうに、2メートルほどの間隔で設置されている。

「了解です。これは派手になりそうだ」

「はいはい！　私が発案したの！」

元気に手を上げるリーゼ。

一良の持ち込んだ花火はかなりの量があったので、あまり時間をかけすぎないように、なおかつ派手にやろうとリーゼが同時着火を提案したのだ。

「やるじゃないか。そのやりかた、『スターマイン』って手法でさ、花火大会じゃ定番のやりかたなんだよ」

「そうだったんだ。ふふ、私、花火大会のセンスあるのかも」

「次にやる時も、リーゼに段取りを頼もうかな。んじゃ、点火しよう」

せーの、とかけ声をかけ、皆で一斉に最初の花火の導火線に火を点けた。

シューッ、という音とともに導火線が火花を散らし、眩い光が花火本体から吹き上がった。

一番最初は、色とりどりの噴き出し花火だ。

見物していた人々から、大きな歓声が上がる。

「あわわ、すごい勢いですね！」

「ちょ、ちょっと怖いよこれ！　次の花火、近すぎたかも」

花火の勢いにバレッタとリーゼが驚きながらも、次の花火の前にしゃがみ込む。

「次！　続けて点火して！」

わたわたしながらも、一良の指示に従って皆で次の花火に点火する。

数秒して、噴き出し花火を背景に、連発式の小規模な打ち上げ花火がいくつも空に舞い上がった。

わあっ、と見物人から歓声が上がる。

「おおーっ！　ティティスさん、すっごく綺麗ですね！」

「本当……見惚れてしまいますね」

フィレクシアとティティスが、うっとりと花火を見つめている。

子供たちも「すごい！」「綺麗！」と口々に言いながら大興奮だ。

そうして次々に花火が上がり続け、スターマインが終わって最後の4号玉の順番が回ってきた。

全部で6発用意してあり、すでに設置済みだ。

「よし、最後の目玉だ。あとは俺が点火するんで、皆は離れていてください」

「あっ、カズラ様。私がやりますから、バレッタたちと見物していてください」

ニィナが気を利かせて、一良に申し出る。

「えっ？　でも、せっかくですし、ニィナさんも最後くらいは見物したほうが」

「ニィナ、私たちで交代しながらやろうよ」

マヤの申し出に、ニィナが「そうしよっか」と微笑む。

「というわけなんで、任せてください！」

「ほらほら、危ないですから、下がってて！」

2人に急かされ、それならば、と一良たちは花火から離れた。

地べたに座って見物している、ジルコニアやエイラの下へと向かう。

「カズラさん、こっち、こっち」

「はいはい」

ジルコニアに手招きされ、一良は彼女の隣に腰掛けた。

バレッタが即座に、反対側の一良の隣に座る。

「あーっ！　お母様、バレッタ、ずるい！」

出遅れたリーゼが憤慨する。

そんな彼女に、ジルコニアはにやりとした笑みを向けながら一良の腕に自身の腕を絡めた。

「早い者勝ちですよーだ」

「むー！　バレッタ、替わって！」

「だ、ダメです！　早い者勝ちです！」

バレッタも一良の腕を抱き、頑として動かないつもりだ。

一良は「あわわわ」とキョドっている。

「おおう……カズラ様、モテモテですね……」

「で、ですね。でも、ジルコニア様まで――」

ティティスがフィレクシアに答えかけた時、ジルコニアの隣に座っていたエイラが、すっと立ち上がった。

そのまま一良の前にまで移動し、すとん、と彼の足の間に腰を下ろしてもたれかかった。

「「「えっ⁉」」」

「は、早い者勝ちだそうなので……」

唖然とする皆に、エイラが顔を真っ赤にしながら蚊の鳴くような声で答える。

ジルコニアとリーゼの「えっ⁉」は、エイラがまさかここまで大胆な行動に出るとはとの驚きで出たものだ。

バレッタはエイラまで一良に好意を寄せているとは考えてもいなかったので、唖然としてしまっている。

「あー、もう！　なら私はこれでいいや！」

リーゼは一良の後ろに回り込むと、彼に抱き着いた。

もはや全員が好意を隠す気がまったくない状態で、競うように一良にベタベタと引っ付いている。

一良はどうしていいのか分からず、かといって振りほどくのもはばかられ、されるがままだ。

「わ、わぁ……これ、どうなっちゃうんでしょうね⁉　ティティスさん、どう思いますか⁉」

「う、うーん。あのままなし崩し的に、全員手籠めに……というより、全員に手籠めにされてしまいそうですね」

「うわー！　うわー！　何だか私、わくわくしてきました！」

「どうなるのか、実に興味をそそられますね……」

フィレクシアもティティスも、顔を赤くしてこねくり回されている一良を見ている。

少し離れたところにいるラースとカーネリアンは、そろって苦笑していた。

「え、えっと。打ち上げちゃっていいですか？」

ニィナの問いかけに、一良は「どうぞ」、と気の抜けた声で答えた。

すぐにニィナが1つ目の4号玉に着火し、その場を離れる。

数秒置いて、ポン、と音を立てて光の玉が空へと舞い上がった。

シュルル、と独特な音とともに玉は飛び続け、ドン、という腹に響く音と同時に夜空に大輪の花を咲かせる。

そのあまりにも美しい光景に、すべての見物人が口を閉ざした。

パチパチ、と火花を散らせながら、花火が消える。

「次、いきまーす！」

続いてマヤが2つ目の4号玉に駆け寄り、着火した。

再び、空に光の花が広がる。

「カズラ、すごいね！　綺麗だね！」

リーゼが空を見上げながら、一良の耳元で興奮した声を上げる。

「うん。分かったから、胸をまさぐるのはやめてくれ……」

「リ、リーゼ様！　何やってるんですか！」

一良の声で気づき、バレッタが顔を赤くしてリーゼの腕を押さえる。

一良も引き剥がそうとしているのだが、リーゼの腕力の前には無駄な抵抗だ。

「バレッタもやればいいじゃん。触り心地いいよ?」

「なっ、そ、そういう問題じゃありません！　ダメです！　破廉恥です！」

「ああもう、ジルコニアさんまで服の中に手を入れないでくださいよ！」

「あ、不公平ですよね。私のも触っていいですから」

「そういうことを言ってるんじゃないっての！」

大騒ぎしている一良たちをよそに、次々に花火が上がっていく。

ジルコニアとリーゼはひたすら一良を触り続け、バレッタがそれを止め、エイラはあわあわしていた。

そうして、最後の打ち上げ花火が終わった。

一良がすぐさま立ち上がり、ぱん、と手を叩く。

「はい！　これで今日のイベントは全部おしまいです！　皆さん、ご参加ありがとうございました！　片づけをお願いします！」

一良はさっさと後片付けに向かってしまい、その場には女性陣が残された。

バレッタが、頬を膨らませてジルコニアたちを睨む。

「もう！　皆、調子に乗りすぎです！　カズラさん、怒っちゃったじゃないですか！」

「え、そう？　恥ずかしがってただけじゃない？」

「怒ってました！」

「そ、そうかな？」

憤慨するバレッタに、リーゼがたじろぐ。

「あはは……ちょっと、やりすぎでしたね」

「そうねぇ、後で謝っておきましょ。それにしても、エイラ、大胆になったじゃない。隠すのやめたの？」

ジルコニアの台詞に、皆がエイラを見る。

「う……」

エイラが顔を赤くしてうつむく。

「こ、今後は控えますので……その、申し訳ございませんでした」

「別に謝ることないじゃない。ねえ、リーゼ？」

「そうそう。人のことなんて気にしないで、好きにしたほうがいいよ。人生、一度きりなんだからさ。でも、やっぱりかぁ。あはは」

あっけらかんとした顔で笑うリーゼ。

バレッタはなんとも言えない表情で、口をつぐんでいる。

「結局さ、どうするのかを決めるのはカズラなんだし。どうなっても、恨みっこなしってことでいいんじゃないかな？　ね、バレッタ？」

「えっ？　あ……はい」

話を振られ、バレッタが頷く。

「さてと！　私たちも片付けを手伝わないと。私、スタンプラリーを片してくるね」

「わ、私はお鍋を洗いに行ってきます」

「私はカキ氷機を片してくるわね」

リーゼ、エイラ、ジルコニアが立ち上がり、方々へ散っていく。

ぽつんと残されたバレッタは、はあ、とため息をついて立ち上がった。

「バレッタ」

ニィナが駆け寄り、バレッタに苦笑を向ける。

「何か、大変だったね。お疲れ」

「うう。皆、急にカズラさんに迫り始めちゃったよ……」

「そうだねぇ。でもまあ、心配なさそうでよかったじゃん」

「え？」

言っている意味が分からない、といった顔のバレッタ。

ニィナは、きょとんとした顔をしている。

「どしたの？」

「心配なさそうって、どこが？」

「どこがって……カズラ様、バレッタをちらちら見て、すっごく気まずそうな顔してたじゃん」

「え……そ、そうだったの？」

「そうだよ。もー、あんな表情を見逃すなんて、もったいないなぁ。私、安心しちゃったもん」

「そ、そっか……えへへ」

「お嬢さん、この勝負、もらいましたな。うりうり」

ニィナがバレッタの脇腹を、肘で小突く。

そうして、2人は後片付けに向かったのだった。

第2章　告白

翌朝、バレッタとマリーが朝食で使った食器を水路で洗っていると、一良が歩いて来た。

「あ、カズラさん」

バレッタが明るい笑顔を一良に向ける。

「あの、ちょっとまた日本に出かけてきます。買ってこないといけないものができちゃって」

「えっ、今からですか？　何が必要なんです？」

「サイレンです。ナルソンさんから無線連絡があって――」

一良曰く、バルベール北の国境沿いにいるバルベール・部族連合軍が、少々困った事態になっているらしい。

国境線には多数の部隊が到着しつつあるのだが、あまりにも国境線が長すぎるため、異民族の襲撃に効率的な防衛ができずに困っているそうだ。

彼らは夜の闇に紛れて少数の部隊で複数個所から渡河をしてくるそうで、守備部隊は気づくのが遅れ、内地への侵入を許してしまうことが何度かあった。

異民族は嫌がらせのように弓による攻撃を行っては逃げ回るということを繰り返し、少なくない被害が出つつあるらしい。

彼らは威力偵察を行っているようで、こちらの地理を確認しつつ、油断している兵士を狙撃したり、新たに作った集落を襲って作業の妨害を行っている。

このままでは、彼らに国境付近の地理を完全に把握されてしまうのも時間の問題とのことだ。

「それもこれも、異民族の部隊を一部の兵士が見つけても、守備軍全体に連絡する手段が手持ちの警鐘しかないせいらしくて」

「それなら、万里の長城で使われていた連絡手段をそのまま流用しちゃえばいいですよ」

当然、といったようにバレッタが言う。

「あ、確かに……でも、どんな方法で連絡してたんですか？」

「狼煙と篝火です。昼間に敵の襲撃を受けたら、黒煙を上げて。夜は炎の灯りで、近場の駐屯地に連絡するんです」

「なるほど……確かに、古代中国の人たちだって、連絡手段を持っていたはずですもんね。俺、手回しサイレンを買ってきてあちこち配ろうと思ってましたよ」

「そ、それはちょっと大変だからやめたほうがいいですね。というか、設計図に篝火台は記載しておいたんですけど、バルベールの人たちは気づいてなかったんですね」

「あ、そうだったんですか。ただの照明としか思ってなかったのかな」

２人のやりとりを聞き、マリーが、ふふっ、と笑った。

「さすがバレッタ様です。抜かりなしですね」

「そんなことないよ。ちゃんと説明してなかったから、こんなことになっちゃったんだし」

「ううむ。防壁よりも先に、篝火台を建設しないとだなぁ。俺、ナルソンさんに連絡してきます」

一良が屋敷へと駆けて行く。

「はあ、やっちゃった。分かるだろうって思って、説明を省くなんて」

皿洗いを再開しながら、バレッタがため息をつく。

「ちゃんと言わないと、伝わらないこともありますもんね」

「だよね……あ！」

バレッタが、はっとして立ち上がる。

「黒煙を上げるのに使う燃料、肉食動物の糞を使うってこと、設計図にも書いてない！　マリーちゃん、後はお願い！」

そう言うと、バレッタは慌てて一良を追って行った。

マリーはそれを見送り、残りの洗い物を続ける。

——でも、カズラ様とバレッタ様なら、言わなくても大丈夫かな。これから、ちょっと大変そうだけど。

昨夜の一良にまとわりつく女性陣のことを思い返し、マリーは苦笑するのだった。

数時間後。

グリセア村を発った一良たちは、ナルソン邸の広場に帰って来ていた。

また騒ぎになってしまっては困るので、穀倉地帯で馬車に乗り換えて、分散して移動してきたかたちだ。

荷馬車から降りたウリボウたちを、一良が集める。

「それじゃ、ウンチはそこのトイレでお願いしますね」

急遽用意された複数の大きなタライを、一良が指差す。

オルマシオールがそれをウリボウたちに伝えると、皆が一様に嫌そうな顔をした。

いつもは、本来の習性どおりに自分で地べたに穴を掘って埋めていたのだ。

ティタニア（獣の姿）にも馬車の中でこのことは伝えたのだが、『カズラ様といえどもぶち殺しますよ？』と底冷えした声を直に脳に響かせられてしまった。

というわけで、ティタニアだけはこの任務は対象外である。

オルマシオールは特に気にしないとのことで、せっせとプリプリ出してくれるとのことだ。

巨体の彼ならたくさんのウンチを出してくれるはずなので、頼もしい限りだ。

これからは、毎日彼らの糞がバルベールに向けて運ばれていくことになるだろう。

「カズラ殿、祭りは楽しめましたかな？」

出迎えたナルソンが、一良に歩み寄る。

シルベストリアとセレットも一緒だ。

「ええ。思いっきり楽しめました。異民族のほうは、どうなりました？」

「少々手こずってはいますが、我が国の軍も支援に向かっているので、まあ大丈夫かと。それに、プロティアとエルタイルも軍を向かわせているようですし」

「おっ、それは助かりますね。彼らは無傷ですし、頼りになりそうだ」

「はい。それに、バルベールには井戸掘り機、クロスボウ、スコーピオンの貸与をすることになりました」

「それなら、なおのこと安心ですね。敵が大軍団で攻めてきても、やっつけられそうだ」

「ええ。なので、カズラ殿は何も気にせず、旅行をお楽しみください。船の手配は済んでおりますので」

ナルソンが一枚の封筒と布の小袋を差し出す。

何だろう、と一良が受け取って中身を出すと、それはフライシアの名所のメモ書きだった。

袋の中身はお金のようだ。

「ヘイシェルに領内の見どころを聞いて、まとめておきました。あちらに行ったら、それを目安に観光してみては？」

「おお！　ありがとうございます！　そうしますね！」

「それと、護衛にはアイザックとハベルに加えて、シルベストリアとセレットも付けさせていただきます。大丈夫だとは思いますが、念のためです」

「頼もしいです。フライス領って、治安はどんな感じなんですか？」

「我が領よりも良いですよ。税率が我が領に比べてやや低く、食料品や塩の価格が安いせいでしょうな。貧困からくる犯罪は、ほとんどないそうです」

「へえ、よくそれで財政が回ってますね？」

「フライス領は軍の規模が小さいので。軍備費がかからない分、内政に振り分けられるのです」

「ああ、前にもそんな話を聞きましたね」

「ねえ、カズラ。そんな話してないで、早く旅行に行こうよ」

リーゼが一良（かずら）の袖を引っ張る。

「こら、そんな話なんて言いかたがあるかよ」

「だってー」

一良（かずら）に叱られてむくれるリーゼ。

「はは。まあ、話はこれくらいにしておきましょう。シルベストリア、カズラ殿たちのことは任せたぞ」

ナルソンが背後に控えているシルベストリアに振り向く。

「はっ！　承知しました！」

「うむ。お前たちも楽しんでくるがいい。ただし、護衛任務はしっかりな」

ナルソンが懐からずっしりとした布の小袋を２つ取り出し、シルベストリアに渡す。

「えっ。あ、あの、これは？」

「小遣いだ。買い食いでもお土産でも、２人で好きに使いなさい」

「ありがとうございます！」

シルベストリアがとろけそうな顔になる。

　１つをセレットに渡し、彼女もナルソンに礼を言って頭を下げた。

「では、私は国に戻ります。カズラ様、ご教授ありがとうございました」

カーネリアンが、一良に頭を下げる。

「カズラ様も、そのうち我が国にいらしてください」

「もちろんです。大変かとは思いますけど、頑張ってくださいね。困ったことがあったら、何でも相談してください」

「ありがとうございます。そうさせていただきます」

一良が、さて、とティタニアとオルマシオールを見る。

「それじゃ、着替えて出発しますか。ティタニアさんたちは、お留守番でお願いしますね」

「クゥン……」

それまでぶんぶんと振っていたティタニアとオルマシオールの尻尾が、へにゃっと垂れる。

「あ、あの！　私たちも一緒に行っていいんですよね!?」

はい、と手を挙げるフィレクシア。

そんな彼女の頭を、ラースが小突く。

「いいわけないだろ。俺らは、バルベールに帰るんだよ」

「ええっ!?　で、でも、私もフライシアを見てみたいのですよ！」

「それは次の機会にしとけ」

「フィレクシアさん。あんまりカズラ様たちに気を遣わせてはいけませんよ」

ティティスにまで言われてしまい、フィレクシアが縋るような目で一良を見る。

「え、えっと……またいつか、連れていきますから」

「うー。行きたかったのです……」

「近いうちに必ず誘いますって。約束です」

「分かりました……」

しょげかえって頷くフィレクシアに一良は苦笑し、屋敷へと入っていった。

ナルソンがそれを見送りながら、さて、と息をつく。

「プロティアとエルタイルの将軍たちと話してくるか。ラース殿、同席してもらえるか？」

「了解した」

ナルソンがラースを連れ、将軍たちを待たせている客室へと向かう。

一良に気を遣わせないように、早馬でやって来た彼らのことは伏せておいたのだ。

まだしばらくの間、彼の忙しい日々は続きそうである。


平民服に着替えた一行は、馬車で船着き場にやって来た。

小さな漁船や渡し船に混じって、やや大きめの輸送船が停泊している。

川魚を販売している者たちも見られ、何人かの市民が買い物をしていた。

シルベストリアに先導され、輸送船へと向かう。

「こんにちは。フライシアまでお願いね」

シルベストリアが、ナルソンから預かっていたメモ書きを船の前にいた男に渡す。

多めに着替えやレトルト食品を持ってきたので、全員が大きなズダ袋を1つ背負っている状態だ。

もちろん、ヘイシェルたちへの手土産も持参している。

「お待ちしておりました。どうぞ、ご乗船ください」

タラップを渡り、ぞろぞろと船に乗る。

船の中央部には客室が付いていて、中で仮眠や食事ができるらしい。

乗客は他にはおらず、貸し切りのようだ。

すぐに出航の鐘が鳴り、船が動き始めた。

「船なんてひさしぶりだなぁ」

一良が嬉しそうに言いながら、船の先頭へと向かう。

バレッタとリーゼが、その後をすぐに追いかけた。

エイラたちは船員に呼ばれ、荷物を手に客室へと入って行った。

「気持ちいい風ですね……カズラさん、船に乗ったことがあるんですか？」

手すりに手をかけ、風に髪をなびかせながらバレッタが聞く。

「ええ。秩父の長瀞に行った時にライン下りをしたのと、河口湖で遊覧船に乗ったことがありますよ」

「楽しそうですね。ライン下りって、小さな船に乗るんですっけ」

バレッタが雑誌の記事を思い出す。

十数人乗れる細長い船で、船頭に川の解説を聞きながら楽しむ遊びだと読んだ覚えがあった。

「ですね。水がばっしゃんばっしゃんかかって、すごく楽しかったです。子供の頃は、よく連れて行ってもらったなぁ」

「ねね、遊覧船っていうのは？　大きな船なの？」

手すりに背を預けながら、リーゼが聞く。

「うん、大きいよ。二階建ての船でさ、湖を一周するんだ。大学生の頃行ったんだけど、富士山がすごく綺麗だったな。皆、おおはしゃぎでさ」

「へー、いいなぁ。私も行ってみたいな」

「はは。皆も連れていけたらいいんだけど」

「連れて行ってよ。方法、あるんでしょ？」

「い、いや、どうかな。父さんが教えてくれないからさ」

「なら、方法が分かったら連れて行って！　お願いね！」

　にっ、とリーゼが笑う。

　一良（かずら）は少し困った顔をしながら、曖昧に頷く。

「か、河口湖には、お友達と行ったんですか？」

　バレッタが話題を変えようと、口を挟む。

「ええ。5人で行きました。そういえば、あいつらどうしてるかな。社会人になってから、全然連絡取ってないや」

「あらら。疎遠になっちゃったんですね」

「まあ、仕方がないっていえばそうなんですけどね。そいつら結婚してから、仕事で地方に引っ越しちゃいましたし」

「それは寂しいですね。でも、それだと皆さん、年齢的にずいぶんと早い結婚だったんですね？」

「そうなんですよ。小学校から一緒だった連中なんですけど、いつの間にかくっついてて大学卒業と同時に結婚しちゃって。めちゃくちゃ驚きました」

「ん？　その4人って、男2人、女2人だったってこと？」

リーゼが聞くと、一良は「うん」と頷いた。

「ほんと、危なかったよ。あやうく俺、卒業式に告白するところだったしさ。決心した次の日にそんなこと言われて、正直しょげたよ」

「「……」」

途端に2人が黙り込む。

「ど、どうしたのさ？」

「「別に……」」

妙な空気に一良が戸惑っていると、ジルコニアたちがお盆や小テーブルを手にやって来た。

パン、ローストされたカフクの肉、果実酒が載っている。

「軽食を用意してもらったわ。景色を見ながら……どうしたの？　2人とも、怖い顔して」

「「何でもないです」」

その後、テーブルに料理を並べ、食事を取りながら船旅を楽しんだ。

バレッタとリーゼは名前も顔も知らぬ恋敵にもんもんとしながら、しばらく怖い顔をしていた。

半日ほど船の上で過ごし、日暮れになってようやくフライシアが見えてきた。

途中、川沿いにはいくつも村があったのだが、フライス領に入ってからは活気のある村ばかりだった。

こちらが手を振れば振り返してくれて、皆で大声を上げながらはしゃいでしまった。

外にいるのはバレッタとシルベストリアだけで、他の皆は客室でくつろいでいる。

2人がいるのは船首だ。

船側では数人の男たちが、棒で川底を突いて速度を落としている。

「もう着いたんだ。船で移動すると早いなぁ」

船べりにもたれて果実酒を飲みながら、シルベストリアがバレッタに上機嫌で言う。

「シルベストリア様は、フライシアに来たことはあるんですか？」

「んーん。今回が初めて。お小遣いまでもらっちゃって、ほんと役得だよね」

いひひ、と楽しそうに笑うシルベストリア。

彼女は護衛だが帯剣はしておらず、腰の後ろに見えないように短剣を挿しているだけだ。

フライス領も街なかに剣を持ち込むのは禁止されているからというのもあるが、万が一の事態があっても短剣があれば十分だという判断からである。

「でさ、カズラ様と、ちゅーくらいしたんでしょ？　白状しなよ」

「で、ですから、まだそんなのは一度もしてないですって」

もう何度目かも数えるのを止めてしまった問いかけに、バレッタがため息交じりに答える。

何度話題を変えても同じ質問をしてくるので、正直疲れてしまった。

「別に隠さなくったっていいじゃん。恥ずかしがらないでさ」

「隠してないですって……はあ」

「むー。ほんっとうに、何にもないわけ？」

「ないですよ……」

「……あ、あのさ。カズラ様って、リーゼ様とくっついちゃってたりしないよね？　実はこっそり……とか」

「それはないです」

即答するバレッタに、シルベストリアが「おっ」とにやける。

「言い切るんだ。確信があるわけ？」

「はい。カズラさん、私とずっと一緒にいてくれるって、言ってくれましたし」

「あ、そうなの？　ならもう、告白されたも同然じゃん。なーんだ」

シルベストリアが、ほっとした顔になる。

「時間の問題ってわけね。この旅行中に、進展あるかもじゃん？」

「そ、それは……どうなのかな」

「でもさ、カズラ様って奥手っぽいし、バレッタから押さないとダメだよ」

「う、うう……そんなこと言われても」

「私が上手いこと、2人きりになれるようにしてあげるからさ！　頑張ろうよ！」

「うー……はい」

すると、港に到着したことを知らせる鐘が、船尾から鳴り響いた。

「バレッタ！　はい、荷物！」

鐘が鳴るとほぼ同時にリーゼが客室から出てきて、バレッタに歩み寄ってきた。

大きなズダ袋を3つ背負っているのだが、まったく重そうにしていない。

袋を2つ、バレッタとシルベストリアに渡す。

「あっ、すみません。持ってきていただいて」

「いいって。何の話をしてたの？」

「えっと……フライシアはどんなところだろうって」

バレッタがシルベストリアに目配せする。

「ですです！　美味しいものがいっぱいあるって聞いているんで、すごく楽しみで！」

「だよねー。果物が特に美味しいって評判だよ。まあ、イステリアにもたくさん入ってきてるから、食べたことあると思うけどさ」

「フライス領産のものは何でも美味しいですもんね。でも、採れたてのものを食べられるはずですから、すごく楽しみです」

そうしていると、一良たちがぞろぞろと客室から出てきた。

「おっ、あれがフライシアの港か。活気があるなぁ」

一良が港を眺め、嬉しそうな声を上げる。

陸にはたくさんの商店が並び、軒先には魚の干物が吊るされていた。

夕暮れ時というのに買い物客が大勢おり、どの店も繁盛しているようだ。

船が橋げた脇に停まり、タラップがかけられた。

一良を先頭に、ぞろぞろと陸に上がる。

すると、１人の老兵が４人の兵士を伴って一良に歩み寄った。

見るからに優しそうな老人だ。

「ようこそおいでくださいました。私、フライス家近衛兵長のグインと申します。あなた様が、カズラ様でよろしいでしょうか？」

「はい、私がカズラです。出迎え、ありがとうございます」

「恐縮です。ナルソン様より話は伺っております。フライス家の屋敷にご案内いたします」

グインにうながされ、停められている馬車へと向かう。

馬車は２台あり、イステリアでも見られる懸架式の新型馬車だ。

客室の付いているものではなく、屋根だけが付いている一般的なものである。

「おっ、いいですねぇ。これなら、街を眺めながら乗ってられる」

「はい。ヘイシェル様が、この馬車のほうがいいだろうとおっしゃられまして」

「なるほど。それじゃあ……」

「私、カズラと一緒に乗る！」

リーゼはそう言うと、一良の手を引いて先頭の馬車へと向かった。

バレッタも慌てて後を追い、彼を挟むかたちで3人が乗り込む。

「セレット、私と一緒にカズラ様たちの後ろに乗るよ。アイザックとハベルは、ジルコニア様たちをお願い」

シルベストリアがセレットとともに、さっさと馬車に乗る。

ジルコニアは少し不満そうに、「ずるいなぁ」、とぼやきながらエイラたちと一緒に後ろの馬車に乗った。

皆が乗ったことを確認し、グインが一良たちの馬車に乗る。

馬車は座席が4列あり、荷物は兵士たちにお願いして後部座席に載せてもらった。

馬車がゆっくりと走り出す。

「へえ、フライシアは、あんまり背の高い建物はないんですね」

一良が街並みを眺めながら言うと、グインは「ええ」と頷いた。

2階建ての建物はたくさんあるが、3階、4階といったものは1つも見られない。

屋根の色はオレンジ色に統一されていて、ずらりと並ぶそれらはとても美しく見えた。

まうので」

「そういう方針でして。３階以上の建物を建ててしまうと、隣接地の日当たりが悪くなってし

「なるほど、確かにそうですね。でも、居住地不足にはならないんですか？」

「人口増加を見越して、先手先手で街を拡張しているので大丈夫です。不便な地区ができないように、拡張する際は補助金を出して商業施設を斡旋し、その周囲に住宅地を設置しております」

彼の説明に、バレッタとリーゼが「おー」、と感心した声を上げる。

「先手を打って街を作ってしまうなんて、すごいですね！」

「フライス領はお金があるんですね」

「軍事費を極力抑えていますので。それもこれも、他領と王都の軍をアテにできればこそです」

街の説明を受けながら、屋敷へと向けて馬車が進む。

内政が上手くいっているおかげで失業率は非常に低く、犯罪率もかなり低いらしい。

稀に街から離れた場所に野盗が現れることもあるが、犯罪率が低い分、軍はそれらの対応に全力を挙げることができるので、他領に比べて野盗にとってはリスクの高い地域であるらしい。

ちなみに、屋根の色がオレンジ色なのは、単に見た目が美しいのと、塗料に使う粘土、魚油、動物油、豆油が余るほどに採れるからだそうだ。

「むう。イステール領みたいに法律と軍備で治安を守るのが一番だと思ってたけど、その話を聞くとフライス領のほうが上手くやってますね……」

「いえいえ、先ほどもお話ししたとおり、他領と王都の協力があればこそですので」

イステール領などのおかげで、いかにフライス領が助かっているかをグインは切々と語る。

彼はかなりの地位にいる軍人のはずなのだが、話していると近所のおじさんと雑談をしているような気に一良はなってしまう。

フライシアの街はとても活気があり、道にはたくさんの人が行き交っていた。

戦争が終結したこともあり、とても和やかな雰囲気だ。

「明日からは、街を観光すると伺っていますが？」

「ええ。ナルソンさんからいくつか名所を聞いていて、そこを見に行こうかと」

一良がメモ書きを取り出し、グインに手渡す。

彼はメモを見ながらふむふむと頷くと、どの順番で回るのが効率的なのかを教えてくれた。

そうして、一行はしばらく馬車に揺られたのだった。

数十分後。

ヘイシェルの屋敷に到着した一良たちは、庭でバーベキューをしていた。

つるつる頭にねじり鉢巻きをしたヘイシェルが汗だくになりながら、木製のトングでひたすら肉や魚介類を焼いては皆の皿に載せていく。

　彼の妻のモナは、包丁片手に簡易テーブルでミヤギのブロック肉を切り分けている。

　一良たちだけでなく屋敷の使用人や休暇中の警備兵、武官文官たちもおり、皆でわいわいと食事を楽しんでいる。

「ほら、遠慮せずにどんどん食べなさい」

　ヘイシェルが若い侍女の皿に、いくつも肉を載せる。

　彼女は「ありがとうございます！」と笑顔で答えると、他の侍女たちの輪に戻って行った。

「カズラ、美味しいね！」

　もっしゃもっしゃと肉を食べながら、リーゼが満面の笑みを一良に向ける。

　肉の焼き加減はばっちりで、モナ特製の甘辛いタレと相まってとても美味い。

「だな。ていうか、まさかこんなおもてなしを受けるとは思わなかったな」

「ね。びっくりだよね」

　バーベキュー用の鉄網は5つ用意されていて、焼いているのはヘイシェルをはじめ、近衛兵長のグインや武官文官のお偉いさんだ。

　彼らの妻や子供たちもいるのだが、せっせと働いているのは彼らとヘイシェル夫妻だけである。

　飲み物はセルフサービスで、山のように用意された酒や果物ジュースの陶器瓶から自由に飲

らしい。

バーベキュー開始前にヘイシェルから聞いたのだが、こうした催しを半月に1回行っているらしい。

「皆、すごく仲がいいみたい。お父様に、私たちもやろうって言ってみようかな」

「いいかもしれないな。やっぱり、仲良くなるなら楽しく食事をするに限るしさ」

「だよね。上の人たちがやってくれるっていうのが、またいいよね」

2人の話に、ヘイシェルが肉を焼きながら笑う。

「昔から、私らはこういうのが好きでして。普段はやらせてもらえませんから」

「そんなこと言って。ヘイシェル様、気づくと調理場で皿洗いしてるじゃないですか」

「そうですよ。注意してお帰りいただいても、しばらくすると付け髭とかカツラで変装して忍び込んだりしますし」

2人の侍女が、肉を食べながら楽しそうに言う。

「この間なんて、ユリスちゃんに『お爺さん、汚れが落ちきってないですよ』って怒られちゃってましたもんね」

「うう、まさかヘイシェル様だなんて思わなかったんです。ヘイシェル様も、『すみません!』って謝られてましたし……」

顔を赤くして言う若い侍女に、皆が笑う。

「まあ、入り立てだったし気づかないよね。ヘイシェル様の変装、すごく上手だしさ」

「はい……同じくらいの年齢の使用人さんもたくさんいますし、似せて変装されると分からないですよ……」

「あはは。いい職場なのね」

ジルコニアが楽しそうに笑う。

「こんなに気楽な職場なら、毎日楽しそう。ねえ、エイラ？」

「ですね……って、お屋敷も楽しいですよ！　ナルソン様、すごく優しいですし！」

「あら？『ですね』って、口滑らしたじゃない。何か不満があるんじゃないの？」

「ないです、ないです！　最高の職場です！　ねえ、マリーちゃん⁉」

「もぐ……ふえっ？」

口をぱんぱんにしてバーベキューを楽しんでいたマリーが、きょとんとした顔になる。

まったく話を聞いていなかったようだ。

「カズラ様！　こっちのタコ、焼き立てですよ！」

少し離れた場所のバーベキュー台から、シルベストリアが手を振る。

「おっ、タコですか。もらおうかな」

一良(かずら)が彼女の下へと行くと、はい、とシルベストリアがブツ切りにされたタコを皿によそってくれた。

「ありがとうございます。美味しそうだ」

「ところで、バレッタにはいつ告白するんですか？」

シルベストリアがニヤニヤしながら、小声で尋ねる。

「な、何をいきなり」

「いやぁ、だって、あの娘ずっと待ってるんですよ？　戦争も終わったし、そろそろかなって」

いひ、とシルベストリアが笑う。

「それに、あんまり待たせちゃかわいそうですよ。あれですよね？　リーゼ様とか、ジルコニア様には手は出してないんでしょ？」

「出してないですよ……ていうか、ずいぶんとグイグイきますね」

「あはは。カズラ様は優しいですし、これくらい聞いてもいいかなって。で、いつです？」

「え、ええと――」

こそこそと2人が話していると、バレッタがやって来た。

「私もタコが欲しいです。食べたことなくて」

びくっと2人が同時に肩を跳ねさせるのを見て、バレッタが小首を傾げる。

「どうしたんですか？」

「い、いいえ。俺の、半分どうぞ」

「ありがとうございます！」

バレッタが一良の皿から、タコを摘まむ。シルベストリアはニヤニヤしながら、それを見ている。

「んふふ。楽しみだなぁ」

「ん？　何が楽しみなんですか？」

「うふふ、ひ・み・つ！」

唇に指を当てるシルベストリアに、バレッタは頭にハテナマークを浮かべるのだった。


数時間後。

食事を終えて風呂を出た後、一良はフライス邸の廊下を歩いていた。

「はあ。また泣かれちゃったりするかなぁ。はっきりしなかった俺が悪いんだよな……」

目的の部屋の前に着き、コンコン、とノックする。

すぐに返事があり、扉が開いた。

女性陣が先に風呂に入ったのだが、エイラは私服姿だ。

夕食時に「今夜もお茶会をしませんか？」と一良に誘われており、待っていたのだ。

「あ、カズラ様。お待ちしておりました」

「こんばんは、エイラさん」

部屋に入り、テーブルを挟んでイスに座る。

エイラの部屋は一良の部屋と同様に、かなり大きく豪華な部屋だった。

床には外来品の絨毯が敷かれていて、壁には大きな風景画、装飾の施された姿見、天蓋付きのキングサイズベッドがあった。

テーブルの上にはガラスポット、水筒、ハーブの小袋、コップが2つ置いてある。

「お茶を淹れますね。カモミールでいいですか？」

エイラがポットにハーブを入れる。

「ありがとうございます。それでその、話があって」

話すタイミングを逸しないようにと、一良はすぐさま本題を切り出す。

「あ、はい。何ですか？」

「……側室にしてほしいって件の」

「……」

エイラが手を止め、真剣な表情で一良を見つめる。

「そ、その、好意は本当に嬉しいんですけど、やっぱり俺としては応えられないなって。本当に、すみません」

どうにも気まずく、一良が視線をテーブルに落としながら言う。

エイラは何も言わず、持っていたハーブの小袋をテーブルに置いた。

2人の間に、沈黙が流れる。

「……それは、今のカズラ様のお気持ちですか？」

どうして何も言ってくれないんだ、と一良が嫌な汗を掻いていると、エイラの声が響いた。

一良が顔を上げると、彼女は先ほどと同じ、真剣な表情で一良を見つめていた。

「は、はい。こっちの世界だとそういうのは普通なのかもしれないですけど、俺的にはダメかなって」

「日本人として、倫理的にということでしょうか？」

「あ、はい。そんな感じです」

「……そっか、よかった」

「え？」

思わぬ言葉に、一良がきょとんとする。

エイラは柔らかい表情になっている。

「私とそうなることが嫌だということではなくて、ほっとしました」

「は、はい！　嫌だなんてことは全然ないですよ！　エイラさんって、俺の理想の女性像そのものですし！」

勢い込んで言う一良に、エイラが少し笑う。

「ふふ、ありがとうございます。嬉しいです」

「では、もしカズラ様のお考えが変わったら、側室にしていただけますか？」

「は、はい」

「えっ」

一良がたじろぐ。

「もしもの話です。どうでしょうか？」

「え、えっと……どう答えたらいいのやら。うーん」

「ふふ、その答えだけで十分です」

エイラはそう言うと、水筒からガラスポットにお湯を注いだ。

「いつまでも、待っていますので。心の片隅に、今の話は置いておいてくださいね」

「は、はあ」

「それはそうと、明日の観光なのですが――」

エイラが、侍女たちから聞いたというこの街の穴場観光スポットについて話し出す。

一良としては、グリセア村での一件があったので、もっと別の反応を想像していた。

だが、彼女は泣くでもなく、いつもどおりの穏やかな様子だ。

側室の件については正直戸惑ったが、気まずい雰囲気にならなかったのは助かった。

「――じゃあ、そのキノコ料理のお店には行くことにしましょっか」

「ですね！　あちこち回ることになりますから、ちょっと急がないといけませんけど」

「まあ、何日滞在するのかは決めてませんし、のんびりでもいいと思いますよ」

「あ、確かに……って、もうこんな時間！」

エイラが左腕の腕時計に目を落とす。

以前、一良がプレゼントしたものだ。

一良も彼女のそれをのぞき込んだ。

「うわ、ほんとだ。1時間以上話してたのか。明日に備えて、そろそろ寝ないと」

「ふふ。カズラ様とお話ししてると楽しくて、あっという間に時間が経ってしまいます」

「そ、それはどうも……じゃあ、そろそろお暇しますね」

一良が席を立ち、「おやすみなさい」と部屋を出て行った。

エイラはそれを笑顔で見送り、扉を閉める。

その途端、両目に涙が溢れた。

それまで作っていた笑顔を崩し、嗚咽が漏れないように両手で口を押さえる。

「私っ……こんなにっ」

エイラはしばらくの間、扉の前に立ち尽くしていた。


翌日の夕方。

一良たちはフライシアの街なかを、徒歩で散策していた。

朝早くから観光名所を見て回り、もうすっかり日が暮れている。

今は、小高い丘にある展望台で一息ついているところだ。

「はあ、ほんっとうに面白かった！」

リーゼが満面の笑みで、夕日を浴びながらぐっと背伸びをする。

「うん、楽しかったな。今日見れたのは5分の1ってところかな？」

一良がナルソンから貰ったメモ書きを見る。

今日見たのは、領内一を誇るカフクの放牧場、歴代の領主の彫像と歴史が学べる博物館、昼過ぎから盛況になる大食料市場、他領や他国の品物が集まる商業地区だ。

もっとあちこち行きたいところではあったのだが、1つ1つをじっくり見ていたらあっという間に時間が過ぎてしまった。

「初日だっていうのに、たくさん買っちゃいましたね。ちょっと買いすぎたかなぁ」

バレッタが両手に下げていた布袋を地面に置き、ふう、と息をつく。

村の皆にお土産にすると言って、あれもこれもとフライス領産の民芸品や乾物を大量に買い込んだのだ。

ならばと一良たちも協力して荷物持ちをし、今日の荷物はほぼお土産である。

「そうねぇ。買うなら帰る前の日でもよかったわよね」

朗らかに笑うジルコニアに、バレッタが「ですよね」と苦笑する。

「でもまあ、買い物も楽しかったしいいじゃないですか。きっと皆、喜んでくれますよ。これとか」

一良（かずら）がバレッタの布袋から、小さな木彫りのカフクを取り出す。

フライス領のお土産といったらコレ、と店員にお勧めされたので、一番小さい手のひらサイズのものを各家庭に1つということで大量購入したのだ。

その場ではノリノリで買ったのだが、今になってみると「本当にいるのかこれは？」と首を傾げてしまう。

一番ノリノリだったのは、バレッタだったりする。

「……ねえ、やっぱりそれ、いらなかったんじゃない？　何か、微妙に思えてきたんだけど」

「た、確かに、貰っても『へえ……』みたいな感想になりそうな気がしますね」

リーゼとエイラの言葉に、バレッタが「うっ」とたじろぐ。

「あ、あの時はかわいく見えたんです。リーゼ様たちも、『いいね！』って言ってたじゃないですか」

「あの時は店員さんにのせられちゃってさ……アイザック様も、『買いましょう！』って煽ってきたし」

「あ、煽ったわけじゃないですよ。フライス領ならではのお土産ですし、小さいからちょうどいいと思っただけです」

彼女たちが話し込んでいるのをよそに、ハベルはハンディカメラで街並みの動画を撮っていた。

自分も撮影しようと、一良(かずら)は彼の隣に行ってスマートフォンを取り出す。

「いやぁ、いい景色ですね」

「ええ。イステリアとは違って、背の高い建物が少ないのがまたいいですね。ここから見ると、屋根が全部オレンジっていうのは素敵ですね」

カメラを起動して写真を撮る一良(かずら)に、ハベルが微笑む。

「今日もたくさん写真を撮ってましたよね。見せてもらえます？」

「はい。すごい量ですが」

ハベルが撮影を止め、写真を見せる。

放牧場で草を食むカフクと、それを見つめるマリー。

夏イモのミルク煮をスプーンで口に運んでいるエイラ。

出店でアクセサリーを選んでいるジルコニアとセレット。

食べ物を喉に詰まらせたアイザックの背中を叩くシルベストリア。

こじゃれた肩掛けを鏡の前で試着しているバレッタ。

どれも「ここぞ」といった瞬間を切り取った素晴らしい写真だ。

「うわ、ハベルさん、写真撮るの上手くなりましたね！」

「ありがとうございます。雑誌に載っていた写真を見ながら、撮影の構図を勉強しまして」

「なるほど。確かに、あれってプロが撮影したものですもんね。参考にするには最適だ」

「はい。あと、この写真が個人的にはお勧めですよ」

ハベルが写真をスライドさせる。

それは、一良とリーゼが牧場でカフクに果物を食べさせているものだった。

2人とも、とても楽しそうだ。

「おお、確かにいい場面――」

「私としては、伴侶にはリーゼ様がお勧めですよ」

小声でそんなことを言うハベルに、一良がぎょっとする。

「リーゼ様ほど完璧な女性は、どこを探してもいないでしょうね。カズラ様にふさわしい女性かと思います」

「い、いきなり何を言ってるんですか？」

「でも、バレッタさん、エイラさん、ジルコニア様も素敵なかたですよね。リーゼ様を正妻に据えて、他のかたは側室というのもいいですね」

ハベルはそう言うと、一良を横目で見ながら微笑んだ。

「カズラ様は、それをしてもよいお立場です。どうすれば皆が幸せになれるのかを、今一度お考えになられてもよいかと存じます」

「……皆が幸せに、ですか」

「はい。そうすれば、またこんなこともできますよ」

ハベルが写真をスライドし、海の岩場で一良とジルコニアがキスをしているシーンを表示した。

「げっ⁉」

「いやはや、びっくりしました。後で印刷してジルコニア様に――」

「だっ、ダメです！　洒落になりませんよこれ！　消してください！」

カメラをひったくろうとする一良に、ハベルが背を向けて抵抗する。

「そんな、もったいないですよ。これも記念じゃないですか」

「そういう問題じゃないですって！」

「ふふ、男同士で何をいちゃついてるの？」

ジルコニアが2人に歩み寄る。

そして、カメラのモニターに偶然目がいった。

「あっ！」

ジルコニアは声を漏らして一瞬固まると、背後をちらりと見て他の皆が離れていることを確認した。

「ハベル、後でそれ、印刷してくれる？」

「承知しました。写真立てに入れてお渡しいたします」

「ええ……」

引き攣る一良に、ジルコニアが照れたような笑顔を向ける。

「一生の宝物にしますね！」

そう言って、ご機嫌な様子で皆の下へと戻って行った。

「では、イステリアに戻ったらカズラ様にもお渡ししますね」

「お、俺の分はいらないです。あの、くれぐれも他の人には見られないようにしてくださいね？」

「もちろんです。ご安心を」

にこやかに微笑むハベルに、一良は諦めたようにため息をつくのだった。


へイシェル邸に帰宅後。

一良はアイザックとハベルと一緒に、大浴場で風呂に入っていた。

へイシェル邸の風呂は1人用の小さなものが3つと大浴場が4つで、大浴場は侍女や使用人、兵士たちが24時間使えるようになっている。

驚くことにお湯はかけ流しで、有り余る油と市民から安価に買い取った廃材を燃料にして、水車で汲み上げた川の水を沸かし続けている。

昨年にイステリアから導入した水車の最初の導入先が、この大浴場とのことだ。

当初は貸切にしてくれるとヘイシェルは言ったのだが、そんなことはしなくていいと一良が言ったため、一良たち以外にも何人か風呂を楽しんでいる。

「それにしても、このお風呂はすごいですね」

一良が湯に浸かりながら、風呂を見渡す。

今入っている湯舟は木製で、昨晩入ったのは大理石製だった。

1日ごとに水を抜いて清掃&乾燥をしているとのことで、水垢もなくとても綺麗だ。

浴室はかなり広く、15メートル四方はあるように見える。

湯舟の大きさは、その半分ほどだ。

隅にはサウナもあり、今も数人の男たちが入っている。

「綺麗な水がこんなに使い放題なんて、イステリアから見たらすごく贅沢だなぁ」

「ですね。サウナ風呂も付いていますし、ここでの暮らしは天国ですね」

頭にタオルを載せたアイザックが、とろけそうな顔で言う。

「小さいほうのお風呂も、明日入ってみようかな。どんな感じなんだろ」

「小さい風呂は、月のものがきた女性用とのことですよ。マリーが言っていました」

だらりと体を伸ばして首まで浸かっているハベルが言う。

「あ、なるほど。そういうところも考えてるわけですか」

「ええ。働いている人数が多いので、常に使用中のようです。男が使うことはないそうですね」

話しながらのんびり浸かり、そろそろ出るか、と脱衣所に向かう。

入れ替わりでヘイシェルが浴室に入ってきたのだが、「どうもどうも」と一良たちに声をかけ、さっさと体を洗いに行ってしまった。

一良たちが来てからというもの、ヘイシェルはまったく仕事の話はしてこない。

旅行を楽しむことだけに集中してもらおう、という心遣いだろう。

体を拭いて着替え、廊下に出て歩き出す。

あれこれと雑談しながら一良の部屋の前で2人と別れ、一良は部屋に入った。

「おかえり！」

「あれ。リーゼ、どうしたんだ？」

イスに座って頬杖を突いているリーゼに、一良がきょとんとする。

リーゼは風呂上がりらしく、髪はしっとりと濡れていた。

「ちょっとカズラと話がしたいなって思って」

にこりとリーゼが微笑む。

「……そっか。俺も話したいこと――」

「ね、屋上に行こ！」

リーゼが立ち上がって歩み寄り、一良の手を取った。

一良が何かを言うより先に扉を開き、リーゼはそのまま手を引いて部屋を出た。

「えっ、ちょ、ちょっと！」

「今日ね、すごく星が綺麗なの。涼みながら話そうよ」

「あ、うん」

まあいいか、と一良は手を引かれながら、廊下を進む。

「はあ、何か蒸し暑いね」

リーゼが額の汗をハンカチで拭う。

「だな。イステリアに比べて、ここって少し暑くないか？」

「あ、やっぱりそう思う？　何でだろ？」

「んー。南に位置してるってのも少しはあるのかな？」

「えー？　南っていっても、そこまでじゃなくない？　王都のほうが南だけど、あっちは涼しかったじゃん」

「そりゃそうか。なら、温帯低気圧でも近づいて来てるのかな」

「大雨が降る時にできるやつだっけ。部屋の中も蒸し暑くって……けほ、けほ」

咳込むリーゼに、一良が心配そうな目を向ける。

「どうした？　風邪でも引いたか？」

「ううん。何だか喉が擦れちゃって」

見ると、リーゼは唇がカサカサになっていた。

「唇が乾いてるぞ。風呂を出てから、何か飲まなかったのか？」

「じゃあ、急いでカズラの部屋に行ったから……けほ、けほ」

「じゃあ、何か冷たい飲み物を持ってくるよ。先に屋上に行っててくれ」

一良が言うと、リーゼは少し考えるそぶりをした。

「うん、分かった。早く来てね？」

「心配しなくても、すぐに行くよ」

一良が苦笑し、飲み物を取りに部屋へと戻っていく。

リーゼはその後ろ姿を見送り、ふう、とため息をついた。

緊張のせいで、喉がカラカラだ。

自身の手を、じっと見つめる。

その手は、微かに震えていた。

「……うん、大丈夫。やれることは、やっておかないと。後悔なんて、しないんだから」

そう言ってぎゅっと手を握り、階段へと向かって行った。

「あっ、カズラ様！」

一良が飲み物の入った保冷バッグを手に廊下を歩いていると、シルベストリアと出くわした。

風呂上がりのようで、ほこほこと湯気を立てている。

「シルベストリアさん、こんばんは」

「こんばんは！　どこかへお出かけですか？」

「ちょっと屋上で涼むことになって」

「あー、暑いですもんね。了解です！」

そう言って、すたこらと走り去って行くシルベストリア。

うきうきした様子で去っていく彼女に一良は小首を傾げ、リーゼの待つ屋上へと向かった。

「カズラ、こっちこっち！」

一良が屋上に出ると、屋上の端でリーゼが手を振っていた。

一良は彼女に歩み寄り、保冷バッグからペットボトルのスポーツドリンクを手渡す。

大きめの保冷剤を入れてあったので、イステリアから丸一日以上経っているがしっかりと冷えている。

今夜は満月で、夜にもかかわらずかなり明るい。

屋上はかなり広いのだが、他には誰もおらず貸切状態だ。

「ほら、よく冷えてるぞ」

「ありがと……って、お酒じゃないの？」

「脱水状態でお酒は危ないって」

一良（かずら）は自分のペットボトルのフタを捻り、口をつける。

リーゼも一口飲み、はあ、とため息をついた。

「いい景色だねー」

「だな。フライシアが一望だ」

ヘイシェル邸は4階建てで、街で一番背の高い建物だ。

夜中にもかかわらず家々の窓からは明かりが漏れており、通りを行き交う人もちらほらいるようだ。

「おっ。夜中なのに船が出てる」

「えっ、どれどれ？」

「あっちの開けてるところ。川を照らしてるのか」

一良（かずら）の指差す方を見て、リーゼが「おー」と声を漏らす。

舷側から吊るされた棒の先にはお椀型のカバーが付いていて、中に松明が付いているようだ。

金属のカバーに光が反射して、水面を照らしているように見える。

「あれって確か、『集魚灯』だよね？」

「ああ、魚を集めるやつだっけ？　よく知ってるな」

「百科事典に載ってたの。でも、川で使うのは虫を集めるやつだよ。虫を食べに来た魚を釣り上げるんだって」

「へぇ。リーゼもいろいろと勉強してるんだな」

「えへへ。いつ何が役に立つか分からないから、暇な時に百科事典を読み漁ってるの」

「偉いなぁ。将来有望だ」

あれこれと、勉強のことや今日の観光のことについて話す。

そうしてしばらくして、話が途切れた。

「そういえばさ。カズラ、話したいことがあるって、さっき言ってたよね?」

横目で一良の目を見ながら、リーゼが言う。

「あ、うん……その、さ」

「私もね、話したいことがあるんだ」

一良が続きを言うのをさえぎるように、リーゼが口を開く。

「ん、何だ?」

一良が言うと、リーゼは一良に向き直った。

「前にさ、氷池の場所を決めに、お母様の故郷に行った時のこと、覚えてる?」

「うん。だいぶ前の話だよな。行くだけで4日もかかったっけ」

「すごく遠くて大変だったよね。でさ、着いた日の夜に、ご飯食べながら話したことは覚えてる？」

「えっと……どの話だろ。ニーベルさんのことを、『死ねばいいのに』って言ってたこと？」

思い出しながら言う一良に、リーゼが苦笑する。

「ううん。その後のこと」

「……うん、覚えてるよ」

あの日の夜に、リーゼに「私と結婚してくれる？」と唐突に言われたことを一良は思い出す。

「あの時のこと……もう一度言わせてほしいの」

「……」

「私、ね」

リーゼはそう言って言葉を止め、その表情がふっと悲しげなものになった。

そして一良に一歩歩み寄ると、背伸びをして彼の唇に自分の唇を重ねた。

不意打ち気味になされたキスに、一良が驚いて目を見開く。

リーゼはすぐに、唇を離した。

「お、お前――」

「お願い……少しの間だけでいいから……今だけでいいから、夢を見させて？」

リーゼが目に涙を浮かべて微笑み、震える声で言う。

縋りつくように、一良の胸に両手を添えた。

瞳を閉じ、涙が頬を流れる。

「リーゼ……」

一良は彼女をそっと抱き寄せると、その唇に自身の唇を重ねた。

しんと静まり返った薄暗い廊下を、バレッタは緊張した顔で歩いていた。

風呂を出た後に部屋でお土産の整理をしていたところ、突然部屋に入ってきたシルベストリアに、「カズラ様は屋上にいるから告白してきな！」と放り出されたのだ。

突然そんなことを言われて「まだ心の準備が」と抵抗したのだが、「いつまでも受け身でどうする」「他の女に掠め取られるぞ」と怒られてしまった。

——はあ、急にこんなことになるなんて……。

近いうちに一良から告白してもらえるのではと、バレッタは考えていた。

そう確信できるほどの言葉を今までに何度も彼からは貰っていたし、互いにはっきり言っていないだけで両想いである自信がある。

今は旅行中で他の皆もいることだし、きっと村に戻ってから進展があるだろうと思っていたのだ。

しかし、シルベストリアの言うとおり、ここ最近の他の女性陣の一良に対するアプローチはかなり激しい。

正直なところ、それを見るたびにモヤモヤした気持ちになっているのも事実だ。

――……うん。私から、ちゃんと言おう。今なら、カズラさんもリーゼ様のことで困らないだろうし。

以前、リーゼと約束した「抜け駆けなし」の話が頭をよぎったが、いずれはっきりさせなければいけないことだ。

しっかりと一良の気持ちを確かめて、リーゼにはその後で報告すればいいだろう。

よし、と両手の拳を握って気合を入れ、屋上へと向かう。

ドキドキと早鐘を打つ自身の胸の音を聞きながら、階段を上がる。

緊張しながら一歩一歩階段を上り、屋上に出る扉が目に入った。

深呼吸しながら階段を上り切り、開きっぱなしになっている扉の前に立った。

「あっ」

開けた屋上の一角に、一良とリーゼの姿があった。

向かい合って、何かを話している様子だ。

一良だけじゃなかったのかと、ため息をつく。

がっかりしたような、少しほっとしたような気持になりながら、彼らに声をかけようと一歩を踏み出した時。

リーゼが背伸びをし、一良の唇にキスをした。

「……え？」

バレッタは思わず声を漏らし、目を見開いた。

リーゼは顔をすぐに離し、一良に何かを言っている。

バレッタが立ち尽くしていると、一良はリーゼを抱き寄せて、今度は自分から彼女にキスをした。

「カ、カズラさ……な……んで……」

唇を重ねる一良とリーゼを、呆然と見つめる。

足が震え、その場に崩れ落ちそうになった。

「っ！」

バレッタは踵を返し、階段を駆け下りた。

数秒唇を重ね、一良が顔を離す。

「……俺、バレッタさんが好きなんだ。リーゼの気持ちには、応えられない」

「……うん。分かってたよ。分かってた」

悲しげな表情で言う一良に、リーゼは頬を涙で濡らしながら微笑む。

「いきなりキスして、ごめんなさい。でも、どうしても、初めてはあなたがよかったの。断られた後じゃ、もうできないから」

「……ごめん」

「謝るなら、私と結婚してよ。こんなにかわいい娘振って他の女を選ぶなんて、あなたどうかしてるわよ」

「……ごめんな」

いつものような軽口を叩いて場を和ませようとするリーゼが痛々しくて、一良(かずら)は再び謝ってしまう。

「謝らないでよ……せ、せっかく……わた……し……っ……」

我慢が限界を超え、リーゼは一良(かずら)の胸に縋りつき泣きじゃくる。

一良(かずら)は再びその背を抱き寄せようとして、止めた。

そんなことを、今の自分がしていいはずがない。

リーゼはしばらく泣き続けたが、やがて落ち着くと一良(かずら)の胸から離れた。

「……もう、大丈夫だから。バレッタのところ、行ってあげて?」

「え?」

突然出たバレッタの名に、一良(かずら)が困惑する。

リーゼはくすりと笑うと、屋上の入口に目を向けた。

「さっきね、そこの入口から、バレッタが私たちのことを見てたの」

「は⁉ み、見てたって」

「私たちがキスしてるところ、ばっちり見られてた。で、その後、どこかに走って行っちゃった」

「お、おま、見られてるって分かっててやったのか⁉」

「好きな人と初めてキスできたのに、それよりも優先するようなことがあると思う？」

驚愕する一良に、リーゼがいたずらっ子のような顔をする。

口をぱくぱくさせている一良に、リーゼはくすりと笑う。

「ほら、早く行きなよ。きっとあの娘、部屋で泣いてるからさ」

「っ！　ああもう！」

一良が慌てた様子で、屋上を出ていく。

彼の姿が見えなくなると、リーゼは歯を食いしばって再びぼろぼろと涙をこぼし始めた。

「……大丈夫なわけないじゃない。ばか」

一人きりになった屋上の闇に、リーゼの絞り出すような声がぽつりと漏れた。

階段を一段飛ばしで一良は駆け下り、1階のバレッタの部屋へと向かう。

息を切らせて彼女の部屋の前にたどり着き、扉を開いて中に飛び込んだ。

「バレッタさん！」

「っ⁉」

部屋の真ん中でへたり込んでいたバレッタが肩を跳ねさせ、一良に振り向く。

その目は恐怖と動揺に塗りつぶされていて、頬は涙で濡れていた。

「バ、バレッタさん、あれは――」

「や、やだ……」

怯えて後ずさるバレッタに一良は歩み寄って、しゃがみ込む。

そして、彼女の肩に手をかけようと手を伸ばす。

「バレッタさん、あれは――」

「やだ！」

バレッタは叫ぶように言うと、一良の両肩を掴んで床に押し倒した。

ごん、と一良の後頭部が床に叩きつけられる。

「あだっ⁉」

「どうしてリーゼ様なんですか⁉　どうして私じゃないんですか⁉　私、あんなに、こんなに頑張ってるのに！　ずっと一緒にいてくれるって言ったのに！　どうして！　どうしてっ⁉」

バレッタの血を吐くような叫びに、一良は頭の痛みに目をチカチカさせながらも口を開く。

「ちょ、ちょっと落ち着い――」

一良がそこまで言いかけたところで、バレッタは自身の唇を一良の唇に押し付けた。

数秒その状態が続き、一良の頬に熱いものがぽたぽたと落ちてきた。

「っ……うっ……ひっぐ……」

バレッタが一良から口を離し、顔をくしゃくしゃにして涙を流す。

「やだ……やだよ……こんなの、やだよぅ……」

「……バレッタさん」

一良は泣きじゃくるバレッタの肩に手を添え、身を起こす。

バレッタはぼろぼろと涙をこぼしながら、縋るような目で一良を見た。

「わ……たしっ……カズラさんがいないと……っ」

嗚咽交じりに言うバレッタの肩を一良は掴み、真っすぐに彼女の目を見る。

「好きだ」

一良の言葉に、バレッタが固まった。

「他の誰よりも、俺は君が好きだ。ずっと俺の傍にいてほしい」

「え？　え？」

なぜ一良がそんなことを言うのか理解できず、バレッタが混乱する。

「で、でも……リーゼ様、は？」

擦れる声で言うバレッタに、一良はバツの悪そうな顔で頭を掻く。

「さっき、屋上で告白されたんです。で、断る前にいきなりキスされて」

「だ、だけど、抱き合ってカズラさんからキスしてたじゃないですか⁉」

「あ、あれはその、今だけって懇願されて……でも、その後でちゃんと断ったんです。バレッタさんが好きだから、リーゼの気持ちには応えられないって」

「そ、そう……ですか……」

呆然とした表情で言うバレッタに、一良がすまなそうに微笑む。

「本当に、ごめん。これからはずっと、バレッタさんだけを見てるから」

「っ……は、はい！」

涙に濡れた顔で、バレッタが微笑む。

「……でも、言葉だけじゃ、嫌です」

そう言うと、一良の頬に両手を添えた。

「カズラさんを全部……私に、ください」

そして、再び2人は唇を重ねた。

第3章　新たな関係

ピピピ、という電子音が響く。

一良はぼんやりと目を開き、音の発生場所を探そうと頭を動かした。

ベッド脇のテーブルに置かれていた時計に手を伸ばし、べし、と叩いてアラームを止める。

どうやら、バレッタが寝過ごさないようにとセットしておいたようだ。

「……ん」

すぐ隣から聞こえた声に、顔を向ける。

一良の腕に自身の腕を絡めているバレッタが、目を閉じたまま眉間に皺を寄せている。

2人とも裸で、毛布の隙間からバレッタの白い肌がのぞいていた。

起きるかな、と思いながら一良が見つめていると、バレッタが薄っすらと目を開いた。

「んん……」

「バレッタさん、おはようございます」

「あ、おはようござ……っ!?」

バレッタは反射的に答えた直後、自身が裸であることに気づいて固まった。

同時に、昨夜の情事を思い出し、瞬時に顔が真っ赤になる。

あの後、ついに一良と結ばれることができたのだ。

「あ、あ、あ」

「ど、どうしたんですか？」

「ううう……」

バレッタはプルプルと震えながら一良の腕をきつく抱き、上目遣いで彼を見る。

「……夢じゃなかったです」

「え？」

「うう、恥ずかしい……」

バレッタは湯気が出そうなほどに顔を真っ赤にして、目をそらした。

腕や首筋まで真っ赤だ。

「え、えっと……起きますか？」

「はい……」

一良は身を起こそうとするが、バレッタが腕をしっかりと抱いていて起き上がれない。

「あの、放してくれないと起き上がれないんですけど」

「うう、でも、放すと見えちゃいますよう」

「ええ……昨日、これでもかってくらいお互い見たじゃないですか」

「ううう！」

バレッタは再び呻(うめ)き、視線から隠れるように抱いている腕に額を押し付けた。

「ほら、そろそろ朝食ですよ。アラームが鳴っていましたし」

「はい……あの、あっちを向いていてほしいです……」

「えー？　それは何かヤダなぁ」

「うう、意地悪しないでください！」

「はは、すみません。バレッタさんが可愛くって」

一良(かずら)はそう言ってバレッタに毛布をかけると、ベッドの反対側から降りた。

「ええと、服は……」

ベッドの端に脱ぎ散らかされている自分の服を取り、着替え始めた。

バレッタは毛布にくるまったまま身を起こし、ささっと手を伸ばして自分の服を取る。

「バレッタさんは新しい服に着替えたほうがいいんじゃないですか？」

「あ、ですね……そこの布袋、取ってもらえますか？」

「うん」

ズボンを穿いた一良(かずら)が、布袋を取りに行く。

バレッタは毛布をまとったまま、その姿を見つめた。

ふと思い立ち、そっと毛布を開いて自身の下半身を見る。

「……」

「はい、バレッタさん……何やってるんです？」

「い、いえ！　何でもないです！」

ばっと毛布を閉じ、手を伸ばして布袋を受け取った。

そのまま毛布を頭から被り、袋を漁る。

「そんなに恥ずかしがらなくてもいいのに」

「恥ずかしいものは恥ずかしいんです！」

バレッタはそう言うと、ちらりと毛布から顔をのぞかせた。

「……カズラさん」

「ん、何ですか？」

一良が上着を着ながら、バレッタを見る。

バレッタは真っ赤な顔のまま、一良を見つめている。

「そ、その……私と、け、け、結婚してください！」

「しますって。昨日も言ったじゃないですか」

昨晩、大人の行為をしている最中にもバレッタに言われ、一良はすぐに頷いたのだ。

自分から言うつもりだったのに、と一良が言うと、バレッタは照れながら「えへへ」と笑っていたのだが。

「うう、ごめんなさい……何だか、昨日のことが夢みたいで。えへへ」

その時と同じように笑うバレッタ。

とても幸せそうなその表情に、一良も頬が緩む。

「ほら、あっち向いてますから。着替えちゃってください」

「えへへ。はい！」

そうしてバレッタも着替えを済ませ、ベッドを降りた。

着替え中、一良がわざと何度か振り返ろうとするたびに、バレッタは「ダメですってば！」と慌てていた。

「さて。俺、部屋着ですし、着替えてきますね。先に食堂に行っててください」

「あ、待ってください！」

「ん？」

部屋を出ていこうとする一良にバレッタが駆け寄り、腕を掴む。

振り返った一良の唇に、バレッタは背伸びをしてついばむようなキスをした。

「私も一緒に行きます。えへへ」

「か、かわいい奴め」

「きゃー」

頭をぐりぐりと撫でられ、バレッタが可愛らしい悲鳴を上げる。

そうして、2人は一緒に部屋を出た。

隣の一良の部屋に入り、一良がバッグから着替えを取り出す。

上着を脱ぎ始めた一良を、バレッタはご機嫌な様子でベッドに腰掛けて見つめている。

ちなみに、部屋の配置はリーゼ、一良、バレッタという順になっている。

ジルコニア、エイラ、マリーの部屋は、それぞれその向かいだ。

「今日はどこに行きましょうかね？」

バレッタが唇に指を当てて、「んー」と考える。

「大きなミャギ牧場があるって聞きましたから、行ってみませんか？　ミャギ肉の揚げ焼きがすごく美味しいらしいですよ」

「んじゃ、まずはそこに行きますか。そういえば、フライス領の港町にもって話がありましたけど、どうしましょうかね？」

「あ、港町も行ってみたいです！　でも、泊まりがけになりますよね？」

「だよなぁ。まあ、皆の意見も聞いてから、行くかは考えますかね」

「……」

「バレッタさん？」

皆、と言われ、バレッタはそれまでの幸せな気分から一転して、酷い焦燥感に襲われた。

一良と結ばれたことで舞い上がっていたが、これからリーゼと顔を合わせるのだ。

いったいどんな顔をして、彼女に会えばいいのだろうか。

一良がバレッタに歩み寄り、頭を撫でる。

「大丈夫。俺が、皆にちゃんと言いますから。リーゼも、分かってくれますよ」

「……はい」

バレッタが萎れるように頷く。

昨夜、自分が一良とリーゼのキスを見てしまった時の気持ちを思い出す。

大好きな人が、自分以外の人と結ばれてしまったと思い込み、途方もない絶望を味わったのだ。

きっと、今のリーゼもその時の自分と同じ気持ちだろう。

一良は少し心配そうにバレッタを見ると、着替えの続きを始めた。

ぱぱっと服を着て、さて、と息をつく。

「行きましょっか」

「はい……」

部屋を出ると、私服姿のマリーが部屋を出てきたところだった。

2人の姿に、にこりと微笑む。

「あ、カズラ様、バレッタ様。おはようございます」

「おはようございます」

「お、おはよ……」

にこやかに返す一良とは違い、バレッタの表情は暗い。

マリーは特に反応するでもなく、笑顔のままだ。

「起こしに伺おうと思ったのですが、バレッタ様もご一緒だったのですね」

「は、はい」

「……うん」

「バレッタ様」

すると、マリーがバレッタに明るい笑顔を向けた。

「大丈夫ですよ。皆様、きっと分かってくださいますから」

「え」

一良とバレッタが同時に驚いた声を漏らす。

「カズラ様、バレッタ様を幸せにしてあげてくださいね！」

「え、あ、はい」

「あの、マリーちゃん。その……知ってたの？」

バレッタがおずおずと、マリーに聞く。

「そろそろだろうなって思っていたのですが、お二人の顔を見て確信しちゃいました。おめでとうございます」

にこにこと微笑んでいるマリー。

すると、隣の部屋の扉が開いた。

出てきたリーゼの姿に、バレッタがびくっと肩を跳ねさせる。


「あ、バレッタ！」

リーゼがバレッタに駆け寄る。

バレッタの顔を少し見つめ、にこっと微笑んだ。

その目は泣きはらしたように真っ赤だった。

「おめでと！」

「えっ」

「あれから、カズラに告白してもらえたんでしょ？」

「は、はい……」

たじろぐバレッタの頭を、リーゼがよしよしと撫でる。

「昨日はごめんね。勝手に、カズラにあんなことしちゃって」

「え、あ……い、いえ」

「カズラ、バレッタを泣かせるようなことしたら許さないからね。ちゃんと幸せにしてあげてよ？」

「あ、ああ。もちろんだ」

「それじゃ、朝ごはん食べに行こっか。お腹空いちゃった」

2人の間に入ってそれぞれの背を押し、リーゼが歩き始める。

一良とバレッタも、困惑しながらも歩き始めた。

マリーはにこにこしながら、その後に続く。

「それで、結婚式はいつ挙げるの？」

リーゼが笑顔のまま、2人の顔を交互に見る。

「あ、そうか……バレッタさん、村に帰ったらバリンさんに報告して、すぐにやりますか？」

「は、はい……」

うつむいて答えるバレッタ。

リーゼは少し困ったように笑うと、足を止めた。

バレッタと一良も立ち止まる。

リーゼはバレッタに向き直った。

「あのね。私のことは、心配しなくても大丈夫。ちゃんと納得してるから」

「……」

「そりゃあ、ばっさり断られちゃってショックだったけどさ。こうなるだろうなって予想はしてたし、覚悟はできてたの。だから、そんな顔しないで？」

「……ごめんなさい」

「もう、何で謝るのよ。そこは、『ありがとう』でしょ？」

「ごめんなさい、ごめんなさい……」

ぽろぽろと涙をこぼして謝るバレッタ。

その姿に、リーゼの笑顔が崩れていく。

「あ、謝らないでって……謝らないでよ……っ」

張っていた気持ちが簡単に瓦解し、リーゼも一緒になって泣き出してしまう。

そして、互いに縋りつくようにして泣き出してその場にしゃがみ込んでしまった。

——ど、どうしよう。

——しばらくはこのままにしておくしか……あわわ。

一良とマリーは目で会話し、どうすることもできずにその姿をしばらくの間見つめていた。


数分後。

2人を連れて一良が食堂に入ると、すでにジルコニアたちが席に着いていた。

泣きはらしたバレッタとリーゼの顔に、皆がぎょっとした顔になる。

ちなみにだが、ヘイシェル夫妻は食卓は一緒にしないことになっている。

日常を忘れて気兼ねなく旅行を楽しんでほしい、とのことで、一良たちと会うのも必要最小限にしてくれているのだ。

「えっ。どうし……あ」

ジルコニアが言いかけ、察した様子で苦笑した。

そしてエイラと目を合わせ、一良を見る。

「えっと、カズラさん。一応聞きますけど、どういうことですか？」

「そ、その……俺、バレッタさんと結婚することになりました」

「えっ⁉」

アイザックが驚いた声を上げ、すぐに「すみません」と小さくなる。

シルベストリアはほっとした様子で胸を撫でおろしており、ハベルは「あーあ」とでも言いそうな顔になっていた。

セレットは我関せずといった様子で、皆のカップにポットからお茶を注いでいる。

「それで、私の娘を泣かせたというわけですか」

「ひっ」

底冷えのする声で真顔で言われて一良はびくっとなったが、ジルコニアはすぐに表情を崩した。

「ふふ、冗談です。バレッタ、よかったわね」

「……はい」

「リーゼは、納得できてない感じかしら？」

ジルコニアが聞くと、リーゼは疲れたような笑顔を見せた。

「いえ、そんなことはないです。でも、やっぱり失恋はつらくて」

「別に、まだ失恋したってわけじゃないでしょ」

「「えっ⁉」」

ジルコニア以外の全員が驚いた声を漏らす。

「私はまだ諦めてないし。バレッタが不甲斐なかったら、遠慮なく掠め取らせてもらうつもりだけど？」

「い、いや、ジルコニアさん。何を言ってるんですか」

困り顔の一良（かずら）に、ジルコニアは不満げな顔になる。

アイザックは1人だけ、「何ですと⁉」といった顔になっていた。

「別にそれくらい思っててもいいじゃないですか。これでも、私もけっこう傷ついてるんですよ？」

「え、えっと、何と言ったらいいか……すみません」

「そんな顔しないでください。責めてるわけじゃないですから」

肩をすぼめている一良（かずら）に、ジルコニアが苦笑する。

「でもまあ、今回のところはバレッタに譲ります。バレッタ」

ジルコニアがにこりと微笑み、バレッタを見る。

「は、はい」

「カズラさんを独り占めするんだから、ちゃんと幸せになりなさい。他の男に目移りなんてしちゃダメよ？」

「め、目移りなんて、絶対にしません！」

「ふふ。まあ、私としてはそうしてもらっても全然いいんだけど」

ジルコニアはそう言うと、さて、とナイフとフォークを手に取った。

今日の朝食は、ジルコニアとエイラで用意した。

ソーセージ、パンケーキ、スクランブルエッグ、ハーブティーだ。

「ほら、食べましょう？　3人とも座って」

そうして、皆で朝食を食べるのだった。

小一時間後。

ヘイシェル邸を出た一良たちは、前回船を降りた船着き場にやって来ていた。

タラップを降りた船の前で、一良とバレッタが並んでジルコニアたちと話している。

「あ、あの、本当にいいんですか？」

「いいんだって。楽しんできなよ」

不安そうな顔のバレッタに、リーゼが微笑む。

朝食の席で港町に出かけないかという話を一良がしたところ、バレッタと2人で行ってこいとジルコニアに言われたのだ。

リーゼも「ようやく結ばれたんだから」、と賛同した。

護衛をどうするかという話にもなったのだが、バレッタが一緒なら大丈夫だろうということで、2人きりで行くことになったのだ。

「ちょっと早めの新婚旅行ってことでさ。村に戻ったらしばらくは出かける機会なんてないだろうし、ちょうどいいじゃない」

「……はい。ありがとうございます」

バレッタが恐縮した様子で頭を下げる。

「ほら、辛気臭い顔しないで。4日後の夕方、またここで待ってるから」

リーゼはそう言うと、一良を見た。

「カズラ、バレッタのこと、よろしくね」

「うん。ありがとな」

「お土産、期待してるからね！　いってらっしゃい！」

笑顔で手を振るリーゼたちに見送られ、一良とバレッタは船に乗り込む。

すぐにタラップが上げられ、船は川を下って行った。

「……それじゃ、ハベル様、シルベストリア様。よろしくお願いします」

「「はっ！」」

ハベルとシルベストリアが、先に話をつけていた船に乗り込む。

一良（かずら）たちには「2人きりで」とは言ったが、念のために彼らに後をつけさせることにしたのだ。

「さてと。観光に行きましょうか。どこがいい？」

ジルコニアがリーゼを見る。

「商業区画で食べ歩きがしたいです」

「やけ食いかしら？」

「やけ食いです！　飲んで食べなきゃやってられません！　ねえ、エイラ？」

リーゼが話を振ると、エイラが苦笑しながら頷いた。

「はい。私も、ばっさり振られてしまったので」

「だよね……って、エイラも、カズラに告白してたの⁉」

「実はしてました」

「いつ⁉」

「先日、グリセア村に行った時……じゃないや。王都からお屋敷に戻った次の日ですね。お返事を貰ったのは、ヘイシェル様のお屋敷に着いた日です」

「あら。私もその日に告白したのよ。私の場合は、返事は保留にさせてあるけど」

「ええ⁉　お母様も⁉」

「……保留、ですか？」

口をパクパクさせているリーゼと、小首を傾げるエイラ。

「そ。きっぱり断られたら、その場で泣いちゃいそうだったから。返事は聞かないことにしたの」

「な、なるほど……」

「……お母様、そんなにカズラのことが好きだったんですね」

「ごめんね。私、あなたのお母さんなのに」

苦笑しながら言うジルコニアに、リーゼも苦笑する。

「ほんとですよ。何が悲しくて、母親と男を取り合わないといけないんですか」

リーゼはそう言うと、川へと目を向けた。

――ずっと好きでいるくらい、いいよね。うん。

小さくなっていく船を、リーゼたちはしばらく見つめていた。

船に乗ったシルベストリアとハベルは、お互いカツラを被ったり付け髭をしたりと変装を始めていた。

カツラでロングになったシルベストリアが、ハベルに向き直る。

「どう？　似合う？」

しゃなり、と肩にかかる髪を手で払い、シルベストリアがポーズを決める。

「よくお似合いです。シルベストリア様は、髪が長いほうがお似合いですね」

「そう？　そうかなぁ？」

「そうですよ。ほら」

ハベルがハンディカメラを起動し、モニターをシルベストリアに向ける。

「おっ。我ながら、なかなかいい感じじゃん」

「ええ。アイザック様が見たら、きっとドキリとしますよ」

「なっ、何でそこでアイザックが出てくるわけっ？」

「シルベストリア様はアイザック様がお好きなのかと思っていたのですが」

ハベルの指摘に、シルベストリアは「うっ」とたじろぐ。

「……もしかして、バレバレ？」

「そんなことは。そうなのかな、と思っていただけです」

「アイザックには『しー』だからね！　あいつ、リーゼ様のことが好きなんだし」

「承知しました」

ハベルはにこやかに微笑むと、先を行く一良たちが乗っている船に目を向けた。

ここからでは彼らの姿は見えないが、船首から景色を眺めているのだろう。

「それにしても、カズラ様はもったいないことをしましたね」

「ん？　何がもったいないの？」

「リーゼ様たちのことですよ。どうせなら、全員手に入れてしまえばよかったのに」

シルベストリアがハベルに、「えー」と非難めいた目を向ける。

「何それ。超引くんだけど」

「そうでしょうか？　少なくとも、リーゼ様たちはそれを望んでいるように思えますが」

「えっ⁉　そうなの⁉」

驚くシルベストリアに、ハベルが苦笑する。

「まあ、これからどうなるかはバレッタさん次第といったところでしょうか」

「ど、どうしてバレッタ次第なわけ？　カズラ様次第って言うなら分かるけどさ」

「バレッタさんは、ああいう性格ですからね」

シルベストリアは意味が分からず、頭にハテナマークを浮かべている。

「なるようになりますよ。温かく見守りましょう」

そう言って、ハベルは金髪のカツラを取り出して被るのだった。

数時間後。

一良(かずら)とバレッタは、船の客室でマグネット式の将棋で遊んでいた。

村でのお祭りの景品で余ったものを、一良が持ってきたのだ。

「飛車取り」

「あっ。うーん……」

うっかりミスで飛車取り状態になってしまい、バレッタが唸る。

これで3戦目なのだが、バレッタはこのようなミスを連発していた。

「バレッタさんらしくないですね。俺、ボロ負けするかなって思ってたんですけど」

「う、うーん……」

バレッタが盤面を見ながら唸る。

勝負は五分といった感じで、先の勝負は互いに一勝一敗だ。

「やっぱり、リーゼのことが気になりますか？」

「……はい」

はあ、とバレッタがため息をつく。

すると、ぴしゃっと自分の頬を叩いた。

「でも、そんなの失礼ですよね。カズラさんにも、リーゼ様たちにも。とりあえずは考えないようにします！」

むん、と気合を入れて盤面を見るバレッタ。

すぐに、駒を動かした。

「そうしましょう。せっかく2人きりでって送り出してくれたんだし、楽しまないと……んー」

一良が少し考え、自分の駒を動かす。

そうして将棋を続けていると、船員が「そろそろ着きますよ」と伝えに来た。

「おっ、着いたか。行きましょう」

見事に圧倒された状態の将棋盤を布袋に入れ、一良が立ち上がる。

バレッタも荷物を手にし、一緒に外に向かった。

「それにしても、集中したバレッタさん、めっちゃ強かったですね。あれから、一方的だったし」

「えへへ。本気出しちゃいました……わあ！」

目に飛び込んで来た光景に、バレッタが感嘆の声を上げる。

船は大きな河川上を進んでいて、進む先には海が広がっていた。

両岸にはたくさんの家々が立ち並び、大勢の人で賑わっている。

フライシアのように屋根の色は統一されていないが、背の高い建物が数多くあり、まさに大都市といった様相だ。

「おー。これは大きな街だな」

「すごいですね！　船もたくさんありますよ！」

遠目に見える海にはたくさんの漁船が浮かんでいて、港に向かって来る大きな商船もいくつか見える。

船が河岸の停泊所に停まり、2人はいそいそと陸に上がった。

「おっ、エビだ。川エビかな？」

「美味しそうですね！」

船を降りてすぐの場所にあった出店に、2人で歩み寄る。

中年の店主が大鍋で小さなエビを揚げていて、すぐ傍では数人の客がエビの串揚げを食べていた。

一良(かずら)たちも1本ずつ買い、その場で食べ始める。

「んっ、こりゃ美味い」

「サクサクで美味しいです。殻の歯応えがいいですね」

置かれていたゴミ箱に串を捨て、さて、と周囲を見渡した。

まだ昼過ぎということもあり、人通りはかなり多い。

「んー。どこに行きますかね？　名所とかあったりするのかな」

「カズラさん、先に宿を確保しちゃいませんか？」

バレッタが、傍にあった掲示板を指差す。

そこには宿屋の案内が記されており、住所も書かれていた。

「私、海が見える宿に泊まってみたいです」

「おっ、いいですねぇ。この中にあるかな？」

「串揚げ屋さんに聞いてみましょう」

そうして、2人は店主に話しかけるのだった。


数十分後。

商店を何軒かのぞきながら2人は歩き、港へとやって来た。

大きな商船がいくつも停泊していて、荷下ろしをしている男たちや船から降りてくる見慣れない服装の者たちが目に入る。

「おお、賑わってるなぁ。船から降りてきてる人たちは外国人ですかね？」

「かもしれないですね。何だか不安そうな顔をしてますけど……」

それらの人々は皆若く、小さな布袋を手にしている。

彼らの前には立派な服を着た中年男と老人がおり、男は書類を見ながら点呼を取り始めた。

興味を引かれ、一良たちは彼らに歩み寄る。

「ブレスト、ゴードウィン、マレシア」

男が名前を読み上げるたび、はい、と手を挙げて返事をする若者たち。

全員の点呼が終わると、男は彼らに笑顔を向けた。

「ようこそ、アルカディア王国へ！　私は諸君らの主人のモール・ミリニームである」

男が自己紹介をすると、傍らにいた老人が異国の言葉で通訳を始めた。

「諸君らは金で買われたということで、今後の扱いに不安を持っているだろう。だが、ここアルカディア王国においては、そんな心配はいらない。この国の者たちと同等の扱いをするゆえ、安心して働いてほしい」

どうやら、若者たちは南の島からやって来た奴隷のようだ。

男がこれからの待遇を説明するにつれ、奴隷たちの表情に安堵が広がる。

どうやら、奴隷という身分ではあるものの、この国の労働者とほぼ同条件で休みが貰えるらしい。

差別や虐待は厳しく取り締まっているので、何かあったらすぐに報告するようにと説明が続く。

「我が国は慈悲と豊穣の神グレイシオール様の名のもとに、不正や犯罪は厳しく取り締まられている。また、異国の人々にも慈悲を心がけよと国王陛下と領主様より布告が出ている」

「ヘイシェル様、ちゃんとカズラさんの言いつけを守ってるみたいですね」

バレッタが小声で一良（かずら）に言う。

「ですね。奴隷にもって話はしてなかったけど、考えてくれてるんですね」

「5年間の労働を全うすれば、諸君らは自由である。祖国に帰るもよし。そのまま働き続けるもよし。働き続けるならば、解放奴隷としてフライス領民の資格が与えられ――」

男の説明は続き、若者たちは皆が嬉しそうに近場の者と話し始めた。

男は私語を咎めるでもなく、彼らの様子に満足そうに話し続けている。

「――というわけだ。明日からの諸君らの働きに期待しているぞ。では、住居に案内するとしよう」

男が若者たちを先導し、馬車へと向かう。

「えっと、『ミリニーム家』か」

メモ帳を取り出す一良（かずら）に、バレッタが小首を傾げる。

「カズラさん、何をメモしてるんですか？」

「よくやってくれてるみたいなんで、後でヘイシェルさんに伝えておこうと思って」

「あはは。きっと驚きますね。『グレイシオール様から直々にお褒めの言葉が』って伝えてもらうといいかも」

「はは、それいいですね。ついでに、万年筆でもプレゼントしようかな」

「噂が広まるかもですね。『いつどこでグレイシオール様が見てるか分からないぞ』って」

そうして馬車を見送り、2人は串揚げ屋の店主に教えてもらった宿探しを続けた。

宿はすぐに見つかり、港に面した大きな石造り4階建ての建物の前に2人はやって来た。

おー、と2人並んで、宿を見上げる。

「大きな宿ですねぇ」

「ですね！　海側のお部屋が空いてるといいな」

うきうきした様子で、バレッタが重厚な木製ドアを開く。

カランカラン、とドアベルが鳴り、少し奥のカウンターにいた女性従業員が「いらっしゃいませ」と微笑んだ。

とりあえず1泊を申し込み、鍵を貰って4階に上がった。

泊まるのは、角部屋の一番価格が高い部屋だ。

ふんわりとした絨毯の敷かれた廊下を進む。

「ええと、401号室……ここか」

鍵を開けて部屋へと入る。

広々とした室内は一面に絨毯が敷かれており、大きな天蓋付きのベッドが2つあった。

革張りのソファーと大きな鏡台、高級そうな木製のイスが4脚に大理石のテーブルが置かれている。

木製の壁には草原を走るラタの絵画が飾られていて、銀製の壁掛け燭台が灯っていた。

テーブルには小さな木箱に入ったクッキーが置いてあり、ルームサービスの書かれた紙が置かれている。

ベランダへと続く大きな窓は開け放たれていて、青く広がる海が一望できる。

「「おー！」」

バレッタがはしゃいだ様子で、部屋を見渡す。

「こりゃあいい部屋だ。高いだけのことはあるな」

一良が荷物をソファーに置き、ルームサービスの紙を手に取った。

肉料理、魚料理、カットフルーツ、酒など、24時間いろいろと注文できるようだ。

「景色も最高ですね！」

バレッタがベランダに駆けて行く。

一良もその後を追い、ベランダの手すりに手をかけて瞳を輝かせている彼女の隣に並んだ。

「いい景色……あっ、ハンモックまでありますよ！」

ベランダにはハンモックがあり、日除けのパラソルが開いていた。

バレッタが靴を脱ぎ、ハンモックに横になる。

「はは、バレッタさん、大はしゃぎですね」

「えへへ。こんな高級宿、初めてなんですもん」

ハンモックに揺られ、バレッタが気持ちよさそうに目を細めて一良を見る。

「何だか、昨日からのことが夢みたいです」

「夢じゃないですよ。これからずっと、一緒にいましょうね」

「えへへ。はい！　えいっ」

バレッタは幸せそうに微笑むと、一良の手を掴んでぐいっと引き寄せた。

「おわっ⁉」

べしゃ、と一良がバレッタの胸に顔から突っ込む。

バレッタは彼の頭を抱き、頭に頬ずりした。

「カズラさん、大好きです。愛してます」

「むぐぐ！」

「あっ、ごめんなさい！」

バレッタが手を放し、一良は身を起こして苦笑した。

「はあ……バレッタさん、何だか急に子供っぽくなったなぁ」

「だって、ようやく思いっきり甘えられるようになったから嬉しくて」

にへら、と微笑むバレッタ。

一良はじっと、彼女の顔を見る。

「ど、どうしました？」

「んー、どこか景色のいい場所でって思ってたんだけど。今がいいかなって」

一良がポケットから、小さな黒い小箱を取り出した。

片開きのそれを開くと、虹色に輝くダイヤモンドが付いた指輪が現れた。

「わっ、すごい！」

「左手を出して」

バレッタが差し出した左手の薬指に、一良が指輪を嵌める。

バレッタは左手を目の前にかざし、目を輝かせる。

「綺麗……あっ、もしかして、婚約指輪ですか⁉」

「うん。本当は告白する時に渡そうと思ってたんですけど、まあ、あんなことになっちゃったんで」

一良は苦笑して頭を掻くと、改めてバレッタに向き直った。

「バレッタさんのこと、絶対に幸せにしますから。これからも、よろしくお願いしますね」

「……」

「……あ、あの？」

「カズラさんっ！」

「うおあっ⁉」

バレッタが一良に抱き着き、ハンモックから落っこちる。

そのまま、一良はベランダの床に押し倒された。

ごん、と一良の頭が床にぶつかる。

「いてっ⁉」

「あっ!? ご、ごめんなさい！」

「いてぇ……何か、つい最近まったく同じように頭を打ち付けたような」

「うう、古傷をえぐらないでください……」

その後、再び観光をすべく、２人は部屋を出たのだった。

近場を観光しているうちに時間は過ぎ、２人は宿の食堂で夕食を食べていた。

海産物をメインとした料理の数々に、美味しい、という言葉が何度もこぼれる。

「どれを食べても美味いなぁ。これで俺も栄養が取れればな……」

魚の酢漬けと香草和えを頬張る一良。

バレッタはずっとニコニコ顔で、料理を頬張っている。

その左手薬指には、婚約指輪が輝いていた。

「そこがネックですよね。部屋に戻ったら、何か食べないとですし」

「まあ、慣れましたけどね。満腹になりすぎないように気をつけないと」

テーブルの中央には数本の蝋燭が灯っており、少々薄暗いがかえっていい雰囲気だ。

宿には他にも数組が泊まっているようで、それぞれ食事を楽しんでいる。

一良たちは窓際の席に座っていて、開け放たれた窓からは月明りに照らされた夜の港がよく見えた。

あれこれと今日の観光の感想を話しながら、食事を続ける。

「あの……部屋に戻ったら、お酒を頼んでもいいですか？」

バレッタからの思わぬ申し出に、一良が少し驚いた顔になる。

「えっ、珍しいですね。お酒は苦手なんじゃ？」

「少し酔っぱらっていないと、夜は恥ずかしいかなって」

バレッタが赤い顔でもじもじしながら、上目遣いで一良を見る。

「そ、その……きょ、今日も、してほしい……です」

そう言って、湯気が出そうなほどにさらに顔を赤くしてうつむく。

「え、ええ、もちろん。それじゃあ、お酒はお風呂に入ってから頼みましょうか。酔ってお風呂は危ないんで」

「……えへへ」

バレッタは、ほっとした様子で顔を上げた。

「むう。何の話をしてるんでしょうか」

中央の席からその様子を横目で見ていたハベルが、料理を食べる手を止めて小声で言う。

ハベルもシルベストリアも、変装したままの恰好だ。

「わ、わぁ……バレッタ、超積極的じゃん」

「え？　聞こえるんですか？」

顔を赤くしているシルベストリアに、ハベルが驚いた目を向ける。

「ううん、読唇術」

「そんなことができるんですか？」

「スラン家の人間なら、全員教え込まれるからね」

「知りませんでした……それで、彼女は何と？」

「……今夜、えっちいことするんだってさ」

「そ、そうですか。仲が良くていいことですね」

シルベストリアは顔を赤らめたまま、じっとバレッタたちをガン見している。

視線に気づいたバレッタがこちらに目を向け、シルベストリアは慌てて料理に目を戻した。

ハベルは苦笑し、食事を再開する。

そこで、ふと疑問が頭に浮かんだ。

「……バレッタさんは、カズラ様の子を身籠ることができるのでしょうか？」

「え？」

きょとんとした顔になるシルベストリア。

「そりゃあ、することすればできるでしょ。ていうか、カズラ様が作るつもりなら、どうとでもなるんじゃないの？　神様なんだから」

「そ、そうですね」

「はあ、いいなぁ。私もあんな恋愛、してみたいな……」

シルベストリアがフォークで料理を突きながら、羨ましそうにバレッタたちを見る。

「アイザック様が相手となると、ガンガン押して行かないと難しいと思いますよ」

「そんなこと言ったたって、彼って超真面目で一途じゃん。リーゼ様のことを諦めないうちは無理だって」

「うーん……となると、カズラ様がリーゼ様も娶らない限りは、無理ということになりますが」

「だから、それも無理でしょ。あれ見てみなよ」

くいっと、シルベストリアがバレッタたちを顎で指す。

楽しそうに食事を続けている2人は、とても幸せそうだ。

「はあ。私、一生独身かなぁ。他にいい男なんていないしさ」

「そのうちチャンスが来るかもしれませんし、そう悲観しないでください」

「そんなこと言ってもなぁ……あと1年でどうにもならなかったら、ハベルが私のこと貰ってくれない？」

「か、考えておきます」

その後もシルベストリアに付きあい、ハベルはうんうんと愚痴を聞くのだった。

次の日の午後。

イステリアのナルソン邸の会議室では、ナルソンがプロティア、エルタイルの軍団長と戦後処理の話し合いを始めようとしていた。

両国4人ずつの軍団長たちは全員が王族であり、皆が気まずそうな顔をしている。

アルカディア側はナルソンだけで、バルベール代表としてティティスが席に着いている。

カーネリアンはすでに自国に帰っており、同盟国の扱いはナルソンに任せるとのことだった。

ラースとフィレクシアは堅苦しい話は嫌だとのことで、2人でイステリアの工房見学に行っている。

「いやはや、あのような乗り物が存在するとは」

老齢のプロティア軍団長が、愛想笑いをしながらナルソンに言う。

「無線機にも驚かされましたが、アルカディアの受けている神の恩寵はすさまじいですな」

「うむ、まったくだ。あの圧倒的劣勢を巻き返した軍事力もすさまじいし、同盟国として感服しきりだ」

「アルカディアが盟主とあれば、永久の平和が約束されたようなものだな！」

彼に続いて、他の軍団長たちが口々にアルカディアを褒め称える。

ナルソンは笑顔で答えながらも、内心「やれやれ」とため息をついた。

「ところで、現在移動中の両国の軍団はすべてグレイシオールの長城建設の労働力と防衛兵力に使っていいと先日伺いましたが、本当にいいのですか？」

先日、王都にいる間に彼らと無線で話した際、アルカディア、クレイラッツ、バルベール、部族が協力して国境に防壁を造ると説明した。

すると、彼らはすぐさま「自分たちも協力する」と申し出たのだ。

このままでは自分たち抜きで4カ国が親密になってしまうという危機感から出た申し出である。

しかし、すべての軍団を使っていいというのはさすがに言い過ぎなのでは、とナルソンは心配していた。

「もちろんです。プロティアとしては、丸一年軍団をお預けして、その後交代要員を送らせていただければと」

「エルタイルとしても同じ考えです。物資は自国から輸送させますので、どうぞ兵たちをお役立てください」

即答する軍団長たち。

そこまで言うならいいか、とナルソンは頷いた。

「承知しました。では、預からせていただく兵はバルベール軍に組み込むかたちとさせていただきます。無論、現地指導は我が国が行います。ティティス秘書官、よろしいか？」

「我が国としては異論ありません」

ティティスがにこりと微笑む。

「ただ、彼らに払う給金はどうしましょうか？　バルベールとしては、財政的にさらなる支出は厳しいのですが」

「うむ。それについてなんだが――」

ナルソンが言いかけた時、コンコン、と部屋の扉がノックされた。

扉が開き、失礼します、とアロンドが姿を現す。

「遅くなり申し訳ございません。部族同盟盟主の、アロンド・ルーソンと申します」

会釈をするアロンドに、軍団長たちも立ち上がって名を名乗る。

アロンドが席に着き、ナルソンが進んでいた話し合いの内容を噛み砕いて説明する。

「――というわけだ」

「なるほど。では、両国の兵士たちへの給金は部族同盟が持ちましょうか」

にこやかに言うアロンドに、軍団長たちが驚いた顔になる。

「ぶ、部族同盟が？」

「その、失礼を承知で言わせていただきますが、部族側には資金に余裕があるのですか？　あまりご無理はしないほうが……」

「うむ……今後何年も続くことになるのだし、給金は我らが支払うのが筋とも思うのですが」

何とも殊勝なことを言う軍団長たち。

アロンドの申し出は自国に有益ではあるのだが、これ以上恩を借りるのはまずいという考えもある。

とはいえ、人員を万単位で他国に貸し出すのだから、かなりの金が必要になるのは確かだ。

いったいどういう意図があってのことだろうと、彼らは警戒していた。

そんな彼らに、アロンドはにこやかに口を開く。

「必ずしも、給金は現金で支払わねばならないということはないでしょう？　両国には、我が部族領土内の土地を給金の代わりにお渡ししたいのです」

「「「土地を⁉」」」

軍団長だけでなく、ナルソンとティティスも驚いた声を上げる。

せっかく手に入れた領土をいきなり切り売りするとは、誰もが予想だにしていなかったからだ。

「はい、土地です。また、我らの領土にやって来るプロティアとエルタイルの商人には、関税なしで商売する権利を出させていただきます。一般市民が我らの街にやって来る際にも、いわゆる入領税はなしとさせていただければ」

「お、おい、アロンド。さすがにそれはやりすぎなんじゃないか？」

ナルソンが言うと、アロンドは「いえいえ」と笑顔のまま顔の前で手を振った。

「むしろ、我ら部族同盟にとってもメリットしかないですよ。今のままでは我らは両国とは距離が遠すぎて、必ず疎遠な仲になってしまう。ですが、領土内に両国がやって来てくれるのであれば、今後は親密な付きあいができるでしょう？」

「いや、確かにそれはそうなんだが……」

ナルソンが唸る。

彼の懸念は、飛び地というかたちで他国が領土を持つとなると、必ず摩擦が起こるだろうというものだ。

今まで接触しなかった民族同士だから、宗教観や人種的価値観も大きく違うだろうし、一度いざこざが起こると取り返しのつかない事態にもなりかねない。

いくら同盟国同士とはいえ、そこまで思い切ったことをするのは悪手に思えた。

ナルソンが渋い顔でアロンドを見ていると、彼と目が合った。

ふっと、アロンドがわずかに微笑む。

――ああ、なるほど。そういうことか。事前に話しておいてくれればいいものを。

その表情でナルソンはアロンドの考えをおぼろげながら察し、小さく頷いた。

彼のこの表情は、自分の配下として働いていた時にも何度か見たことがあるものだ。

「やはり、各国で分担するのがよいのではないか？　通行関税についても、今後の部族同盟の資金運営を考えると、しっかり取ったほうがいいと思うんだが」

「そうですか……承知しました。ならば、部族同盟からはプロティアとエルタイルに対する通常税率の通行関税で得た利益から、4分の1を両国兵士の給金として提供させていただきます」

「うむ。それくらいがいいだろうな」

頷くナルソンに、軍団長たちがほっとした顔になる。

あまりにもおんぶに抱っこでは、自分たちの立つ瀬がなくなるからだ。

――なるほど。ハナから反対されると分かっていての大盤振る舞いの提案ですか。やりますね。

ティティスも、そのやり取りから状況を察して内心感心した。

さすがは部族を手玉に取ってバルベールを攻撃させただけのことはある。

そう考えていると、アロンドがティティスを見てわずかに目を細めた。

ティティスは頷き、口を開く。

「では、我らバルベールも、プロティアとエルタイルとの通行関税の収入から4分の1を提供させていただきます」

「ふむ。ならば、アルカディアもそれに乗ろう。足りない分は、両国が自己負担というかたちがちょうどいい落としどころかと思いますが、いかがでしょうか？」

ティティスとナルソンの提案に、軍団長たちが頷く。

「はい。その条件でやらせていただけると大変助かります」

「食料についてなのですが、ある程度現地で生産させていただけると助かるのですが、部族同盟の土地を開墾地として貸していただけると——」

あれこれと話が進み、正式な決定はまた後日、ということでまとまった。

「それと、プロティア王国とエルタイル王国にお願いがあるのですが」

アロンドがにこやかな表情で、再び口を開く。

「恥ずかしながら、我ら部族同盟は人数は多いものの、軍隊としては稚拙と言える状況でして。バルベールは手一杯の状況ですし、軍団長である皆様を戦術指導教官として、ある程度の期間、国賓待遇でお招きしたいのですが」

その思わぬ申し出に、軍団長たちの表情がさらに明るいものになったのだった。

数時間後。

会議室から軍団長たちが出ていき、ナルソン、ティティス、アロンドの3人だけになった。

やれやれ、とナルソンがイスの背もたれに背を預ける。

「何とかいい雰囲気で終わらせることができたな。アロンド、よくやったぞ」

「ありがとうございます。まあ、これくらいやっておけば十分でしょう」

疲れた顔で苦笑するアロンド。

そんな2人に、ティティスが微笑む。

「お二人とも、息がぴったりでしたね。実に自然な形で、プロティアとエルタイルの顔を立てておいでした」

「アロンドとは付きあいが長いからな」

「はは。あのような連携ができるのは、ナルソン様とだけですよ。ティティスさんも、上手く合わせてくれてありがとうございます」

「いえいえ。いい勉強になりました。でも、次からはあらかじめ打ち合わせをしましょうね」

「すみません。打ち合わせをしてしまうと、ナルソン様が態度に出してしまうかもと不安で。初めて会う相手だったので、万全を期したかったのです」

「こいつめ、私はまだまだ現役だぞ。お前が心配するなど、10年早いわ」

不満げなナルソンに、ティティスとアロンドが声を上げて笑う。

「まあ、これで彼らも部族同盟が友好的だと認識しただろう。後は、交流を続けて仲を深めていけばいいな」

「ですね。さて、私はそろそろバーラルに戻らせていただきます」

席を立つアロンドに、ナルソンが驚いた顔になる。

「何、もうか？　少しくらいゆっくりしていけばいいだろう」

「いえ、妻が『いい加減かまえ』とおかんむりなので。何日も空けて、浮気を疑われても大変ですし」

それでは、とアロンドは部屋を出て行った。

閉まった扉に目を向けたまま、ティティスが口を開く。

「プロティアとエルタイルとの関係がどうなるかと心配でしたが、大丈夫そうですね」

「ああ。あの様子なら、各国間の外交はアロンド主導で進めさせても大丈夫だろう。しばらくは安泰だな」

「ですね。では、私も失礼いたします。フィレクシアさんたちの様子を見に行かないと」

そう言って、ティティスが席を立つ。

「ティティス秘書官、毒ガスの後遺症に苦しんでいる兵士たちについてなんだが、その後の様子は？」

「いただいた薬のおかげで、全員が快方に向かっています。ご心配いりません」

「何？ 完治しそうなのか？」

「はい。ご指示どおり、薬を……栄養ドリンクを3日間だけ毎日1本ずつ飲ませたところ、全員がほぼ完治しました。息苦しさを少し感じる者がいくらかいるようなので、半月空けた後にまた栄養ドリンクを与えることになっています」

バルベール首都バーラルにはアルカディアの医者が滞在しており、厳格な薬の管理のもとで傷病兵の治療を行っている。

使っているのはリポDと呼吸器に効く精油だ。

さすがに後遺症は治癒できないだろうと一良は言っていたのだが、予想に反して良好な結果が得られたようだ。

ちなみに、バルベール傷病兵に薬を与えることは、一良がナルソンに申し出た。

バレッタやリーゼには言っておらず、ナルソンだけにこっそりと、である。

ようやくすべてが終わって安堵しているところに、水を差したくなかったのだ。

「さすがは神の秘薬ですね。旅行からお帰りになられたら、またお礼を言わないと」

「うむ。カズラ殿も、それを聞けば喜ぶだろう。後遺症で苦しむ者たちのことを、だいぶ気に病んでいたからな」

「さすがは慈悲の神ですね。貴国と友好関係になれて、私も嬉しいです」

そう言ってティティスは微笑むと、部屋を出て行った。

「……さて、後はリーゼたちがどうなるか、か。こちらの跡継ぎは……リーゼがいなくなるとなぁ。アイザックは統治者には向いていないし、どうしたものか」

ううむ、と唸るナルソン。

しばらく考え、小さな声で「ハベルなら適任かもしれんな」と漏らした。

「へっくしょん！」

桟橋で夕焼け色に染まる海を眺めている一良とバレッタを遠巻きに見守っていたハベルは、突如襲ったむず痒さに盛大なくしゃみをした。

「うわっ⁉　どしたの？　風邪？」

イカの串焼きを食べていたシルベストリアが、驚いて彼を見る。

「いえ、急にむずむずして……嫌な寒気もしましたし」

ハベルが鼻を擦る。

「あはは。誰かに悪口でも言われてるんじゃないの？」

「失礼なことを言わないでくださいよ」

ハベルは不満顔で言うと、再び「へっくしょん！」と大きなくしゃみをしたのだった。

それから3日が過ぎ、一良とバレッタは、フライシアに戻るべく船に乗っていた。

行きの船とは違い、今乗っている船は平べったい小型帆船だ。

大きく開いた帆に風を受け、船は順調に上流へと進んでいく。

「おお、ここでも風の力だけで川を登っていく……」

一良が物珍しそうに、船の縁から川を眺める。

水は下流へと流れていくのに、船はそれに逆らってすいすいと進んでいくのがとても不思議だ。

「けっこう流れが速いのに、よく風の力だけで進むなぁ」

「船が平べったいせいもあるみたいです。船底が水面下深く落ちていないから、流れの力を受けにくいそうですよ」

「なるほど。流れの速いところでも、大丈夫なんですかね？」

「そういう場所では、陸から縄で引っ張ったり櫂で漕いだりするみたいです」

「へー」

感心している一良に、バレッタが微笑む。

旅行中、バレッタは一良と２人きりで思う存分いちゃいちゃできたので、とてもご機嫌だ。

昼間はあちこちを観光して回り、夜はベッドをともにするという毎日だった。

「カズラさん、村に帰ったら、ご実家にも報告に行くんですか？」

そよぐ風に髪を揺られながら、バレッタが聞く。

「そのつもりです。で、バレッタさんを日本に連れて行く方法を、いい加減教えてもらおうかなって」

「ふふ、そうですね。カズラさんのご両親に会ってみたいです。早く行けるといいな」

「でも、あんまり期待はしないでください。行く方法がない可能性もありますし」

「たぶん、大丈夫ですよ」

やけに自信ありげに言うバレッタに、一良が小首を傾げる。

「ん？　何か思いあたることでもあるんですか？」

「たぶんですけど、行けるだろうなって。だから、大丈夫です」

「ふーん……あれ？　指輪、付けてないんですか？」

彼女の左手を見て、一良（かずら）が小首を傾げる。

「はい。傷付いちゃったら大変なんで、大事にしまってあります」

「うーん。手に付けるものですし、傷つくのは当たり前だと思うんですけど」

「私の2番目の宝物ですから。大切にしたいんです」

「2番？　1番は？」

「カズラさんです」

満面の笑みで言うバレッタに、一良（かずら）が赤くなる。

そうして、2人は景色を眺め続けるのだった。

半日近く船に揺られ、2人の乗る船はフライシアの船着き場に戻って来た。

時刻は午後3時。

首を長くして待っていたリーゼたちが、2人に大きく手を振っている。

一良（かずら）たちも、手を振り返す。

「カズラさんを独り占めできる時間、終わっちゃいました」

手を振りながら、バレッタがぽつりと言う。

「これからも独り占めですよ。俺たち、夫婦になるんですから」

「……はい、そうですね」

船が岸に着き、タラップを渡って陸に上がる。

「おかえり！　楽しめた？」

明るい声のリーゼに、バレッタはすぐに頷いた。

「はい。すごく楽しかったです。これ、お土産です」

バレッタが布袋を差し出す。

中身は、サンゴや真珠のアクセサリーだ。

リーゼはそれを受け取り、にっこりと微笑む。

「ありがとう！　それじゃ、イステリアに帰ろっか」

彼女が指差す方には別の船が待機しており、船員たちがぺこりと頭を下げた。

皆でぞろぞろと、その船に向かう。

「カズラさん、思う存分、いちゃいちゃしてきたんですか？」

さっそく隣にやって来たジルコニアが、ニヤニヤしながら一良に尋ねる。

「え、ええ。まあ」

「いいですねぇ。私もお願いしたいなぁ」

「あのですね、これから結婚するって男にそんなこと言うのは、どうかと思うんですけど」

「ただのやきもちじゃないですか。これくらい、許してくださいよ。ねえ、バレッタ？」

話を振られ、バレッタが苦笑する。

「そうですね。もう少し、我慢していただけると」

「あ、ごめんね？　嫌な気持ちにさせるつもりはなくってさ」

「あ、いえ！　そんなことは全然！」

少し焦った様子で一良から一歩離れるジルコニアに、バレッタが慌てる。

「あれ？　そういえば、ハベルさんとシルベストリアさんは？」

一良がきょろきょろと辺りを見渡す。

「ハベルさんたちなら、あの船に乗ってますよ」

船着き場へと向かって来る船に、バレッタが振り返る。

ジルコニアたちは、「えっ」と声を漏らした。

「バレッタ、気づいてたの？」

「はい。何かあっても大丈夫なように、付いてきてくれてたんですよね？　あちらに着いてすぐに気が付きました」

「マジか……俺、全然気づかなかった」

「言うと気にしちゃうかなって思って、黙ってました。お二人が来てから、船に乗りましょっか」

　そうしてハベルたちを待ち、皆でイステリア行きの船に乗り込むのだった。

　その日の夜。

　一行は馬車でナルソン邸に帰って来た。

　出迎えは、ナルソン、ラース、ティティス、フィレクシアの4人だ。

　バレッタが馬車を降りた途端、フィレクシアは彼女に抱き着いた。

「バレッタさぁん！」

「わわっ⁉」

　飛びつく勢いで抱き着かれ、バレッタがよろめく。

「もう、遅いですよ！　旅行、長すぎです！」

「あはは。ごめんなさい。バルベールに戻らなかったんですね？」

「だって、まだミシンを作ってないじゃないですか。あんまり遅いから、勝手に作り始めちゃいましたよ？」

「えっ、もう？　設計できたんですか？」

「ばっちりです！　見に来てください！」

「ちょ、ちょっと！」

フィレクシアに引っ張られ、バレッタは屋敷に走って行く。

「あ、まだお父様に報告してないのに」

後から降りたリーゼが、２人の背を見ながらぼやく。

「ん？　何がだ？」

「バレッタとカズラが、結婚することになったんです」

「そ、そうか。カズラ殿、おめでとうございます」

「ありがとうございます。村で式を挙げさせてもらおうと思うんで、ナルソンさんも出席してもらえると」

「承知しました」

ナルソンはにこやかに応えながらも、内心驚いていた。

てっきり、一良はリーゼたち全員を娶ってくれるものだと考えていたのだ。

「村には、すぐに向かうのですか？」

「明日の朝にでも。で、村の人たちに報告しようかなって」

「では、私は式の日に向かわせていただきます。風呂の準備ができていますので、夕食の前に入られては？」

「そうさせてもらいます。船の上、けっこう暑くて。汗でベタベタだ」

「ワンワン！」

「ワウッ！」

自分たちを忘れるな、とティタニアとオルマシオールが吠えながら、一良にまとわりつく。

「あ、はいはい。忘れてませんよ。お風呂から出たら、たくさんあげますから」

「ワン！」

尻尾をぶんぶん振る2頭を連れて、一良は屋敷に入って行った。

ナルソンがリーゼに目を戻す。

「リーゼ、その……残念だったな」

心配げに言うナルソンに、リーゼは微笑んだ。

「はい。でも、カズラとバレッタが幸せなら、私は大丈夫です」

「うむ……」

苦虫を噛み潰したような顔で言うナルソン。

リーゼはつらいことがあっても表に出さないので、内心酷く落ち込んでいるのではと心配なのだ。

「心配しなくても大丈夫です。ちゃんと割り切っていますから」

「そうか。宿場町の件は、そのまま続けられそうか？」

「もちろんです。では、私もお風呂に行ってきますね。エイラ、一緒にどう？」

「お供いたします」

エイラと一緒に一良の後を追うリーゼ。

その背を見つめるナルソンの隣に、ジルコニアが立つ。

「大丈夫よ。あの娘の芯の強さは知ってるでしょう？」

「しかし、あれほどカズラ殿に入れ込んでいたんだぞ？　それがダメになったとなるとだな……」

「もう、心配性ねぇ」

「そういうお前は平気なのか？　カズラ殿が好きなんだろう？」

「そんなにヤワじゃないわよ。それに、望みなしってわけじゃないと思うし」

「は？」

怪訝な顔をするナルソンにジルコニアは少し笑うと、歩いて行ってしまった。

数時間後。

風呂を済ませた一良は、ティタニア（人の姿）、オルマシオールに見守られながら自室で荷物をまとめていた。

明日からはグリセア村で生活することになるので、こちらに持ち込んだ食料や衣類の大半を持って行くことにしたのだ。

「いくらなんでも持ってきすぎたなぁ。すごい量だ」

『余分なものは、私が食べてやるぞ』

お座りしてぶんぶんと尻尾を振っているオルマシオール。

ティタニアはダンボール箱を漁りながら、目を輝かせている。

「んじゃ、食べてもらいますか。ティタニアさんも、好きに食べちゃっていいですよ」

「いただきます！」

待ってましたと、ティタニアがポテチの袋を開けてバリバリと食べ始める。

一良（かずら）はエネルギーバーをダンボール箱から取り出すと、袋を開けて中身をオルマシオールに投げた。

ひょい、ぱく、ひょい、ぱく、と次々にオルマシオールはエネルギーバーを平らげていく。

『もっと、もっとだ。どんどん寄こせ』

「了解です。はは、面白いなこれ」

「カズラ様、冷蔵庫の中のものも食べちゃっていいですか？」

あっという間にポテチを食べ終えたティタニアが、冷蔵庫を開く。

「どうぞ。確か、ハムとか魚肉ソーセージが大量に入ってたと思いますよ」

「んふふ。全部いただきますね！」

猛烈な勢いで食料を消費していると、コンコン、と部屋の扉がノックされた。

扉が開き、バレッタが顔をのぞかせる。

風呂に入ってきたようで、髪がしっとりと濡れていた。

「カズラさん、そろそろ夕食……あ、ティタニア様たちも、いらしたんですね」

「おはひびいばばいべばびゅ！」

ハムを丸かじりして口をパンパンにしたティタニアが、何やら言う。

『カズラ、私にもハムをくれ』

「はいはい。バレッタさん、手伝ってもらえます？　ダンボール箱にもハムが入ってるんで」

「は、はあ」

バレッタがダンボール箱からハムを取り出し、一良と一緒にオルマシオールに食べさせていく。

開けては食べさせを繰り返していると、冷蔵庫の中身を貪り食っていたティタニアが、扉を閉めてイスに座った。

「ふう、少し落ち着きました。すごく美味しかったです」

「もしかして、全部食べたんですか？」

床に散らばる包装紙やらプラスチックケースやらを、一良が見やる。

「はい。酸っぱい野菜以外は、全部いただきました」

「おしんこは苦手なんですね」

「はい。酸っぱいものはどうにも……ところで、バレッタさん」

ティタニアがバレッタを見る。

「残っていた迷いが、なくなったようですね。とても穏やかな魂になっていますよ」

「迷い？　バレッタさん、何か悩み事があったんですか？」

一良が聞くと、バレッタは穏やかな表情で微笑んだ。

「はい。どうしようってずっと悩んでいたんですけど、決めました」

「何をです？」

「それは、もう少ししてからで。その時になったら、話しますね」

「そうですか。まあ、何でも協力しますから、遠慮なく言ってくださいね」

「はい。ありがとうございます」

「それじゃ、夕食を食べに行きましょうか」

『うむ、そうしよう。ここの飯はいつも美味いから、楽しみだ』

オルマシオールが咀嚼していたハムを飲み込み、ぺろりと口の周りを舐める。

「ま、まだ食べるんですか。こんだけ食べたのに、よく入りますね」

そうして、オルマシオールたちを連れて、一良は部屋を出た。

バレッタは今夜は自室で休むとのことだったので、食後に一良は調理場に行ってみたが、エイラはいなかった。

代わりに、レモンピールのお茶が入った水筒が手紙とともに置いてあった。

手紙には、「村で暮らし始めたら、バレッタ様たちも誘ってお茶会をしましょうね」、と書かれていた。

第4章　ご挨拶

翌日の早朝。

いつものように朝食を済ませ、一良とバレッタはバイクでグリセア村に向かっていた。

バリンに結婚報告をするのだから、2人きりのほうがいいだろうとリーゼが提案したのだ。

リーゼたちは、午後になってから村に向かうことになっている。

運転しているのは一良で、サイドカーにバレッタが乗っている。

「うう、緊張してきた……」

ハンドルを握る一良が、緊張しきった顔で漏らす。

そんな彼に、バレッタは微笑んだ。

「大丈夫ですよ。お父さん、絶対に喜んでくれますし」

「俺もそれは分かってますけど、緊張するものはするんですよ……村の人たちも、大騒ぎするだろうし」

「ふふ、そうですね。ニィナたち、喜んでくれるかな……」

走り慣れた街道をひた走り、グリセア村が見えてきた。

バイクに気づいた守備隊の老兵たちが、大きく手を振っている。

出迎えの村人はおらず、畑仕事をしていた老兵たちが慌てて村の入口に集まりだした。

「あっ、しまった。村に連絡入れるの忘れてた」

「昨日の夜、私が連絡しておきましたよ。午前中に着くとしか伝えてませんけど」

「すみません……今日のことで頭がいっぱいで、完全に失念してました」

跳ね橋の前でバイクを停め、彼らに挨拶をして村に入る。

すぐに、バイクのエンジン音を聞きつけた村人たちが集まって来た。

「カズラ様、バレッタ、おかえりなさい！」

「「おかえりなさい！」」

一番に駆け寄って来たニィナたち村娘が、2人に笑顔を向ける。

「ただいまです。今日から、また村で暮らさせてもらいますね」

「やっとですね！　元の暮らしに戻れるんですね！」

ニィナがやれやれといった様子で腰に手を当てる。

「あれ？　リーゼ様たちは、一緒じゃないんですか？」

「午後から来ることになってますよ。先に、バリンさんに報告しないといけないことがあって」

「報告ですか？」

ニィナが小首を傾げる。

「ええ。バリンさんは家にいますかね？」

「今朝はロズルーさんの畑で芋掘りを手伝ってましたけど……あ、来た来た」

ぞろぞろと集まって来る村人たちに混じって、バリンもやって来た。

手に、赤ん坊の頭ほどの大きさの芋を1つ持っている。

コルツとミュラも、他の子供たちと一緒に駆けて来た。

「お父さん、ただいま！」

バレッタがバリンに駆け寄る。

「ああ、おかえり。ずいぶんと早かったな」

「早くお父さんに会いたくて。今から、時間大丈夫？　話したいことがあるの」

「もちろんいいぞ。朝食は済ませてきたのか？」

「食べてきたから大丈夫。カズラさん、行きましょう」

バレッタが一良を振り返る。

一良が「よし」と気合を入れ、バレッタたちに歩み寄る。

そんな彼に、子供たちがまとわりついた。

「カズラ様。今日からずっと村にいてくれるの？」

コルツが期待を込めた眼差しを一良に向ける。

「うん、そうだよ。これから、またよろしくね」

「よかったぁ。お姉ちゃんたちは、まだイステリア？」

「午後になったら来るよ。他のウリボウたちも一緒に来るから、すごくにぎやかになるね」

「カズラ様、コルツがね、一緒にお風呂に入ってくれないの。何とか言ってあげてください」

ミュラが不満げな顔でコルツを見る。

「だ、だから、風呂は父ちゃんと入るから大丈夫だよ」

「あはは。仲良くていいじゃん。コルツ君、入ってあげなよ」

「私がコルツの面倒を見るの！」

「ええ……」

「カズラ様、遊んで！」

「バドミントンやりませんか？」

わあわあと子供たちが騒ぐ。

一良は、「後でね」となだめると、再び顔を強張らせてバレッタたちと歩いて行った。

「村長さんに話って、何だろ？」

去って行く3人の背を眺めながら、ニィナが小首を傾げる。

「もしかして、バレッタとの結婚の報告だったりして」

にしし、とマヤが笑いながら言うと、他の娘たちが「まさかぁ」と声を漏らした。

「絶対にそれはないって」

「そうそう。あのヘタレのバレッタだよ？」

「あの２人が進展するには、まあ、あと半年は必要なんじゃないかなぁ？」

好き勝手言う娘たち。

うーん、と唸るニィナに、マヤが「じゃあさ」とにやりとした笑みを向けた。

「盗み聞きしちゃおうよ。何の話だか気になるし」

「ええ？　前に藁小屋を壊しちゃった時に、バレッタに散々怒られたじゃない。ダメだって」

「窓からこっそりのぞき見するだけだって。家を壊しに行くわけじゃないんだから」

「で、でも、さすがにそれはまずいよ」

「そうだよマヤ。洒落にならないって」

「バレッタ、怒るとめっちゃ怖いよ。この前、私ちょっと漏らしたもん」

「やめとこうよ」

他の村娘たちもニィナに同調する。

マヤは渋い顔だ。

「えー……じゃあ、話が終わったら速攻で聞いてみるってのは？」

「まあ、それならいいんじゃないの？」

頷くニィナに、マヤは「よし！」と笑顔になった。

「じゃあ、家の前で待ってよう！　行くよっ！」

駆け出すマヤにニィナたちは顔を見合わせると、その後を追うのだった。

数分後。

バリン邸の居間で一良は正座をし、囲炉裏を挟んでバリンと向き合っていた。

バレッタも、一良の隣で正座している。

緊張している一良に、バリンは少々戸惑い気味だ。

「え、ええと、話というのは？」

バレッタが横目で一良を見る。

一良はごくりと唾を飲み込んで大きく息を吸うと、床に両手を突いて頭を下げた。

「バレッタさんと結婚させてください！」

「けっ⁉」

「「「ええええ⁉」」」

バリンが驚いて目を剥いた次の瞬間、入口の引き戸を押し倒してニィナたちが倒れながらなだれ込んできた。

玄関のすぐ外で待っていたのだが、一良が大声で言ったものだから聞こえてしまったのだ。

「結婚⁉　ほんとに⁉」

「カズラ様！　ほんとですかっ⁉」

「ぐ、ぐるじい」

「どいてぇ……死ぬぅ……」

「ぐええ」

ニィナとマヤが目を血走らせて一良に問いかけ、下敷きになっている娘たちがうめき声を上げる。

一良は頭を下げたままで、バレッタはニィナたちを見て苦笑していた。

「バレッタさんのこと、絶対に幸せにします！　お願いします！」

再び声を張り上げる一良に、バリンは慌てて同じように頭を下げた。

「こ、こちらこそお願いします！　何かといたらない……ことはない娘ですので！」

突然のことに混乱しているのか、おかしなもの言いをするバリン。

とはいえ、無事に承諾を貰えて、一良はほっとした顔で身を起こした。

バリンも顔を上げ、嬉しそうに微笑む。

「いやぁ、いつかはと思っていましたが……バレッタ、よかったな」

「うん！」

「バリンさん、いや、お義父さん。ありがとうございます。ああ、緊張した……」

「わっ、カズラさん、汗がすごいです。緊張しすぎですよ。ふふ」

バレッタがハンカチを取り出し、一良の汗を拭う。

「いや、緊張しますって……えっと、皆さん、大丈夫ですか？」

折り重なってうめく娘たちの上で、ニィナとマヤが涙を浮かべて抱き合い、喜んでいる。

一良とバレッタは顔を見合わせると、下敷きになっている娘たちを助けるべく立ち上がるのだった。

小一時間後。

大喜びのニィナたちによって、２人の結婚の話は瞬く間に村中に知れ渡った。

すべての村人たちが屋敷に押しかけて祝福の言葉をかけ、「式の準備をしなければ」「せっかくだから新居を建てよう」などと、当人たちそっちのけで話が進み出した。

一良とバレッタは、皆に「今後ともよろしくお願いします」と頭を下げ、一良の両親に報告すべく、村はずれの雑木林にやって来た。

「それじゃ、ちょっと行ってきますね。電話したら、すぐに戻って来ますから」

「はい。日本に行く方法、教えてもらってくださいね」

「うん。でも、本当にあるのかなぁ？」

「きっとあります。大丈夫です」

バレッタは笑顔で言うと、「行ってらっしゃい」と一良を見送った。

一良は木々の間を進み、石造りの通路にやって来た。

コツコツと足音を響かせて、薄暗い通路を進んで日本へと繋がる敷居をまたぐ。

屋敷を出て庭石に座り、スマートフォンを取り出した。

空は快晴で、さらさらと揺れる竹の葉の音が辺りに響いている。

「さて、どうなるか」

父親の真治に電話をかけると、数コールして繋がった。

「父さん、ひさしぶり。元気？」

『ああ、元気でやってるよ。一良はどうだ？ 彼女はできたか？』

「彼女っていうか、結婚相手が見つかったよ」

一良が答えると、『うおっ⁉』と驚いた声がスマートフォンから響いた。

『むつみー！ 一良が相手見つけたってー！』

かなりの大声に、一良がスマートフォンを耳から離す。

通話をスピーカーモードにすると、ばたばたと足音が響いた。

『貸してっ！ 一良！ お嫁さん見つけたの⁉』

興奮した母の睦の声に、一良が苦笑する。

「うん。相手の親御さんに、さっき承諾貰ってさ。もうすぐ結婚式を挙げることになったよ」

『やったね！ ああ、よかった！ 一良って女っ気が全然なかったから、奥手すぎるんじゃないかって、ずっと心配だったのよ。幼馴染のどっちかと付きあうかなって思ってたら、一良だけ取り残されちゃったしさ』

「そ、そっか。でさ、聞きたいことが──」

『もうやることはやってるんでしょ？ 子供はできた？』

一良の言葉をさえぎって、睦が聞く。

「そ、それは気が早すぎるよ。ていうか、あっちの世界の人との間に子供ってできるの？」

『できるよ。相手って、一良があっちの世界に行って、すぐに会った人でしょ？』

「えっ」

まるですべてを知っているかのような物言いをする母に、一良が困惑する。

「そうだけど……どうして知ってるの？」

『どうしてって、そういうものだからよ。だよね、真治？』

『そうらしいよ。確定ってわけじゃないから、別の相手になることもあるけどさ』

『あ、そっか。確かに』

両親の会話の意味が分からず、一良の頭はハテナマークでいっぱいだ。

「よく分からないけど……相手の人、バレッタさんっていうんだけど、こっちに連れてきたいんだよ。どうすれば連れて来れるのか、教えてくれない？」

『妊娠すれば来れるようになるよ。だから、今すぐあっちに行って、思いっきりイチャイチャしてきなさい！　できるまで帰ってこなくていいから！』

「な、なるほど……考えたことはあったけど、まさかそれだったとは」

『とうとう私も、おばあちゃんかぁ……あ！　お義母さんたちにも報告しなきゃ！』

『だな。とりあえずスマホを返してくれ。お嫁さんのこと、もっと聞きたい』

『あっ！　ちょっと待――』

操作を誤ったのか、通話が切れてしまった。

するとすぐに、「お嫁さんの写真を送ってくれ」とメッセージが来たので、以前２人で撮った写真を送信した。

数秒して、「すごい美人だな！　でかした！」というメッセージが、親指を立てたアニメキャラのスタンプ付きで送られてきた。

再び石造りの通路を通り、一良はグリセア村へと続く雑木林に帰って来た。

「う、うーん。日本に行く方法、分かったのはいいけど、バレッタさんにどう伝えるべきか」

どうもこうも、そのまま伝えるしかないなと結論付け、落ち葉を踏みしめながら村へと向かう。

すると、強制転移させられてしまう場所のすぐ手前で、バレッタが待っていた。

先ほど彼女と別れた場所だ。

「バレッタさん」

「カズラさん、おかえりなさい！」

手を振る一良に、バレッタがにこりと微笑む。

強制転移地点を越えると、バレッタは一良にぎゅっと抱き着いた。

「寂しかったです」

「あはは。30分も経ってないのに、大袈裟だなぁ」

「んー」

バレッタは一良の胸に頬を擦りつけ、顔を上げた。

「ご両親とは、お話しできましたか？」

「ええ。ものすごく喜んでくれました。バレッタさんの写真も送ったんですけど、『すごい美人だ』って騒いでましたよ」

「そ、そうですか。それで、日本に行く方法については、教えてもらえましたか？」

「は、はい。それがですね……え、ええと」

言いよどむ一良に、バレッタが小首を傾げる。

「その……赤ちゃんができると、通れるようになるらしくて」

「あ、やっぱりそうだったんですね」

「え？」

きょとんとする一良に、バレッタが微笑む。

「たぶんそうなんだろうなって、予想してたんです。お義父さんがカズラさんをこっちの世界に送り出したのは、お嫁さん探しのためかなって。妊娠すれば、カズラさんの遺伝子を宿す関係で、転移しないように判別されるんじゃないかなって」

「うへぇ。さすがバレッタさんだ」

前に一良がジルコニアと話した時に、「お嫁さん探しのためではないか」という推測が出たのだが、その時は「たぶん違うだろう」となったのだ。

だが、バレッタは半ば確信していた様子である。

遺伝子で判別という考えまでは、一良は想像していなかった。

「というわけで……日本に行くのは、赤ちゃんができてからってことになって。できるまで帰って来るなって、母に言われちゃいました。別の世界の人間同士ですけど、子供は作れるみたいです」

「そうなんですね！」

顔を赤くして言う一良に対し、バレッタはとても嬉しそうだ。

「え、えっと……とりあえず、村に戻りましょうかね」

「……はい」

引っ付いていたバレッタが離れ、一良は一歩を踏み出した。

「カズラさん」

「ん？」

一良が振り返ると、バレッタは弾けるような笑顔で彼を見ていた。

「どうしたんです？」

「赤ちゃんができました」

「……えっ⁉　あっ⁉」

よく見てみると、バレッタが立っている場所は、強制転移する場所のすぐ脇に生えている印が付けられた木よりも、向こう側だった。

「え、ええ⁉　だって、初めてしてから、まだ7日くらいしか経ってないですよ⁉」

「その日が、周期的に一番妊娠しやすいタイミングだったんです。たぶん、今は着床した直後だと思うんですけど、それでも大丈夫みたいですね」

「マジか……まさか、いきなりできるとは……」

一良が唖然としていると、バレッタが期待を込めた眼差しを向けてきていることに気が付いた。

「えーっと……日本、行きます？」

「行きます！」

というわけで、すぐさま石造りの通路へと戻ることになったのだった。

２人並んで手をつなぎ、木々の間をざくざくと歩く。

バレッタは今まで入ったことのない場所を、興味深げに見渡していた。

「……虫の音がしますね」

バレッタの言うとおり、リリリ、と虫の音が微かに響いている。

「生き物は通れないと思ってたんですけど、どういうことなんでしょうか？」

「んー。虫は大丈夫なのかも。もしくは、あの場所を境にして、相互行き来はできないとか」

「なるほど、それかもしれないですね……あ！」

バレッタが倒木に歩み寄り、皮を剥がす。

そして、丸々と太ったアルカディアン虫を摘まみ出した。

「わあ、すごく大きい！　カズラさん、はい！」

嬉しそうに、一良の口元にアルカディアン虫を近づけるバレッタ。

うにょんうにょんと蠢くそれに、一良の表情は引き攣った。

「に、日本でご飯食べましょう！　お腹を空かせておきたいんで、それはやめときます！」

「あ、それもそうですね。じゃあ、帰りにまた採りましょっか」

バレッタは頷くと、倒木にアルカディアン虫を戻した。

結局食べることにはなるんだな、と一良は諦め、再び歩き出す。

そのまま進むと、石造りの通路が現れた。

「ここが、日本に繋がっているんですね」

バレッタがしげしげと、通路の壁面を見やる。

「ええ。中は、ヒカリゴケみたいなのでほんのり明るいですよ」

「そうなんですね……ちょっと緊張します」

バレッタは一良の腕を抱き、恐る恐るといった様子で通路に入った。

角を曲がって進むと、その奥に何もない小部屋が見えてきた。

「あの部屋は？」

「それが、よく分からなくて。そこの敷居をまたぐと、一瞬で景色が変わるんですよ」

慣れた様子で進む一良の腕を、バレッタはいっそう強く抱き締めた。

部屋の入口の前で、2人は立ち止まる。

「それじゃ、いざ、日本へ！」

「は、はいっ！」

「せーのっ！」

一良のかけ声で、2人同時に敷居をまたぐ。

一瞬で景色が切り替わり、木造家屋の部屋が出現した。

床には鉄板が張られており、その先にはブルーシートが敷かれた廊下が見える。

「よし、成功だ。バレッタさん、日本へようこそ！」

にっこりと微笑む一良に対し、バレッタは目を真ん丸にして、きょろきょろと部屋を見渡している。

「す、すごい……本当に、一瞬で……」

バレッタが背後を振り返る。

そこには小さな畳部屋があり、先ほどまでいた通路は存在しない。

「いやぁ、上手くいってよかったです。外に出ましょうか」

「はい！　あ、靴は脱いだほうがいいですか？」

「廊下にブルーシートが敷いてあるんで、大丈夫ですよ」

部屋を出て廊下を進み、玄関から外に出る。

目に飛び込んで来た景色に、バレッタが「わぁ」と声を上げた。

「すごい！　景色が全然違う！」

さらさらと風に揺れる竹の葉音。

ちゅんちゅんと飛び回るスズメたち。

空には重低音を響かせて飛行機が飛んでいて、白い飛行機雲が伸びていく。

「あれって、カズラさんの自動車ですか？」

庭に停めてあるファミリーカーを、バレッタが見やる。

「ええ。街に行ってみましょうか」

一良が車のキーを押すと、ピッ、と音がしてロックが解除された。

バレッタが、ビクッ、と肩を跳ねさせる。

「助手席にどうぞ」

「は、はい！」

2人で車に乗り込み、一良がエンジンをかける。

バレッタは車内をきょろきょろと見渡し、目をキラキラさせていた。

「シートベルトを付けてくださいね」

「はい！」

道路に出て、街へと向かって山道を走る。

かなりの山奥なので、道の両脇は森ばかりだ。

生えている木は、大半が杉である。

「すごいですね……道が、全部舗装されてるなんて。木も、全部枝打ちされてますし」

「確かに、すごいことですよね。窓、開けますね」

助手席側の窓が開き、バレッタは顔を少しだけ窓から出した。

風になびく髪を、手で押さえる。

「街までは遠いんですか？」

「しばらくかかりますね。でも、この辺にもぽつぽつ人家はありますよ」

「そうなんですね。あまり遅くなると皆が心配するんで、お昼までには帰りましょうね」

「ですね。ちょこっと見て、すぐに帰りましょう」

のんびりと景色を眺めながら、安全運転で山を下る。

進むにつれて少しずつ建物が増え、やがて街が見えてきた。

斜面の先に見える街の景色に、バレッタが「わあ！」と声を上げる。

「すごい！　ずっと先まで建物があります！」

「はは、喜んでもらえて何よりです」

「あっ！　あれって、自動販売機ですよね⁉」

道の脇に鎮座している自動販売機を、バレッタが指差す。

「ええ。何か飲みましょうか」

車を道の端に寄せて停車し、２人で降りる。

いくつも並んでいる飲み物のディスプレイに、バレッタは目を輝かせた。

「たくさんありますね！　飲んだことのあるお茶のペットボトルもあります！」

「はい、お金。どれでも好きなのをどうぞ」

一良（かずら）が五百円玉をバレッタに手渡す。

「そこの穴に入れて、買いたいものの下にあるボタンを押してください」

「はい。どれにしようかな……」

バレッタは少し迷い、お金を入れると、「スプライト」のボタンを押した。

ガコン、と缶のスプライトが受け取り口に落ち、「おおっ」とバレッタが声を漏らす。

「スプライトですか」

「飲んだことのないものにしようと思って」

一良(かずら)はそれを取り出して、彼女に差し出した。

「どうぞ。俺はミルクティーにしようかな」

「いただきます。すごく冷えてますね」

バレッタが、プシュッ、とプルタブを開ける。

シュワシュワと音が缶の中から響き、バレッタは小首を傾げた。

「あっ。これって、炭酸ですか？」

「うん。そういえば、まだ炭酸は飲んだことなかったですよね」

「はい……んっ。口の中がチリチリします」

初めて口にする炭酸飲料に、バレッタは楽しそうだ。

「飲めそうですか？　苦手なら、俺のと交換します？」

「いえ、大丈夫です。甘くて爽やかな感じで、すごく美味しいです」

そうして、2人は再び車に乗り込むのだった。

「ここまで文明レベルが違うなんて……」

バレッタは両手で大事そうにスプライトを持ち、助手席の窓から外を見ている。

街なかに入ったということもあり、先ほどまでののどかな景色が一転して、一気ににぎやかになった。

歩く人々、すれ違う車やバイク、自動で切り替わる信号機、大きなガラス窓を備えた家々。

見るものすべてが珍しく、バレッタは感動しっぱなしだ。

「これからは、あちこち見物し放題ですよ。バレッタさんも行き来自由になったんですから」

「はい、すごく楽しみです。でも、子供が産まれたら、行き来ってどうなるんでしょうか？」

バレッタが自分のお腹を摩る。

「あー、そういえばそうですね。後で、父さんたちに聞いておかないと」

そうしてしばらく車を走らせ、大型書店にやって来た。

大きな看板に書かれた「本」という文字に、バレッタが目を輝かせる。

「本屋さんだ！」

「前に、行ってみたいって言ってましたよね。少しのぞいていきましょう」

駐車場に車を停め、店の入口へと向かう。

勝手に開いた自動ドアに、バレッタが「わっ」と驚いた。

「び、びっくりした……」

「あはは。いい反応だ」

「うう、何を見てもびっくりしちゃいます……わあ！」

店に入ると、所狭しと並んでいる本に、バレッタが感嘆の声を漏らす。

目の前にある「今月の新刊」と張り紙がされた、本の山へと駆け寄った。

「すごい量……これ、全部今月に出た本なんですね」

「ここに並んでるもの以外にも、大量に出版されてますよ。気になるものがあったら、買って行きましょう」

「はい！」

あまり時間を食ってはいけないと、速足で店内を巡る。

金髪碧眼はこの街では珍しいのか、ちらちらと他の客がバレッタに視線を送っていた。

服装は特に場違いというわけではないので、大丈夫そうだ。

目についた本を数冊手に、レジへと向かう。

「バレッタさんが会計してみます？」

「あ、いいんですか？　やってみたいです。日本語で話さないとですね」

「お金は、これが千円で――」

バレッタは一良から財布を受け取り、レジの前に立った。

少し緊張した様子で、本を差し出す。

本は、妊娠・出産・子育てについての雑誌、群馬県の旅行雑誌、看護師向けの解剖生理学の参考書だ。

参考書は、あちらの世界の医療に役立つだろうから、とのことだった。

「これください」

「はい。3点で、2845円です」

無事に支払いを済ませて本を受け取り、一良に振り向いた。

「買えました！」

「お疲れ様」

ホクホク顔のバレッタを連れ、一良は店を出た。

スマートフォンを取り出して、時間を確認する。

「10時半か。スーパーでも寄って、帰りましょう」

「もうそんな時間なんですね。あっという間です」

「屋敷からここまで、40分くらいかかってますしね。あ、俺、ちょっとトイレに行ってきます。バレッタさんは大丈夫ですか？」

「私は平気です。ここで待ってますね」

店の脇にあるトイレに、一良が向かう。

バレッタが買った旅行雑誌をぱらぱらと見ていると、バイクに乗った若い男の２人組が傍を通りかかった。

「うわ、めっちゃ可愛い。１人かな？」

男がヘルメットを外し、隣の男に言う。

「そうっぽいな。お前、声かけてみろよ。英語、話せるだろ？」

「よーし」

男たちがバイクから降り、バレッタに歩み寄る。

英語が話せる、と言われた男が口を開こうとした時、バレッタは読んでいた雑誌から顔を上げ、にこりと微笑んだ。

「Hola. Hace buen tiempo（こんにちは。いい天気ですね）」

「「……」」

バレッタから発せられた言葉に、男たちが固まる。

「お、おい。何語だ？」

「たぶん、スペイン語だと思うけど……」

「Necesitas algo de mi?（私に何か用ですか？）」

戸惑う彼らに、バレッタが続ける。

「何て言ってるんだ?」

「分かんねえよ。こりゃダメだ」

彼らはバレッタに愛想笑いすると、そそくさとバイクに乗って去って行った。

バレッタが小さく手を振って彼らを見送っていると、一良がトイレから帰ってきた。

「ん? 何してるんです?」

「あの男の人たちに、声をかけられちゃいました」

「うわ、ナンパかな? 上手く断ったんですね」

「英語で話しかけてこようとしてるみたいだったんで、先にスペイン語で話しかけたら、諦めてくれました」

「……スペイン語、話せるんですか?」

「日常会話くらいなら。映画で少し覚えただけなので」

「この天才め」

そうして、2人は車へと戻るのだった。


数分後。

駅前のスーパーにやって来た2人は、総菜コーナーで商品を選んでいた。

「すごい量ですね。こんなにたくさん食べ物が並んでるなんて」

「ですよね。お弁当とかパンなんて、山のように置いてあっても一日でほとんど売れちゃうみたいですし」

「生産力と輸送力が、あっちの世界とは桁違いですね」

ローストポークと大学芋をカゴに入れ、デザートコーナーに向かう。

美味しそうな商品の数々に、バレッタが「おー」と声を漏らす。

「美味しそうですね！」

「食べたいものがあったら、何でもどうぞ」

「えっと、えっと……あっ！　ミルクレープ！」

冷蔵品の棚にあったミルクレープを、バレッタが手に取る。

長方形にカットされた少し大きめのもので、お値段は398円だ。

「ケーキ、こんなに安く買えるんですね。3アルちょっとくらいなんだ……」

「アル換算だと、それくらいですね」

「このエクレアっていうのも、すごく美味しそう。買っていいですか？」

「どうぞどうぞ」

「あっ、志野さん！」

背後から声をかけられて一良が振り返ると、買い物カゴを手にした私服の宮崎が立っていた。

今日は日曜日なので、買い物に来ていたのだ。

「宮崎さん！　おひさしぶりです！」

「おひさです！　偶然ですね！」

嬉しそうに宮崎は微笑むと、バレッタを見た。

バレッタが彼女に、ぺこりと頭を下げる。

「えっと、そちらのかたは？」

「妻のバレッタです」

「つ、妻⁉」

「初めまして。いつも夫がお世話になっております」

呆然としている宮崎に、バレッタが微笑む。

「宮崎さんの話は、いつも夫から聞いています。仕事を助けていただいて、ありがとうございます」

「い、いえいえ！　こちらこそ、何かと助けていただいて……」

宮崎が目を白黒させながら、一良とバレッタを交互に見る。

「もう！　こんなに美人な奥さんがいたなんて！　志野さん、教えてくださいよ！」

ぽん、と宮崎が一良の肩を叩く。

「この間結婚したばかりで。言うのが遅くなっちゃって、すみません」

「そ、そうなんですね！　奥さん、すごく日本語が上手ですね。日本に住んで長いんですか?」

「ありがとうございます。こっちに来たのは2年前くらいですね。母国でずっと日本語を勉強していたので――」

宮崎の質問に、バレッタは上手に話を合わせる。

バレッタの話す日本語の発音は完璧で、まるで日本人同士で話しているかのようだ。

数分立ち話をし、それじゃあ、と別れた。

レジへと向かう一良(かずら)たちを見送り、宮崎は「はあ」とため息をついた。

「だよね。あんないい人、お手付きじゃないはずがないよね……若くて美人さんだったなぁ」

そうつぶやくと、ケーキやシュークリームなどを、片っ端からカゴに放り込むのだった。

「カズラさん、モテるんですね」

車に乗り込んで一良(かずら)がエンジンをかけると、バレッタがそんなことを言った。

「え?」

「宮崎さん、絶対にカズラさんのことが好きですよ。私を紹介した時、思いっきりショックを受けてましたもん。アプローチかけられてたんじゃないですか?」

「あ、あー。思い当たるフシは確かにありますけど、普通の友達付きあいしかしてないですよ」

「あっちでもこっちでも、モテモテです」

「いやいや、勘弁してください。俺はバレッタさん一筋ですって」

「えへへ。冗談です。……えっと」

「ん？」

一良が見ると、バレッタは何かを言いよどんでいる様子だった。

「……やっぱり、もうちょっと後にします」

「な、何を？」

「まだ秘密です。帰りましょう」

一良は首を傾げながらも、アクセルを踏み込んだ。

車を走らせ、ちょうど昼になる頃に屋敷へと戻って来た。

荷物を持って屋敷に入り、異世界への敷居をまたぐ。

景色が石造りの通路に変わり、バレッタは背後を振り返った。

「本当に不思議です。どういう仕組みなんでしょうか？」

「不思議ですよねぇ。強制転移もすごいですし、魔法か何かですかね？」

「そ、それはさすがに……魔法なんて、この世には存在しないですよ」

「でも、ティタニアさんたちの力って、魔法みたいなものですよね？　あれと同じような感じなんじゃ？」

一良の意見に、バレッタは「うーん」と唸る。

「……あの力も、きっと何か原理があると思います。科学で解明できないことなんて、ないと思います」

「バレッタさんらしい考えかたですねぇ」

そうして一良が一歩を踏み出すと、バレッタが「あっ」と声を上げた。

「カズラさん。お義父さんとお義母さんに、私が日本に来れるようになったことを伝えないと」

「あっ、そうだった。戻りましょう」

再び屋敷に戻り、一良がスマートフォンを取り出す。

父親に電話をかけると、5コールほどして繋がった。

「もしもし、父さん？」

『おう。どうした？』

「バレッタさん、妊娠してた。こっちに来れるようになったよ」

『えっ⁉　もう⁉　今、そこにいるのか⁉』

驚く父に、一良が苦笑する。

「うん。ビデオ通話に切り替えるね」

スマートフォンを操作してビデオ通話に切り替える。

「父さん、スマホを離して、ビデオ通話にして」

『お、おう』

画面に父の緊張した顔が映し出され、バレッタが「わあ」と声を上げた。

父の背後に映るヤシの木に、一良が小首を傾げる。

「す、すごいですね。相手の顔を見ながら……あっ！　バ、バレッタと申します！」

『どうも！　一良の父の真治です！　息子がお世話になってます！』

お互い緊張しきった声で挨拶し、ペコペコと頭を下げる。

「父さん、後ろにヤシの木が見えるんだけど、どこにいるの？」

『今、沖縄にいるんだよ。明後日に帰ることになってる』

「そ、そっか。じゃあ、顔合わせは帰って来てからだね」

『だな。おーい！　睦！　バレッタさんと電話が繋がったぞ！』

彼の大声の直後、ばたばたと足音が響いて画面が激しく動き、母の睦が顔をのぞかせた。

おでこにサングラスをかけており、服装はアロハシャツだ。

いつもながら、ものすごく若い。

『バレッタさん⁉　きゃー！　やっぱり美人ねぇ！』

「あ、ありがとうございます。よろしくお願いします」

『よろしくね！　どうしよ、旅行の真っ最中だよ。真治、顔合わせはどうするの？』

『３日後の夜でどうだ？　親父たちにも、後で電話しておこう』

『だってさ。一良、予定空けておいてね？　そっちのお屋敷に行くから、お祝いしましょ』

「うん。夜の７時くらいでいいかな？」

『それでいいよ。私たちもバレッタさんのご両親に、挨拶しないとよね』

「そうだね。結婚式も挙げるから、母さんたちも来るって伝えておくよ」

『あ、それは無理よ。私たちは、そっちには行けないから』

「えっ？」

てっきり両親も来れるものだと考えていた一良が、驚いた顔になる。

「行けないって、何で？」

『その場所には、一良しか行けないの。私も、別の場所からこっちに来たのよ』

「やっぱり、そうだったんですね」

バレッタが納得した様子で頷く。

「あの、カズラさんは、お嫁さんを探すために、私の生まれた世界に来たんですよね？」

『うん。一良と相性がよくて子供を作れる年齢の人がいる世界に、あそこは通じるようになってるの。だよね？』

『そう聞いてる。だから、俺が行ける世界と一良が行ける世界は別々なんだ。口伝でしか伝わってないから、確証はないけどな』

「……俺、あっちの食べ物で栄養が取れなくて、危うく餓死するところだったんだ。それも知らなかったってことだよね？」

『『何それ⁉』』

両親の驚いた声が響く。

『そんな場所があるなんて、聞いたことないぞ⁉』

「そっか。そういえば、ご先祖様っぽい人があっちで死んでたらしくてさ。そのせいで、何も伝わってなかったのかな」

『そ、そうか。まあ、行く場所によっては、危ない目に遭うこともあるからな』

真治が冷や汗を掻きながら言う。

「危ない目って……それはあらかじめ教えてくれよ。命に関わるんだから」

『いや……お前には、自然に伴侶を見つけてほしかったんだよ。先にあれこれ教えて身構えちゃうと、せっかくの出会いが台無しになるかもしれないと思ってさ』

「ええ……暴論すぎるように思えるけどなぁ」

不満げな一良に、睦が『まあまあ』と口を挟む。

『お父さんも、一良を思ってのことだったんだよ。お父さん、あっちでかなりつらい目に遭ったからさ』

「つらい目？ 何があったの？」

一良がそう言った時、プシュー、とバスの音が響いた。

『あ、ごめん！ バスが来ちゃったから、また後でね。バレッタさん、一良のこと、よろしくね！』

睦がにこりと微笑む。

バレッタも、とびきりの笑顔を彼女に向けた。

「はい！ 任せてください！ 今後とも、よろしくお願いします！」

『うん。会えるのを楽しみにしてるから。じゃあ、またね！』

通話が切れ、一良がスマートフォンをポケットにしまう。

「うーん。まさか本当に、お嫁さんを探すための扉だったとは」

一良が背後を見る。

敷居の先は、何もない畳部屋があるだけだ。

初めて扉を開けた時に、南京錠が勝手に壊れて消えてしまったことを思い出す。

あれについても、後で聞きたいところだ。

「……もしかしたら、私じゃなくて、リーゼ様やジルコニア様がカズラさんと相性のいい人なのかもしれないってことですよね」

複雑そうな顔をしているバレッタに、一良が苦笑する。

「そうかもしれませんけど、俺は初めからバレッタさんに惹かれてましたよ。なんていい娘なんだろうって、ずっと感じてましたし。だからきっと、俺はバレッタさんに会うために、あっちの世界に行ったんですよ」

「う……あ、ありがとうございます。すごく嬉しいです。えへへ」

バレッタが照れて顔を赤くする。

「それじゃ、村に戻りますか」

「はい！」

再び敷居をまたぎ、通路へと移動する。

雑木林を抜けて村に出ると、リーゼとティタニアとウリボウたちが子供たちと追いかけっこをしていた。

「あっ、カズラ、バレッタ！」

リーゼが子供たちをティタニアたちに任せ、2人に駆け寄る。

「日本に行ってたの？」

「うん。バレッタさんと一緒に、両親に挨拶してきたんだ」

「そうなん……え⁉ 今、バレッタと一緒にって言った⁉」

リーゼが一良に詰め寄る。

「どうやったの⁉ どうやって、バレッタを日本に連れて行ったの⁉」

「それが、俺の子供を妊娠していれば通れるみたいなんだ」

「にっ……」

リーゼが目を見開き、バレッタを見る。

「に、妊娠しちゃいました」

ぎこちなく微笑むバレッタに、リーゼは唖然としていたが、すぐに微笑んだ。

「そうなんだ。よかったね！　おめでとう！」

「はい。ありがとうございます」

「そっか、バレッタ、お母さんになるんだ……って」

リーゼが、少し真剣な顔になる。

「生まれてくる子供って、私たちみたいに力持ちになるのかな？」

「どうなんでしょう？　カズラさんのご両親に聞いてみないとですね」

「うん。その、私が心配してるのは、お腹の中にいる子供が力持ちになっちゃったら、お腹の中で赤ちゃんが動いたら、バレッタのお腹が破けちゃったりしないかなって……」

「「……」」

その様子を想像し、一良とバレッタの顔が強張る。

「い、いや、さすがにそれは大丈夫なんじゃないか？　いくら力持ちっていっても、胎児なんだから」

「うう、何だか心配になってきました。後で、お義母さんに聞いてみます……」

「ま、まあ、たぶん大丈夫だよね？　それより、ニィナたちが、バレッタの結婚衣装を準備し始めてるの！　見に行こうよ！」

　そうして、3人はニィナの家に向かうのだった。


　ニィナの家の前に着くと、中からわいわいと騒ぐ声が響いてきた。

　こんにちは、と引き戸を開き、中に入る。

「あっ、いらっしゃい！」

　ニィナが一良（かずら）たちを見て、にこりと微笑む。

　他の娘たちとニィナの両親もおり、反物を選んでいるようだ。

「カズラ様、このたびはおめでとうございます」

「バレッタちゃん、よかったね。おめでとう！」

　祝福の言葉を投げかけるニィナの父と母に、2人も「ありがとうございます」と頭を下げた。

「バレッタ、ドレスに使う生地を選んでるんだけどさ。これとかどうかな？」

　床に広げていた薄緑色とピンク色の反物を、ニィナが広げて見せる。

「わ、すごく綺麗だね。それ、どうしたの？」

「お父さんとお母さんが、イステリアに行った時に買ったんだって。私が結婚する時に使うつもりだったんだってさ」

「ええっ？　そ、そんな大切なもの、使っちゃダメだよ。とっておきなよ」

「いいんだって。私、まだ相手もいないんだし。ね、お母さん？」

ニィナが目を向けると、彼女の母親は苦笑しながら頷いた。

「ええ。また新しく買えばいいし、バレッタちゃんのに使って――」

彼女がそう言いかけた時、コンコン、と戸がノックされた。

ニィナが返事をすると、手に服を抱えたバリンが入ってきた。

「おっ、帰って来てたのか」

バリンがバレッタに微笑む。

「うん、さっきね。その服は？」

「これ、シータと結婚した時のドレスなんだけど、バレッタにどうかなと思ってな」

「えっ、お母さんの？」

バレッタがバリンに駆け寄る。

ドレスを受け取って広げ、「わあ！」と声を上げた。

緑を基調とした可愛らしいドレスだ。

大切にしまってあったようで、まるで新品のように綺麗だ。

「おお、懐かしい。次期村長の結婚式だからって、皆で奮発してお金を出し合って作ったんですよねぇ」

ニィナの父親が言うと、彼の妻も懐かしそうに目を細めた。

「懐かしいわね……私も、シータと一緒に仕立てたの。楽しかったなぁ」

「バレッタ、それを着なよ！　きっと、お母さんも喜ぶよ！」

ニィナの言葉に、他の娘たちも頷く。

バレッタは彼女たちを振り返り、嬉しそうに微笑んだ。

「うん。私も、これを着たいな」

「それじゃ、決まりね！　カズラ様は、衣装はどうするんですか？」

ニィナが一良に言うと、マヤが「はいはい！」と手を挙げた。

「私、神様の世界の結婚式の衣裳を見てみたい！」

「あ、それいいね！」

「私も見てみたいなー！」

「カズラ様、そうしましょうよ！」

他の娘たちが、わいわいと一良に迫る。

「じゃ、じゃあ、そうしましょうかね。用意しておきますよ」

頷く一良に、皆が「やった！」と大喜びする。

「衣装を仕立てなくていいなら、すぐに式を挙げられるね。村長さん、いつにしましょうか？

「私の父も、それに合わせて来ると言っているのですが」

リーゼが聞くと、バリンは「うーん」と唸った。

「そうですね……料理の準備もありますし、2日後くらいでしょうか。皆はどう思う？」

バリンの問いかけに、皆が「いいですよ！」と同意する。

こうして、2日後に一良とバレッタの結婚式が挙げられることになった。

一良は嬉しそうにしているバレッタを見て、日本からの帰りにアルカディアン虫を採ることを彼女がすっかり忘れていることに、心底ほっとしていた。

ニィナの家を出て、4人でバリンの家へと向かう。

畑仕事をしている村人がちらほらいるが、男たちは森に木を切りに行っているらしい。

一良たちの新居を造るのだと、張り切っているそうだ。

「あの、何も新しく家を造ることはない気が……バリンさんの家で、暮らさせてもらえればと思うんですが」

一良が言うと、バリンが苦笑した。

「いえ、新婚夫婦は2人きりで住まないとダメだと皆が言ってましてね。早く子供を作ってもらわねばと」

「あ、お父さん。私、もう妊娠してるよ」

「ほう、にんし……ええ⁉」

バレッタの言葉に、バリンが仰天する。

「本当か⁉」

「うん」

「そ、そうか。ということは、私もおじいちゃんか。楽しみだ」

「産まれるのは、まだまだ先だよ。来年の夏くらいだと思う」

「うんうん。元気な子を産んでくれよ。カズラさん、ありがとうございます」

バリンが嬉しそうに、一良に頭を下げる。

「え？　い、いえ、どういたしまして」

「そういえば、村には産婆さんっていませんよね？　時期になったら、イステリアから連れてきますね」

リーゼの提案に、バレッタとバリンが「ありがとうございます」と微笑む。

名前はどうしよう、男の子と女の子のどっちだろう、などと話をしているうちに、バリン邸に着いた。

家に入ると、ジルコニア、エイラ、マリーが昼食の用意をしていた。

「あら、おかえりなさい。ちょうど、お昼ご飯ができたところよ」

囲炉裏の火にかけられた鍋から汁物をよそいながら、ジルコニアが微笑む。

エイラは厚焼き玉子を切り分けており、マリーは小鍋から炊き込みご飯をよそっていた。

「ただいまです。それ、味噌汁ですか？」

「けんちん汁です。こんにゃくの代わりに、春雨ですけどね」

「バレッタ様は、どちらに行っていたのですか？　しばらく村にいなかったようですけど」

エイラがバレッタに聞く。

「カズラさんと、日本に行ってました」

「「「えっ⁉」」」

ジルコニアたちだけでなく、バリンも驚いて声を上げる。

「い、行けたの⁉　どうやって⁉」

ジルコニアは鬼気迫る表情になっている。

「カ、カズラさんの子供を妊娠していれば、行けるとのことで」

バレッタが自身のお腹を摩りながら言うと、ジルコニアたちは唖然とした顔になった。

「そ、そう。妊娠したの。おめでとう」

「ありがとうございます」

「……カズラさん、私も孕ませてくれません？」

「お母様！　何を言ってるんですか！」

怒鳴るリーゼに、ジルコニアが肩を跳ねさせる。

「じょ、冗談だって。怒らないでよ」

「そういうのは、冗談でも言っちゃダメです。バレッタの気持ちを考えてください」

「だから、ごめんって……」

小さくなっているジルコニアの隣では、エイラが「いいなぁ」と羨ましそうにバレッタを見ている。

リーゼは、やれやれ、とため息をつくと、居間に上がった。

「ほら、食事にしましょ。バレッタとカズラも、座って」

リーゼがジルコニアからおたまを奪い、椀によそう。

一良(かずら)たちも上がり、席に着いた。

いただきます、と食べ始める。

「バレッタ、日本はどうだった？」

ジルコニアが聞くと、バレッタはにこりと微笑んだ。

「すごかったです。道は全部舗装されてますし、自動車はびゅんびゅん走ってましたし」

本屋とスーパーに行ったことも交えて、バレッタが話す。

「そっか。映画で見たのと、そのまま同じなのね」

「はい。とにかく発展ぶりがすごくて、完全に別世界でした」

「飛行機は見た？　あんなに大きいのが飛ぶなんて、信じられなくて」

「すごく遠くにですけど、飛んでいるところを見ましたよ。飛行機雲が伸びていってて、不思議な感じでした」

あれこれ話しながら、料理を口に運ぶ。

リーゼたちは興味津々といった様子で、矢継ぎ早に質問を繰り返していた。

一良とバリンは置物状態で、黙々と食事を進めている。

「あ、それと、結婚式は2日後にやるらしいんです。お父様に伝えないと」

「あら、ずいぶんと早いのね。衣装の準備はできてるの？」

「バレッタは、お母さんが使った衣装を着るそうです。カズラは、日本で買って来るんだよね？」

リーゼが一良に話を振る。

「何かよさげなものを用意するよ。レンタルだし、すぐに見つかると思う」

「え ー？　晴れの舞台なんだから、買っちゃいなよ。記念になるしさ」

「そういうものか？　あっちだと、式の衣裳って、たいていはレンタルなんだけど」

「こっちはそういう文化なの。これからずっとこっちで暮らすんだし、合わせなきゃ」

そんな話をしながら食事をしていると、ラース、ティティス、フィレクシアが入ってきた。

「ありゃ？　もう帰って来てたのか」

ラースが肉料理の大皿を手に、居間に上がる。

香草がちりばめられたスライスされた焼肉と、大量の小魚の素揚げだ。

「ラースさん。お先にいただいてます。この料理は？」

どん、と置かれた大皿を、一良が見る。

「バルベール料理っす。ロズルーさんから肉を貰って、ティティスに作ってもらったんすよ」

「どうぞ、食べてください。ティタニア様たちには、とても好評でしたよ」

ティティスが微笑み、小皿に料理を取り分ける。

フィレクシアは勝手に肉ばかりを皿によそい、「いっただっきまーす！」と、もりもり食べ始めた。

「んー！　やっぱりティティスさんの料理は最高ですね！　すんごく美味しいのですよ！」

「よかったですね。肉だけじゃなくて、野菜スープも食べないとダメですよ」

「や、野菜はちょっと……」

「フィレクシアさん、そのスープには、ものすごく健康になる薬を入れておきましたから。頑張って食べてください」

一良が言うと、フィレクシアは「うー」と唸りながらもけんちん汁に手を伸ばした。

ズズズ、と音を立てて、汁をすする。

食べながら結婚式の日取りをリーゼが話すと、ラースは「おっ」と笑顔になった。

「神様の結婚式か！　カイレンとラッカ、今から呼んで間に合うかな？」

「いやいや。忙しい身ですし、無理して呼ばなくてもいいですよ」

一良がラースを諌める。

「そうはいかないっすよ。あんだけアルカディアには温情をかけてもらったんですから」

「でも、異民族の件がまだ――」

それからも一良はあれこれと諌めたのだが、どうしてもとラースが言うので、とりあえず声をかけることになってしまったのだった。


その日の夜。

バリン邸の一良の部屋で、一良とバレッタは1つの布団に入っていた。

ランタンの灯は消されており、室内は真っ暗だ。

バレッタは一良の腕を抱き、密着している。

今日の出来事を思い出しながら、小声で話しているところだ。

バレッタは楽しそうに、日本の感想をあれこれと話している。

リーゼたちは、居間とバレッタの部屋に分かれて休んでいる。

「――そういえば、リーゼが産婆さんがって話をしてましたけど、産むなら日本でのほうがいいですよね」

話が一区切りついたところで一良が言うと、バレッタは「ですね」と頷いた。

「日本の病院で産めるなら、私もそうしたいです。いろいろと、安心でしょうし」

「うん。でも、その場合って、身分証明とかどうしましょうかね。母さんも、日本で俺を産んだのかな？」

「どうなんで……あ！　日本で子供を産んだら、子供はこっちに来れないんじゃないですか？」

「……確かに、俺の場合を考えると、そうなりますよね」

両親の話では、異世界への敷居は、その者と相性がいい人がいるところへ通じるということだった。

子供を作れる年齢の人がいる世界とも言っていたので、2人の子供はこちらには来られない可能性が高い。

となると、こちらの世界で子供を産んだ場合はどうなるのだろうか。

後で、詳しく聞く必要がありそうだ。

「まあ、今度会う時に聞いてみますか。バレッタさん、最近の体調はどうですか？」

「いつもどおりです。あと半月くらいすると、変化があるって本に書いてありました」

「そっか。もう1人の体じゃないんで、大事にしてくださいね」

「ふふ、そうですね」

バレッタが、一良（かずら）の肩に顔を擦りつける。

「私、幸せです」

「俺もです。こんなに素敵な人にお嫁さんになってもらえるなんて、夢みたいですよ」

一良の言葉に、バレッタが少し笑う。

「……カズラさんは、リーゼ様、ジルコニア様、エイラさんのことは、どう思ってるんですか？」

「どうって……仲のいい友達って感じです。浮気なんてしないんで、安心してください」

先手を打って一良が言うと、バレッタは一良を見上げた。

「もし……リーゼ様たちとも、深い仲になってもいいって私が言ったら、どうしますか？」

「い、いや、何を言ってるんですか。そんなことしませんよ」

「私、分かっちゃったんです」

バレッタが一良から目をそらし、声のトーンが少し落ちる。

「な、何が？」

「本当に好きな人が、手の届かない存在になってしまうことが、どれだけつらいかってことが」

「……」

「カズラさんがリーゼ様とキスしているのを見た時、目の前が真っ暗になりました。胸が引き裂かれるようで、本当に死んでしまいたいくらいに絶望しました」

バレッタが、ぎゅっと一良(かずら)の腕を抱く。

「……私がカズラさんに選ばれて、リーゼ様たちも、きっと同じ気持ちになってるんだろうなって」

「バレッタさん……」

「あれから、リーゼ様は、すごく私に優しくて。つらくて堪らないはずなのに、私のために我慢して明るくしてくれているのが、伝わってくるんです」

バレッタの声が震える。

「バレッタさん」

一良(かずら)が体を横に向け、バレッタを見る。

涙をこぼしているバレッタと、目が合った。

「俺は、バレッタさんが好きなんです」

「……はい」

「だから、他の人に目を向けたりなんてしません。バレッタさんが悲しむようなことは、絶対にしませんから」

「……ありがとうございます。嬉しいです」

バレッタが泣き笑いのような顔になる。

「でも、私、リーゼ様たちとも、ずっと一緒にいたいなって思うんです。彼女たちにも、幸せになってもらいたいなって」

バレッタが一良の胸に、顔をすり寄せる。

「だけど、私、すごく嫉妬深いから……今、カズラさんがリーゼ様たちとってなったら、きっとヤキモチを焼いちゃいます」

「ですから、そんなことは――」

「だから、あと1カ月だけ、カズラさんを独り占めさせてください」

一良の言葉をさえぎって、バレッタが言う。

「1カ月後、もしカズラさんがいいなら、リーゼ様たちのことも、受け入れてあげてほしいんです。そうすれば、わだかまりなく、ずっと皆で一緒にいられるから」

「ええ……」

とんでもないバレッタの提案に、一良の顔が引きつる。

要は、リーゼたちとも子供を作ってほしいと、彼女は言っているのだ。

「変なお願いをして、ごめんなさい。カズラさんが嫌だっていうなら、二度とこの話はしませんから。でも、考えておいてほしいんです」

「さ、さすがにそれは……俺がどうこうっていうのはともかく、一夫多妻にってことですよね？」

「はい。アルカディアでは、貴族には許されている制度です」

あまりいい目では見られませんけどね、とバレッタが付け加える。

「いや、制度はそうかもしれないけど……」

「カズラさんは……リーゼ様ともっていうのは嫌ですか？」

バレッタが、あえてリーゼについてだけ聞く。

「……俺も男ですから、嫌ではないですよ。でも、バレッタさんが少しでも嫌な想いをするっていうなら、絶対にしたくない。俺は、バレッタさんが一番大切だから」

「……うん」

バレッタが、ぎゅっと一良の腕を強く抱く。

「正直言うと、カズラさんが……他の女性を抱くって想像しただけで、すごく胸が苦しくなります」

でも、とバレッタが続ける。

「1年くらい前に、リーゼ様に言われたんです。『カズラのことと同じくらい、バレッタのことも好きになっちゃったの』、『あなたともカズラとも、ずっと一緒にいたいな』って」

「……うん」

つい最近、一良もリーゼに、「ずっと一緒にいてね」と言われたことがあった。

あの時すでに、リーゼは一良がバレッタを選ぶと分かっていたのだろうかと、ふと考える。

「リーゼ様、泣いてたんです。でも、私は何も言えなくて」

バレッタが顔を上げ、一良を見る。

「今なら、あの時のリーゼ様の気持ちが分かるんです。だから……っ」

バレッタの瞳から、涙がこぼれる。

納得したつもりでいたのだけれど、きっとそうなったら、自分は嫉妬してしまうだろう。

だけれど、自分の気持ちを押し殺して笑顔を作るリーゼを見るのは、それ以上につらいのだ。

一良はバレッタの背に手を回し、ぎゅっと抱き締めた。

「……少し、考えさせてください」

ぽつりと言う彼の声に、バレッタは小さく頷いた。

第5章　憧れの地へ

翌朝。

一良が目を覚ますと、すでにバレッタの姿はなかった。

むくりと身を起こし、深くため息をつく。

まさか、バレッタにあんなお願いをされるとは、夢にも思わなかった。

もしも自分がバレッタの立場だったら、とてもそんなことは言えないだろう。

「何だかなぁ……普通の男だったら、喜ぶ状況なんだろうけど」

リーゼはかなりの美人だし、顔は一良の好みど真ん中だ。

ジルコニアとエイラもそれは同じで、何より3人とも一緒にいてとても楽しい。

考えやすいように、これを性別を逆に置き換えてみる。

一良が女でバレッタたちが男だと仮定して、自分がバレッタの立ち位置でと考えると、かなりキツい。

「男と女だと、そういうところも感じかたが違うのかな。違わないと思うんだけどな……」

ぼやきながら着替えを済まし、部屋を出た。

土間で、バレッタとリーゼが楽しそうにおしゃべりしながら、朝食の準備をしている姿が目に入る。

とても楽しそうな2人を、一良はぼうっと眺めてしまう。

「カズラさん、おはようございます」

囲炉裏の灰からパンを取り出しているジルコニアが、一良に微笑む。

バレッタたちも振り返り、「おはよう」と一良に微笑んだ。

「おはようございます。エイラさんたちは、まだ寝てるんですかね？」

「いえ、皆で洗濯しに行ってます。ラースは、バリンと畑仕事をしてますよ。ロズルーの家のほうの畑だそうです」

「そっか。俺も、畑を見に行こうかな」

「なら、すぐに朝食なんで、呼んで来てください」

「了解です」

土間に下り、行ってきます、とバレッタたちに声をかけて家を出た。

庭で布団を干しているエイラとティティスが、一良に振り向く。

「「カズラ様、おはようございます」」

声が重なり、2人が笑い合う。

「おはようございます。今日も、いい天気ですね」

「はい。カズラ様の布団も干しちゃってよろしいでしょうか？」

「ありがとうございます。お願いします」

承知しました、とエイラが家に入っていく。

「ここは、いい村ですね」

ティティスが枕を岩の上に置き、村の景色を眺める。

「皆さん、すごく幸せそうです。バルベールに帰りたくなくなってしまいます」

「はは。何なら、ティティスさんも村に住んでしまっては？」

一良が言うと、ティティスはにこりと微笑んだ。

「そうですね。老後は、こちらに移住させてもらうかもしれません。カイレン様も、誘ってみます」

「歓迎しますよ。カイレンさんとは、お付きあいしてるんですか？」

「先日までのカズラ様たちと、同じような関係といったところでしょうか。近いうちに、押し倒す予定ですが」

「そ、そうですか。じゃあ俺、畑に行ってきます」

「はい、行ってらっしゃいませ」

ティティスと別れ、畑に向かう。

途中、水路で洗濯をしているマリーとフィレクシアを見かけ、挨拶だけしておいた。

しばらく歩いて畑に着くと、ラースとバリンが腰をかがめて草むしりをしていた。

「おーい、そろそろ朝ごはんですよー！」

一良の呼びかけに、2人が身を起こす。

「カズラさん、おはようございます」

「っす！」

2人は頭を下げて何やら話すと、細長い野菜を4本と夏イモを1つ地面から引き抜いて歩いてきた。

細長い野菜はニンジンのような見た目で、長さが野球バットほどもある。

夏イモは、赤ん坊の頭くらいの大きさだ。

「いやぁ、この村の野菜はすごいっすね！　こんなに長いウリーケ、初めて見ましたよ」

ラースが土の付いたウリーケを揺らす。

「ここの作物は、どれも巨大ですからね」

「はっは！　食いでがあって最高ですね！」

「ラースさん。私はウリーケをロズルーのところに分けにいくので、先に戻っててください」

「うす！」

バリンがラースからウリーケを2本受け取り、ロズルーの家へと歩いて行った。

一良はラースと並んで、バリン邸へと戻る。

「そういや、今朝無線でカイレンたちに連絡したんすけど、すぐにバイクでこっちに来るって言ってましたよ。アロンド殿も夫婦で来るらしいです」

「えっ、大丈夫なんですか？　その、立場的にバーラルを留守にするのはまずいんじゃ」

驚く一良に、ラースが、にっと笑う。

「大丈夫っす。異民族の件は小康状態ですし、後のことはエイヴァー執政官に任せるらしいんで」

「そっか。せっかく来てくれるんじゃ、引き出物は気合を入れないとだ」

「引き出物って？」

「参列者にあげる、お土産です」

そんな話をしながら歩き、バリン邸が見えてきた。

エイラ、マリー、フィレクシアが、洗濯物を干している。

「それにしても、カズラ様はいいっすねぇ」

ラースがニヤニヤしながら、エイラたちを見る。

「いいって、何がです？」

「あんなにかわいい嫁さん貰って、そのうえエイラさんたち3人は、そのうち側室にするんでしょ？　最高じゃないっすか」

「……」

黙る一良に、ラースが「えっ」と驚いた顔を向けて足を止めた。

「側室にしないんですか？」

「う、うーん……」

唸る一良に、ラースは怪訝な顔になった。

「貰っちゃえばいいじゃないっすか。別に側室を持つなんて、珍しいことでもないっすよ？」

「バルベールでも、そうなんですか？」

「そうっすよ。まあ、正妻がよしとすればですけど」

「そ、そうなんですか……」

「それに、エイラさんたちはカズラ様のことが好きなんだし。側室にしないのは、逆にかわいそうに思えるんすけど」

「……実は、バレッタさんにも、そうしてくれって言われてるんですよね」

一良が言うと、ラースは「なぁんだ」と笑顔になった。

「それなら、なおのことそうすればいいじゃないですか。きっとエイラさんたち、喜びますよ？」

「カズラ様ーっ、どうなされたのですかーっ？」

立ち止まっている一良たちに気づいたエイラが呼びかけてきた。

一良は「今行きます！」と返事をし、歩き出す。

ラースはその後に続きながら、何を悩むことがあるんだろう、と首を傾げていた。

朝食後。

一良(かずら)とバレッタは、日本の屋敷の庭で車に乗り込んでいた。

リーゼが、「ようやくバレッタも行けるようになったんだから、楽しんできなよ」と勧めてくれたのだ。

明日は2人の結婚式だが、準備はすべてやっておくから、泊まりで楽しんで来いとまで言われている。

「さて、どこか行きたいところはあります？」

一良(かずら)がカーナビを起動し、バレッタに尋ねる。

「えっと……」

バレッタは持ってきた群馬県の旅行雑誌を、ぱらぱらと捲った。

草津温泉の紹介ページを開く。

「草津温泉に行ってみたいです！」

「草津か。ここからだと、山を下りてから2時間半ってところですね。ホテルも、草津で探しましょうか」

「はい！　いいなって思ったホテルがあって――」

「あ！」

一良が、はっとしてスマートフォンを取り出す。

「どうしたんですか？」

「妊娠中は温泉はダメって何かで見たことがあって。ちょっと調べてみようかと」

「あ、それは大丈夫ですよ。２０１４年に法改正で、問題ないってことになったって雑誌に書いてありましたから」

「そうなんですか。俺より詳しいな……」

「えへへ」

雑誌に載っていた大手のホテルに電話してみると、平日ということもあって予約が取れた。

いざ出発、と車を走らせる。

「先に、服を買いに行きますか」

「はい。カズラさんが、見立ててくださいね」

「えー。俺、センスないから、上手く選べるかな……まあ、頑張ります」

「ふふ、期待してます」

元々バレッタの着替えは持ってきておらず、出先で買おうという話になっていた。

あちらの世界の服も何着か持ってはいるが、やはり少し目立ってしまうからだ。

山道を走り街に出て、駅前の服屋にやって来た。

店に入ると、バレッタが「おー！」と声を上げた。

「服だらけです！」

「イステリアの店も、似たようなものじゃなかったですか？」

「量が全然違いますよ！」

カゴを手に、手近な棚から服を見ていく。

季節は秋ということで、長袖のものが多く並んでいた。

一良（かずら）がうんうんと唸りながら、服を選ぶ。

「うーん……これとか、どうですかね？」

薄いオレンジ色のニットのトップスを一良（かずら）は手に取り、バレッタに合わせてみる。

柔らかな生地で肌触りもよく、暖かそうだ。

「シンプルで組み合わせやすそうですね。いいと思います」

「じゃあ、とりあえず確保だ」

せっかくだから何着か買おうと、あれこれ見回りながら合わせて3着のトップスをカゴに入れた。

それに合うスカートも2枚見繕った。

「あっ、かわいい！」

靴が並んでいる小スペースの棚に、バレッタが駆け寄る。

「靴も買いましょうか。どれがいいですか？」

「カズラさんは、選んでくれないんですか？」

「まあまあ。靴くらいは、バレッタさんが気に入ったものを選んでくださいよ」

「んー、じゃあ、これがいいです」

短いヒールの付いたブーツを、バレッタが指差す。

ならばとサイズの合うものを選び、カゴに入れた。

試着スペースに向かい、店員に案内してもらう。

「それじゃ、俺はここで待ってるんで」

「はい。何だかドキドキしますね」

バレッタは嬉しそうに試着室に入り、カーテンを閉めた。

少ししてカーテンが開き、最初に選んだトップスとスカートを身につけたバレッタが姿を見せた。

「おお、かわいい！　似合ってますよ！」

「えへへ。ありがとうございます。他のも着てみますね」

そうして試着を済ませ、サイズに問題がなかったのですべて買うことにした。

せっかくだからと、買ったものをそのまま着ていくことにし、支払いを済ませてからタグを切ってもらって着替えた。

じゃあ行こう、と店の出口へと向かう途中で、下着コーナーが目に入った。

「あっ。バレッタさん、下着って買ったほうがよくないですか？」

「え？　下着ですか？」

「うん。その、今って、下に何も着けてないですよね？　こっちだと、付けるのが当たり前なんですけど」

あちらの世界では月のものが来る前後は当て布をするのだが、それ以外は基本的に女性はノーパンである。

ブラジャーも存在しないので、今のバレッタはノーブラノーパンだ。

「そ、そうですね。下着も買うことにします。カズラさんに選んでほしいです」

「俺が選ぶのか……」

２人で下着コーナーに入り、シンプルなものをいくつか選んで再び購入した。

店員に頼んでタグを外してもらい、バレッタはトイレでそれらを身に着けたのだった。

異世界人が初めてパンティーとブラジャーを身に着けた、歴史的瞬間である。

服屋を出て、車で草津へと向かう。

高速道路に乗ると、バレッタは「うわあ」と声を上げた。

「は、速い……ちょっと怖いです」

ぐんぐん上がっていく速度メーターの数字を見て、バレッタは心配そうだ。

「高速道路ですからね。100キロくらいは出し続けないと」

「1時間で100キロも進むなんて、自動車って本当にすごいです……」

「あっちじゃ、バイクに乗ってもこんなに速くは走らなかったですもんね」

「ええ。こんな道路があるなら、どんなに遠くてもどこでも行き放題ですね」

あれこれ話しながら走り続け、サービスエリアの入口が見えてきた。

「サービスエリア、寄ってみます？」

「寄ります！」

速度を落とし、サービスエリアに入る。

駐車場にはたくさんの普通車やトラックが停まっていた。

「わ、混んでますね」

「ですね。平日だけど盛況だ」

空いている場所に駐車して、車を降りる。

目の前にそびえ立つ大きな建物に、バレッタは目をキラキラさせていた。

「大きいですね！　それに、何だか建物の造りがオシャレです。どことなく、さっきまでいたお屋敷に似てますね」

「古民家っぽい形ですよね。俺、トイレに行ってきますね」

「私はお店の中を見ててもいいですか？」

「いいですよ。財布、渡しておきますね」

財布を受け取り、バレッタは一良と別れて施設の中へと入った。

たくさんの土産物のお菓子や、冷蔵食品が並んでいる。

客もたくさんおり、大賑わいだ。

「おー」

感心しながら、あれこれ見て回る。

土産物だけでなくレストランもあり、いい匂いが漂ってくる。

――どれも美味しそう……お腹が空いてきちゃった。

乾物コーナーを見ていると、バウムクーヘンの試食用のタッパーを見つけた。

フタを開け、1つ取り出して口に入れる。

「ん、美味しい！」

思わず声を漏らして喜ぶバレッタ。

近くを通ったカップルの彼氏が、「うお、天使か」と思わずこぼしてしまい、彼女に肩を引っ叩かれていた。

他にも煎餅や漬物の試食を見つけて楽しんでいると、一良がトイレから戻って来た。

「お、試食ですか」

「はい。どれも美味しいです。はい、カズラさん」

バレッタが楊枝でたくあんを1つ取り、一良に食べさせる。

程よい塩気とコリコリした歯応えで、抜群に美味い。

「うん、美味い。気に入ったなら、買ってもよかったんですよ？」

「帰りに買おうかなって。冷蔵品ですし」

「ああ、確かに。何か食べていきません？　小腹が空いちゃって」

「はい！　私、ラーメンが食べたいです！」

フードコートに移動し、2人で醤油ラーメンを注文した。

大手チェーン店の、いわゆる「家系ラーメン」というやつだ。

呼び出しベルを受け取り、セルフの水を汲んでから空いている席に座る。

「ここ、楽しいですね。美味しいものがたくさんあります」

バレッタが楽しそうに、周囲を眺める。

たくさんの人が食事を楽しんでいて、とても賑やかだ。

「バレッタさん、食べたことのないものばかりですもんね。ラーメンも、カップ麺以外は初めてですよね」

「はい。雑誌で見てから、ずっと食べたいなって――」

バレッタが言いかけた時、呼び出しベルが「ピピピ」と音を出しながら激しく震えた。

バレッタは思わず「ひゃあ⁉」と声を上げてしまう。

周囲の客の視線が集まり、顔を赤くした。

「あはは。やっぱりびっくりした」

「うう、こんな音が出て震えるなら、教えてくださいよぅ」

「ごめん、ごめん」

一良がラーメンを取りに行き、すぐに戻って来る。

いただきます、と食べ始めた。

「ふーっ、ふーっ……ん、美味しい！　カップ麺と全然違いますね！」

「おっ、ほんとだ。こりゃ美味い」

「こんなに美味しいんですね……お肉、すごく柔らかいです」

「トロトロで美味いですね」

そうして、2人はのんびりとラーメンを楽しむのだった。

サービスエリアを出て、再び草津へと向かう。

バレッタはバニラのソフトクリームを食べており、とてもご機嫌だ。

「これ、すっごく美味しいです！」

「はは、気に入りましたか」

「カップのアイスとは、また違った感じの美味しさです。はい、カズラさんも」

「ありがと」

バレッタに一良も食べさせてもらう。

下道を進み、草津市街に入った。

予約していたホテルに直行し、駐車場に停める。

ホテルは湯畑のすぐ近くだ。

「硫黄の匂いがしますね」

車を降りるなり感じる硫黄の香りに、バレッタが鼻をひくつかせる。

「湯畑のド真ん前ですからね。先にホテルに、車を停めさせてもらうって言いに行きましょう」

荷物を持ち、ホテルの玄関に向かう。

巨大なホテルの外観を、バレッタはお上りさんよろしく、「おー」と見上げていた。

ロビーに入り、受付へと向かう。

時刻は正午だが、車を停めるのは問題ないとのことだった。

着替えの入ったバッグを預けて、ホテルを出る。

もくもくと湯気を上げる湯畑に、バレッタは柵に駆け寄った。

一良もその後に続く。

「綺麗ですね！」

「ですね。記念に写真を撮りましょうか」

２人で湯畑を背に、スマートフォンで自撮りをした。

数分景色を堪能し、温泉街を散歩することにした。

手近な商店に向かうと、饅頭の載った皿を手に呼び込みをしている中年男性店員が一良たちに気づいた。

「はいはい、どうぞ！」

はい、とトングで茶色の饅頭を1つずつ、２人に渡す。

続けて、傍にいた女性店員が「どうぞ！」と湯のみに入ったお茶を渡してきた。

まあ店内へ、と言われるがまま店に入ると、何人もの客がお茶と饅頭を手に店内を見て回っていた。

「おお、流れるように誘導されてしまった……」

「雑誌に書いてあったとおりですね！」

バレッタは嬉しそうに、饅頭にかぶりつく。

「んっ、美味しい！」

「美味いですねぇ。お茶とよく合うわ」

「まあ、ありがとうございます！　今お食べいただいているのは、これですよ！」

カウンターにいたおばちゃん店員が、ショーケースに入っている饅頭を指す。

「お土産にどうかしら？　家で食べるもよし、近所に配るもよし。きっと喜ばれますよ！」

「そ、そうですね。村の皆へのお土産にするか。バレッタさん、どれを何個にすればいいですかね？」

「えっと……６個入りのを、35箱あれば足りると思います」

バレッタが言うと、おばちゃん店員の目がキラリと光った。

「６個入り35箱！　彼氏さん、いいですね⁉」

「は、はい」

「６個入り35箱！　お買い上げ、ありがとうございまーす！」

「「ありがとうございまーす！」」

かなりの声量で言うおばちゃんに、外にいた饅頭配りの店員たちが声をそろえる。

他の客の視線も集まり、２人はあたふたしてしまう。

「じゃ、じゃあ、現金払いで。賞味期限って――」

そうして代金を払い、量が量なのでホテルに運んでもらえることになった。

饅頭を平らげて湯のみを返し、「また来てね！」と満面の笑みで見送られて店を出る。

「まさか、最初に入った店でお土産を買うことになるとは……」

「あはは。面白いお店でしたね！」

その後もあれこれ話しながら、温泉街の散策を続けることにした。

店を見て回っていると、釜めし屋を見つけたので入ることにした。

サービスエリアでラーメンを食べてしまっているが、バレッタが「食べてみたい」とせがんだのだ。

席に座り、メニューを開く。

夕食に差し支えないようにと、五目釜めしを1つ、2人でシェアすることにした。

しばらく雑談していると、釜めしが運ばれてきた。

「わ、すごい」

小さな釜に、バレッタが目を輝かせる。

一良がフタを開けると、ほかほかと湯気が立ち上った。

「美味しそう！　あ、私が取り分けますね！」

バレッタがしゃもじで茶碗に取り分け、いただきます、と食べ始める。

「んー、こりゃ美味い」

「美味しいですね！　さっきから私たち、『美味しい』しか言ってないです」

楽しそうに笑いながら、2人で釜めしを楽しむ。

「これ、エイラさんが『食べてみたい』って前に言ってたんです。こういうのって、あっちでは見たことがないから」

「そうなんですか」

「はい。いつか行ってみたいって……あ、ご、ごめんなさい！」

しまった、といった顔で、バレッタが謝る。

先日、布団の中で一良にお願いした件について、プレッシャーをかけるようなかたちになってしまったからだ。

「その、せっつくようなつもりじゃなくて！　ただ思い出したからで――」

「あ、いいんですよ。リーゼやジルコニアさんも、映画とか雑誌を見ながら『行きたいなぁ』ってぼやいてましたし」

一良が苦笑し、釜めしを頬張る。

「でもまぁ、エイラさんたちもつれて来たら、きっと喜びますよね」

「そうですね。皆さん、大はしゃぎすると思います」

「でも、ジルコニアさんなら、まずは温泉よりも、『天然カキ氷屋につれていけ！』って言いそうだ」

「ふふ、ほんとに言いそうです」

そうして釜めしを堪能し、2人は店を出たのだった。

チェックインの時間が近づいてきたため、ホテルへと戻って来た。

館内と食事の説明を受け、浴衣のレンタルがあるとのことだったので、選ぶことになった。

ホテルマンに浴衣のある場所に案内してもらう。

「わあ、かわいいですね！」

何種類もある色浴衣を前に、バレッタはとても嬉しそうだ。

「私、この赤い花柄のにします」

「じゃあ、俺は青いのにしようかな」

浴衣とルームキーを受け取り、８階にある部屋へと向かう。

部屋に入ると、バレッタが再び、「わあ！」と声を上げた。

草津に来てから、驚きっぱなしだ。

「畳部屋だ！」

「ですね。広いなぁ」

「カズラさん、湯畑が一望できますよ！」

窓に駆け寄って障子戸を開け、目をキラキラさせて景色を眺めるバレッタ。

一良も浴衣をテーブルに置き、彼女の隣に行く。

ちなみに、先に預けておいた荷物は部屋の隅に置いてあった。

大量の温泉饅頭が入った紙袋が、かなり自己主張している。

「いい景色だ……うお、ソファーがある部屋まであるのか」

部屋は特別室で、畳部屋が2つにソファーとローテーブル付きの部屋の計3部屋だ。

「さて、温泉に行きますか。浴衣に着替えていきます?」

「そうですね、着替えましょっか」

バレッタがテーブルから浴衣を取る。

「……えっと、隣の部屋で着替えてきますね」

「え?　ここで着替えればいいじゃないですか」

一良が言うと、バレッタは不満そうな顔になった。

「カズラさん、エッチです」

「い、いや……下着を着てるんですし、服を脱いでも裸ってことはないから、別にいいんじゃないかなって。水着姿みたいなものですよ」

「あ、それもそうですね」

納得したバレッタが、服を脱ぎ始める。

一良も服を脱ぎながら、チラチラとバレッタを見る。

バレッタは上着を脱いでスカートに手をかけたところで、ぴたりと動きを止めた。

「や、やっぱり、あっちで着替えてきますっ」

そう言ってソファーの部屋に行き、ぴしゃりとふすまを閉めてしまった。

一良は残念そうに肩を落とし、浴衣に着替えるのだった。

浴衣姿でタオルと替えの下着を入れた布袋を手に、3階にある大浴場へと向かう。

「バレッタさん、浴衣が似合うなぁ」

バレッタに横目を向け、一良はデレデレだ。

浴衣からのぞく白い首筋が、とても色っぽい。

「えっ、そうですか？」

「もう最高ですよ。超かわいいです」

「えへへ。ありがとうございますっ」

エレベーターで3階へと移動し、大浴場前にやって来た。

ホテルには何組も泊まっているようで、部屋へと向かうカップルや高齢夫婦と何度もすれ違った。

広々とした湯上がり処にはソファーとウォーターサーバーが置いてあり、数人の男女がくつろいでいる。

ここで待ち合わせ、と決め、それぞれ脱衣所に入った。

バレッタは脱衣所に入ると、きょろきょろと辺りを見渡した。

作法は一良から教わったが、何しろ初めての経験なので緊張気味だ。

脱衣所には誰もいないが、棚には浴衣の入っているカゴがいくつかあった。

「えっと、カゴに服を入れて、小さいタオルを持って……」

浴衣と下着を脱いでカゴに入れ、タオルを持って浴場に入る。

「わっ、すごい」

石造りの大きな内風呂を目にし、しばし立ち尽くしてしまった。

洗い場に行き、イスに座る。

「ええと……こうかな？」

レバーを捻ると、さあっと壁にかけられているシャワーからお湯が噴き出した。

思わずびくっと肩をすくめ、ドキドキしながらシャワーヘッドを掴む。

「あれ？　冷た……あっ。温かくなってき……あ、熱っ⁉」

温度を調節し、髪を流す。

シャンプーとコンディショナーで髪を洗い、タオルにボディソープを付けて体を洗い始めた。

――すごいなぁ。こんな施設、村にあったら皆喜ぶだろうな。

体を洗いながら、村に残してきたリーゼたちのことを思い出す。

彼女たちがこれを体験したら、どんな反応をするだろう。

自分と同じように驚きの連続だろうなと想像し、くすっと笑った。

体を洗い終え、髪紐で髪を束ねて内風呂に向かう。

3人の年配の女性客が浸かっており、皆無言で温まっていた。

バレッタも、恐る恐る足先を湯に浸けて温度を確かめ、他の客を真似て頭にタオルを載せ、ゆっくりと湯舟に入った。

「……はあ」

肩まで湯に浸かり、体の芯から温まるような感覚に思わず声が漏れる。

強い硫黄の香りがするが、嫌な感じはしない。

何とも言えない心地良さに、身も心も解されていくような気がした。

——何だか、夢みたい……。

一良が村にやって来てからのことを思い出す。

村の復興、イステリアの経済改善、そして戦争。

どれも手の施しようのない状況だったが、一良のおかげですべてが上手くいった。

そして今、彼は自分の夫だ。

結婚式はこれからだが、あちらでは当人たちと互いの両親が了承した時点で夫婦である。

先に領主への届け出が必要なのは、イステリアなどの中心都市に限った話だ。

——リーゼ様たちのこと、どうするのかなぁ。

ぼんやりと考えながら温まっていると、先に入っていた客の1人が外湯に出て行った。

自分も行こう、と立ち上がり、外湯へと向かう。

ガラスの引き戸を開けて外に出ると、これまた立派な石造りの露天風呂があった。

屋根付きで周囲は塀で囲われており、青々とした植木がさらさらと風に揺られている。

うきうきしながら、湯舟に入る。

内湯よりも温度が高めだが、外気が涼しいおかげでちょうどいい。

――カズラさんと一緒に入れたら、もっと楽しいんだろうなぁ……リーゼ様たちとも、また一緒に来てみたいな。

そんなことを考えながら、バレッタは温泉を堪能するのだった。


たっぷりと風呂を楽しみ、バレッタは髪を乾かして湯上がり処に戻って来た。

先に待っていた一良（かずら）が、スマートフォンを片手に「おかえり」と微笑む。

「どうでした？」

「最高でした！　露天風呂が、とにかくすごかったです。それに、お肌がすべすべになった気がします」

「ですよね。やっぱり、天然温泉は違うな……あ、そうだ。近くに貸切風呂をやってる温泉宿があるらしいんですけど、行ってみません？　当日予約できるみたいなんですよ」

そう言って、バレッタにスマートフォンの画面を見せる。

小奇麗な板の間に、陶器製の壺湯が湯気を立てている写真が載っていた。源泉かけ流しで、カップルやファミリーにお勧め、と書かれている。

「素敵ですね！　行ってみたいです！」

「よし、夕食後に行きましょうか。予約、取れるかな？」

一良が電話をかけて確認すると、ちょうど夕食後の時間に予約が取れた。

電話を切り、スマートフォンを布袋にしまう。

「夕食まであと1時間くらいなんですけど、売店でものぞきます？」

「はい。あと、ゲームセンターにも行ってみたいです」

湯上がり処を出て、まずは売店へと向かう。

帰ってから食べよう、とご当地限定のお菓子をいくつか購入し、ゲームセンターに移動した。

レトロなゲーム機を中心に、たくさんの筐体が並んでいる。

小さい子供連れの家族が何組か遊んでいた。

「おー。これがゲームですか」

賑やかな音楽を発しているUFOキャッチャーに、バレッタが歩み寄る。

「カズラさん、これは何ですか？」

「UFOキャッチャーっていう、アームで掴んで、そこの穴にまで運ぶゲームです。取れた景品を貰えるんですよ」

一良が財布から100円玉を2枚取り出して、バレッタに渡す。

「どうぞ、やってみてください」

「よーし」

お金を入れ、一良に操作を教えてもらいながらバレッタがアームを動かす。

狙いは、最近流行りの小さくてかわいいキャラクターのクッションだ。

大きな3つの爪のアームが、むんず、とクッションを掴む。

「やった、掴んだ！」

ぐぐっとクッションが持ち上がり、真上にまでアームが上がる。

穴に向かって少し動いたところで、アームが微妙に開いてクッションが落下してしまった。

「あれ⁉ 何で⁉」

「あはは。ですよねぇ。はい、今度は500円でどうぞ。3プレイできますから」

「は、はい」

バレッタが再び挑戦し、クッションを掴む。

しかし、先ほどとまったく同じように、クッションは落下してしまった。

首を傾げながら、さらに挑戦する。

結果はまったく同じで、500円玉は露と消えた。

「これ酷いですよ！ どう見ても、持ち上げたところでアームが開いちゃってますもん！」

バレッタが憤慨した様子で、アームを睨む。

「バレッタさん、これを取るには『お布施』が必要なんです」

「……お布施？」

バレッタが怪訝な顔になる。

「ある一定以上のお金が貯まらないと、アームの力が弱くなっちゃうんです。まあ、上手くやると、そんな状態でも取れるみたいですけどね」

「な、なるほど……確かに、そうしないとお店が損しちゃいますもんね」

「どうします？　取れるまでやってみます？」

「うー……やります」

お金を入れてはクッションを掴み、お布施不足で落下する。

投入金額が２０００円を超えたところで、バレッタが「うーん」と唸った。

「何だか、すごくもったいないことをしてる気が……２０００円あったら、昼間に食べた釜めしを食べてお釣りがきます」

「でも、今諦めたら、突っ込んだ２０００円はパァですよ？」

「うっ……って、そうやって後に引けなくさせる手法なんですね」

「せっかくだし、取れるまでやりましょう」

そう言われ、バレッタは後には引けぬとゲームを続けた。

何度かいい感じの掴みかたをしたのだが、やはりアームの握力不足でクッションは落下してしまった。

そして、投入金額が3700円になった時。

「うう、さすがにこれ以上は……あっ！」

それまで虚弱体質だったアームが覚醒し、クッションを掴んだまま穴の上にまで移動した。

ツメが開き、取り出し口にクッションが落ちて派手な音楽が流れる。

「おっ、取れた。はい、おめでとう！」

「あ、ありがとうございます」

一良（かずら）がクッションを取り出し、バレッタに渡す。

バレッタは小さくてかわいいキャラクターのクッションを両手で持ち、何とも言えない表情になっている。

「バレッタさん？　どうしました？」

「その……取れた瞬間に、『きたー！』って感じで、すごくテンションが上がって。これ、中毒性があるゲームですよ」

「あはは。面白いですよね。別のゲームも、見てみましょうか。あと15分くらいしたら戻らないとですけど」

その後、エアーホッケーでも遊んだのだが、すさまじい反射神経のバレッタに一良（かずら）はまったく歯が立たず、バレッタの圧勝となったのだった。

部屋に戻り、食事の時間になった。

若い仲居さんが次々に並べていく料理に、2人とも「おー」と目を輝かせる。

夕食は懐石料理で、ナスと湯葉の煮物、果物のワイン蒸し、刺身、牛すき焼きなど、15種類以上もの料理が並んでいる。

その美しい料理の数々に、バレッタは目が釘付けだ。

「すっごく美味しそう！　こんなに綺麗な料理、初めて見ます！」

喜ぶバレッタに、仲居さんが微笑む。

「ありがとうございます。どうぞごゆっくり、お食事をお楽しみください」

そう言って深々と頭を下げ、仲居さんは部屋を出て行った。

いただきます、と料理を食べ始める。

「うお、こりゃ美味い」

「美味しいですね！　このゼリー状のお野菜のやつ、美味しくて頬っぺたが落ちそうです」

思い思いに料理を口に運びながら、今日のことを話す。

たった1日だけの温泉旅行だが、バレッタはとても満喫できているようだ。

「この街、本当にすごいです。街全体が観光に特化してるなんて、すごすぎます」

「草津は特にすごいですからね。日本には他にも、大規模な温泉街がいくつもありますよ」

「雑誌に特集が組まれてましたね。別府温泉とか道後温泉もすごいんですっけ」

「らしいですね。俺も行ったことはないんで、あちこち旅行してみましょう。北海道から沖縄まで、温泉宿に泊まりながら旅するってのもいいな」

「ぜ、贅沢ですね。すごくお金がかかりそうです」

「まあ、金ならあるんで。任せてください」

「さすがは億万長者です……」

そうして、ゆっくり料理を堪能した。

味もボリュームも満点で、2人とも大満足だ。

内線電話でフロントに連絡すると、すぐに仲居さんが片付けに来てくれた。

皿を下げ、布団が敷かれる。

ごゆっくりどうぞ、と仲居さんが部屋を出ていき、さて、と一良は新しいタオルを袋に詰めた。

「貸切風呂に行きましょうか。もう少しで予約の時間なんで」

「はい。夜の湯畑、きっと綺麗だろうな」

「ああ、確かに」

一良が窓に歩み寄り、湯畑を見下ろす。

「おお、ものすごく綺麗だ」

夜の湯畑はライトアップされており、とても幻想的な美しさだ。

座ったままでいるバレッタに一良は振り向き、小首を傾げた。

「バレッタさん、見ないんですか？」

「感動を取っておこうと思って。目の前で見るまで、我慢です」

「なるほど」

部屋を出て、ロビーへと向かい、ホテルを出た。

目の前に広がるライトアップされた湯畑に、バレッタが「すごい！」と声を上げた。

「すっごく綺麗ですね！　今まで見たどんな景色よりも綺麗ですよ！」

湯畑は青い光に照らされており、立ち上る湯気も相まってとても美しい。

駆け出すバレッタの後を、一良が追う。

「わあ……」

柵に掴まり、こんこんと湧き出る温泉を見つめるバレッタ。

昼間とは一変したその景色に、彼女の心は鷲掴みされていた。

「せっかくだから、記念写真を撮りませんか？」

「撮りましょう！」

昼間と同じ場所で、スマートフォンで自撮りをした。

さあ行こう、と貸切風呂を予約している宿へと向かう。

同じく湯畑前の2階建ての宿に入り、ホテルマンに風呂へと案内してもらった。

脱衣所兼休憩室に入ると、奥のガラス戸の先に壺湯が見えた。

石の湯口から、さらさらとお湯が注ぎ込まれている。

「オシャレなお風呂ですね！」

「こういう風呂もいいですよね。さあ、入りましょうか」

「はい……あ」

そこでようやく、バレッタは一良の前で裸にならなければならないことに気が付いた。

浴衣を脱ぐ一良を見ながら、顔を赤くする。

互いに何度も裸を見ているとはいえ、その時は極力部屋を暗くしていたのだ。

それに引き替え、ここはかなり明るい。

「ん？　脱がないんですか？」

「うう……しまった」

「何が？」

「カズラさん、分かってて誘導したでしょ」

「へっへっへ」

したり顔の一良にバレッタはため息をつくと、諦めて浴衣を脱ぎ始めた。

ブラジャーのホックに手をかけたところで動きを止め、ガン見している一良に顔を向ける。

「じろじろ見すぎですよ！」

「ごめん、ごめん。先に行ってますね」

一良が先に風呂場へと行ったのを確認してから、バレッタは下着を脱いで裸になった。

タオルで前を隠しつつ、風呂場に移動する。

タオルで体を洗っていた一良が、バレッタに振り向く。

「あれ？　隠さなくてもいいのに」

「うー。意地悪しないでください……」

真っ赤になっているバレッタに一良は笑い、体を洗い終えると場所を譲った。

「カズラさん、先に入ってていいですよ」

「んじゃ、お言葉に甘えて」

一良が壺湯に入ると、お湯が盛大にあふれ出た。

すだれからのぞく夜空に彼が目を向けているのを確認しつつ、バレッタも体を洗う。

そして、バレッタも壺湯の前に立った。

タオルを湯に入れるのはマナー違反と聞いているので、諦めてタオルを床に置き、バレッタも一良に向かい合うかたちで壺湯に入る。

「……はあ」

気持ちよさそうに、バレッタが声を漏らす。

「何か俺、すごく幸せです」

夜空に目を向けたまま、一良がしみじみと言う。

「俺、バレッタさんと会えて、本当に良かったです。もしもあの時、あっちの世界に行かなかったらって思うと、ぞっとしますよ」

「私もです。カズラさんと会えなかった未来なんて、考えられません」

バレッタが優しく微笑む。

「今の私があるのは、全部カズラさんのおかげです。これからも、ずっと傍にいさせてくださいね」

「もちろん。こちらこそ、よろしくお願いしますね」

「……隣、行っていいですか？」

「え？　ど、どうぞ」

向かい合わせの状態から、バレッタが一良の隣に移動する。

両手で一良の腕を抱き、目を閉じて彼の肩に頭を預けた。

2人とも言葉を発さず、お湯の流れる音だけが響く。

「……バレッタさん、リーゼたちのことなんですけど」

静かに口を開く一良に、バレッタはゆっくりと目を開いた。

第6章　晴れの日

翌日。

ホテルで朝食バイキングと朝風呂を楽しみ、２人は草津を後にした。

今は、車で山奥の屋敷へと向かっているところだ。

高速道路を走る車内で、バレッタは先ほどサービスエリアで買った旅行雑誌を読んでいる。

次に行きたい旅行先を、彼女に見繕ってもらっているのだ。

「伊香保温泉に行ってみたいです。あと一週間くらいで、紅葉が始まるらしいですよ」

秋の紅葉特集の記事を見ながら、バレッタが言う。

「おっ、いいですねぇ。伊香保っていうと、確か榛名湖が紅葉スポットだったかな」

「ですです。伊香保温泉街には、ロープウェイもあるみたいですよ。ロープウェイからの景色の写真、すごく綺麗なんです」

「そしたら、結婚式が終わったらホテルも押さえちゃいましょうか。泊まりたいホテルも、選んでおいてください」

「はい。どこにしようかな……」

バレッタが楽しそうに、宿紹介のページを開く。

載っている宿数はかなりあり、目移りしてしまう。

「温泉旅行、めちゃくちゃ楽しかったなぁ。１日だけなのが、ほんとに惜しいですよ」

「ふふ、そうですね。次は、もう少し長めで楽しみたいですね」

「周辺観光もしたいですからね。今度は、３泊か４泊くらいで計画してみましょうか」

「わあ、楽しみです！　毎日温泉に入ったら、お肌がつるつるになりそうですね！」

「群馬県以外でも、行きたい場所があったら変更できますよ？　温泉旅行もいいけど、豪華客船で船旅っていうのも楽しいだろうなぁ」

わいわいと楽しく話しながら、高速道路をひた走る。

バレッタはとにかくいろいろな場所を見て回りたいとのことで、北海道や沖縄、小笠原諸島にも、いずれ行ってみたいとのことだった。

海外旅行はパスポートの関係で厳しいので、残念なところである。

「あっ！」

高速道路を運転しながら、一良が焦った声を上げた。

「どうしたんですか？」

「結婚式の俺の衣裳、用意するのを忘れてました……」

「あっ！　ど、どうしましょう⁉」

「バレッタさん、スマホで花婿衣裳の販売をしている店を検索してもらえません？」

「はい！」

一良からスマートフォンを受け取り、操作方法を聞きながら検索をかける。

屋敷から一番近い店を見つけ、住所をカーナビに入力して向かうことになった。

「このお店はレンタル品だけみたいです。着物とタキシードがあるみたいですよ」

「よ、よかった。あやうく、普通のスーツを買って行くことになるかと思った……」

「ふふ。私はそれでもいいと思いますけどね。カズラさんのスーツ姿、見てみたいですし」

「あっちでは見慣れない服ですし、ありといえばありか。というか、当日受け渡しってしてもらえるんですかね？」

「た、確かに……」

不安に思いながらも駅前に向かい、礼服レンタルの店に到着した。

店に入ると、若い女性店員がすぐに寄って来た。

「あの、俺の……花婿の衣裳をレンタルしたいのですが」

「ご結婚、おめでとうございます。式はいつのご予定でしょうか？」

「今日の午後からです……」

一良が気まずそうに答えると、彼女はぎょっとした顔になった。

今は午前11時前であり、午後まであと1時間しかない。

「さ、左様でございますか。すぐにお渡しできるものは——」

まだ会場入りしていなくて大丈夫なのだろうかと彼女は内心思いながらも、タキシードの紹介を始めた。

バレッタに意見を聞きながら急いで1着選び、サイズを確かめてから試着室に向かう。

店員に手伝ってもらって試着を済ませ、代金を払って即日レンタルさせてもらった。

礼を言って店を出て、車に乗り込む。

「うう、めっちゃ恥ずかしかった……変に思われただろうなぁ」

「あはは。でも、いい思い出になりました。こういうアクシデントも、印象に残っていいと思いますよ」

バレッタはとても楽しそうだ。

彼女の言うとおり、生涯の話のタネになるだろう。

真っすぐ屋敷に戻って来た2人は、お土産などを載せたリアカーを引いて異世界への敷居をまたいだ。

雑木林を抜けて村に出ると、何人かの村人が広場でテーブルを並べていた。

テーブルは真新しく、式のために作った物のようだ。

「あっ、おかえり！」

作業を手伝っていたリーゼが2人に気づき、駆け寄って来た。

「わっ。バレッタ、その服、すごくかわいいじゃん！」

「えへへ。カズラさんに買ってもらっちゃいました」

「うんうん。日本であちこち行くんだから、服も合わせないとね。どこに遊びに行ってきたの？」

「草津温泉です。ホテルに泊まって、のんびりしてきました」

「そっか。その様子なら、楽しんでこれたみたいだね」

リーゼがにこりと微笑む。

「結婚式の準備、もうちょっとで終わるよ。この村の結婚式って、皆の前で発表してごちそうを食べたら解散なんだね」

「ですね。特に形式ばったものはないので……カズラさん」

バレッタに目を向けられ、一良（かずら）が頷く。

「あのさ、リーゼたちに話したいことがあるんだ」

少し緊張して言う一良（かずら）に、リーゼがきょとんとした顔になる。

「ん、何？　改まっちゃってさ」

「えっと……ジルコニアさんとエイラさんにも、一緒に話したいんだ。２人は今、どこにいるんだ？」

「バレッタの家で、マリーたちと料理を作ってるよ。呼んでこようか？」

「いや、家で話そう」

そう言って、リアカーを引いて一良が歩き出す。

リーゼは小首を傾げながらも、2人に並んで歩き出した。

作業をしている村人たちが、一良たちに手を振ってくれる。

一良とバレッタも、彼らに手を振り返した。

「ねね、温泉はどうだった？　ホテルは、どんなとこに泊まったの？」

リーゼがニコニコしながら、2人に尋ねる。

「硫黄の匂いがする温泉でさ、すごく温まって、肌がすべすべになったぞ」

「ホテル、本当にすごかったです。部屋は広くて景色が最高で、料理もすごく美味しかったですよ」

「いいなぁ。温泉ってさ、こっちでも掘れたりしないかな？」

「まあ、道具が手に入れば、できないこともないだろうけど」

「1000メートルくらい掘らないとですから、業者が使う機械が必要ですね。上総掘りだと500メートル以上は掘れるみたいですけど、この辺でも温泉って出るのかな……」

一良とバレッタが答えると、リーゼは「そっか！」と嬉しそうな顔になった。

上総掘りとは、竹ヒゴや鉄管を使って人力で採掘する方法だ。

日本では現代で使われている技術が明治時代に完成したとされており、世界中で技術指導が行われている。

温泉が出る深さは土地によってまちまちなので、村で温泉を出せるかは掘ってみないと分からない。

「できるんだね！　なら、村の中に温泉を掘っちゃわない？　きっと、皆喜ぶよ」

「まあ、そのうちな」

「絶対やろうよ！　そうすれば、一良たちも村にいながら、温泉に入り放題だよ？　国中からお客さんが来るだろうしさ！」

勢い込んで言うリーゼに、一良は「そうだな」と苦笑する。

すると、少し離れたところで、ティタニアとオルマシオールがお座りしてこちらを見ていることに気が付いた。

遠目だが、ティタニアは優しく微笑んでいるように見える。

『大丈夫ですよ。頑張って！』

頭に響いた彼女の声に、一良はちらりとバレッタとリーゼを見た。

2人には聞こえていないようで、リーゼの熱弁にバレッタが「うんうん」と頷いている。

「でさ、宿場町を温泉街にして……カズラ、どうしたの？」

「いや、何でもないよ」

「えー？　温泉掘るの、めんどくさいとか思ってるんじゃない？　私、絶対掘りたいからね！」

「分かった、分かった。どうにかして掘ってみよう。一緒に頑張ろうな」

よしよし、と一良がリーゼの頭を撫でる。

リーゼは一瞬驚いた顔になったが、えへへ、とぎこちなく微笑んだ。

そうして屋敷に到着し、荷物はそのままに、3人は中に入った。

中ではナルソン邸の侍女たちが数人いて、皆で料理を作っていた。

土間には簡易式のテーブルがいくつも置かれていて、居間には野菜や肉などの材料が山積みだ。

「あら。2人とも、おかえりなさい」

頭に布巾を被り、エプロン姿のジルコニアが微笑む。

土間に置いた即席かまどで、蒸し料理を作っていたようだ。

「ただいまです。準備、ありがとうございます」

「いえいえ。2人の晴れ舞台ですからね。とびっきりの料理を作らなきゃって思って、侍女たちも呼んじゃいました」

侍女たちが料理をしながら、「おめでとうございます！」と声をそろえる。

一良とバレッタは、「ありがとうございます」と笑顔を向けた。

「バレッタ、かわいい服を着てるわね。すごく似合ってるわよ」

「えへへ。ありがとうございます」

「えっと……エイラさんは、いないんですか？」

一良が室内を見渡す。

「いますよ。カズラさんの部屋で、マリーとデザートを作ってます。呼んできましょうか？」

「いえ、ジルコニアさんにも話があって。部屋に行きましょう」

居間に上がる一良に、バレッタとリーゼも続く。

ジルコニアも居間に上がり、4人は一良の部屋に入った。

「あっ、カズラ様、バレッタ様。おかえりなさい」

「おかえりなさい！」

エイラとマリーが、一良たちに笑顔を向ける。

持ち込んだ小テーブルでケーキにデコレーションをしているところで、壁際には氷式冷蔵庫が置いてあった。

わざわざイステリアから運んできたようだ。

ケーキは、生クリームをコーティングした長方形のスポンジケーキだ。

色とりどりの果物がちりばめられ、見た目も鮮やかだ。

ビニール袋に入れた湯煎したチョコレートで、今まさにエイラが文字を書こうとしているところだった。

「うお、ケーキを作ってるんですか！」

「すごい……まるで、ケーキ屋さんのケーキみたいです」

完成前ながらも素晴らしい出来栄えのケーキに、一良とバレッタが目を丸くする。

「ふふ。本当は式の時にお披露目をって思っていたのですが、見られちゃいましたね」

「あー……何かすみません。えっと、エイラさんに話があって」

「あ、はい。何でしょうか？」

「ええと……マリーさん、悪いんですけど、ちょっと外してもらってもいいですか？」

「っ！　承知しました！」

マリーは何かに気づいた様子でにこやかに返事をすると、そそくさと部屋を出ていく。

引き戸が閉められ、一良とバレッタは部屋の奥に行くと座り込んだ。

リーゼたちも、2人に向き合うかたちで腰を下ろす。

「カズラ、話って？」

リーゼがうながすと、一良は「うん」と頷いてバレッタを見た。

バレッタはにこりと微笑み、小さく頷く。

一良は3人に向き直った。

ただならぬ彼の様子に、3人も真剣な顔になる。

「その……俺のこと、好きだって言ってくれて、本当にありがとう。あれから俺、いろいろ考えたんだ」

「……え？」

リーゼが思わず声を漏らす。

いったい彼が何を言おうとしているのか、さっぱり分からない。

それはエイラも同様で、ぽかんとした顔になっていた。

ジルコニアだけは違い、真剣な目を彼に向け続けている。

「俺は、バレッタさんのことが一番好きだ。だけど、3人のことも大好きだし、これからも一緒にいたいって思ってる」

「私も、カズラさんと同じ気持ちです」

バレッタが一良に続いて言う。

「リーゼ様とも、ジルコニア様とも、エイラさんとも、ずっと一緒にいたいです。でも、このままだと、どうしても距離が空いてしまうなって。そんなの、すごく嫌だなって……だから、カズラさんにお願いしたんです」

「お、お願い……って？」

リーゼが震える声で、バレッタに問いかける。

彼女に代わり、一良が口を開く。

「俺もバレッタさんも、これからもリーゼたちとずっと一緒にいたいんだ。俺とバレッタさんは夫婦になったけど、そのせいで遠慮がちになったり、気を使ったりっていうのはしてほしくない。それに、俺のことを想ってくれてる3人に、悲しい想いもさせたくないんだ」

リーゼとエイラは呆然とした顔で、一良を見つめている。

「すごく自分勝手で都合のいい話だっていうのは分かってる。でも、今までみたいに、俺は3人とも一緒に暮らしたい。だから、3人とも俺の側室になってほしいんだ」

一良が言うと、バレッタが「えっ」と声を漏らして彼を見た。

リーゼは言葉が出ず、呆けた顔で一良を見つめ続けている。

エイラはすでに感極まっている状態で、目を潤ませながら口元に手を当てていた。

ジルコニアだけは表情を崩さず、微動だにしない。

「あ、あの、カズラさん。側室っていうのは、その……」

戸惑った様子のバレッタが言うと、一良はバレッタに顔を向けた。

「俺は、バレッタさんが一番大切なんです。これだけは、俺に決めさせてください」

——……あれ？　俺って今、3人を前にしてゴミみたいな発言をしてないか？

一良は自分で言っておきながら、内心冷や汗を掻いた。

真っすぐな恋心を向けてくれている彼女たちにとっては失礼どころの話ではなく、この場で3人に袋叩きにされても文句は言えないように思える。

昨晩、風呂に入りながら、一良はバレッタに「3人を受け入れようと思う」と話した。

温泉旅行に行く日の朝に、２人並んで楽しそうに料理をするバレッタとリーゼの姿を見て、これからもずっと彼女たちのそんな姿を見ていたいと感じたのが、決心した理由だ。

リーゼがバレッタを気遣って明るく振る舞っているのは分かっていたし、自分たちのためにと1歩引いているのも感じていた。

彼女の性格をよく理解しているからこそ、つらい気持ちを押し殺しているというのも分かっていた。

これからもずっと皆で幸せに暮らしたいと願うなら、今の状態は歪なのだろう。

これから何年時間が過ぎても、きっとそれはしこりとなって、表面上は取り繕っても５人の心に残るかもしれないと一良はバレッタに話したのだ。

バレッタも、「私もそう思います」と同意した。

もちろん、この先、リーゼたちに別の想い人が現れる可能性は十分あるのだが、それは今考えるべきことではないし、考えても仕方がない。

今、自分たちが幸せになる最善の方法として、一良とバレッタはそれを選択したのだ。

「カズラさん。１つ確認したいのですが」

ジルコニアが鋭い声色で、一良に言う。

一良は思わず肩を跳ねさせ、背筋を伸ばした。

「は、はい！　何でしょうか!?」

「それは、バレッタが一良さんに頼んだから、ということですか？　カズラさんは、私のことを女として好きなわけじゃないけど、彼女のために言ってるんですか？」

「そっ、それは違います！　俺は、ジルコニアさんのことが女性として好きです！」

「具体的には？」

「え、えっと……」

一良が気まずそうに、バレッタをちらりと見る。

「カズラさん、大丈夫ですよ。思っていることを、正直に言ってください」

バレッタが一良を安心させるように、優しく微笑む。

「は、はい……その、ジルコニアさんと話してると、すごく楽しいです。美人だし、お茶目なところはかわいいし、スタイル抜群だし。ナルソンさんの屋敷にいた時、ジルコニアさんが部屋に遊びに来てくれると、俺、すごく嬉しかったです」

「へ、へえ……」

それまで真面目な顔をしていたジルコニアが、口元をにやけさせる。

バレッタは笑顔のままだが、若干顔が強張っていた。

「ま、まあ、カズラさんがそこまで言うなら、側室になってあげます。というか、やっぱりなしとか言ったら叩き斬りますよ。もう手遅れですからね？」

「はい！　ありがとうございます！」

まるで上官に返事をする新兵のように、一良がしゃちほこばって答える。

「カズラ様、私のことは、どうお思いなのですか⁉」

後に続けとばかりに、エイラも声を上げる。

「エイラさんは、俺の理想の女性像の塊というか……こんな人がお嫁さんだったら、毎日癒されるだろうなって思ってます。優しいし、家事は完璧だし、しっかりと自分を持っているし、スタイル抜群だし。夜のお茶会でエイラさんと話してる時が、一番心が安らぎました。こんなに素敵な女性がこの世に存在するのかって思ったのは、一度や二度じゃないです」

「……嬉しい、です。ふぇぇ」

エイラはぼろぼろと涙をこぼしながら、泣き始めてしまった。

「えと……私、は？」

それまで呆然としてたリーゼが、おずおずと口を開く。

「私のこと、本当はどう思ってるの？　その……前に、カズラには酷いことしちゃった……けど」

「メロメロバンバン事件のことか。あれは確かに堪えたなぁ」

「……うん。本当にごめんなさい」

苦笑する一良に、リーゼが暗い顔になる。

それを見て、一良は慌てて口を開いた。

「あ、いや、それはもう終わったことだし。今じゃ、いい思い出だよ」

「……ありがと。カズラは、私のことも好きでいてくれてるの？」

リーゼが窺うような視線を、一良に向ける。

「今だから言うけど、その……言いかたが悪くなっちゃうかもしれないけど、リーゼって俺の好みど真ん中なんだよ。初めて会った時、かわいすぎて見惚れちゃったくらいにさ」

「好みって、顔のこと？」

「うん。言われ慣れてるとは思うけど、とんでもない美人だと思う。前に、俺に夜這いをかけようとしてたことがあったろ？　もしあのまま実行されてたら、即落ちしてた確信があるよ。それまでの立ち振る舞いも、完璧だったしさ」

「そ、そうなんだ……」

微妙な笑顔になるリーゼ。

そんな彼女に、一良が慌てる。

「あ、いや、顔だけってわけじゃなくて。リーゼって、本当に優しいし、いつも皆のことを考えて動いてくれてるだろ？　そういうところ、すごく尊敬してるんだ」

一良が言葉を続ける。

「思いやりがあって、芯が強くて、先を見通す視野を持っててさ。俺は神様じゃないって打ち明けた時に言ってくれた言葉、すごく嬉しかったよ。あの時、俺が欲しかった言葉を、全部くれてさ」

「……うん」

リーゼの顔から、ぎこちなさが消えた。

嬉しそうに頬を染め、にこりと微笑む。

「ていうか、リーゼはいくらなんでもかわいすぎるんだよ！　見た目が完璧なのに中身も天使ってどうなってんだって、会うたびに思ってたよ！」

「あはは。だから言ったじゃん。『こんなかわいい娘を振って他の女を選ぶなんて、どうかしてる』ってさ」

リーゼが指で涙を拭いながら笑う。

そして、バレッタに目を向けた。

「でも、バレッタは本当にいいの？　私、バレッタに嫌な想いはしてほしくない」

「私もリーゼ様と……皆と、ずっと一緒にいたいんです」

バレッタが優しい微笑みをリーゼに向ける。

「カズラさんと2人でっていうのも幸せですけど、やっぱり皆でわいわいやっている時が、一番楽しくて。これからも、そうしていきたいんです」

「……ありがとう。すごく嬉しい」

リーゼは嬉しそうに微笑むと、一良に向き直った。

三つ指を突いて、深々と頭を下げる。

「ふつつかものですが、どうぞよろしくお願いします」

「あ、うん。こちらこそ、よろしくお願いします」

一良も、リーゼに頭を下げる。

そこで、ジルコニアは、ふと思うことがあって口を開いた。

「えっと、私たちはカズラさんの側室ってことになるんですよね？」

「はい。順番を決めるような感じになっちゃって、失礼なのは分かってるんですが――」

「あ、いえ、それはいいんです。いいんですけど、その……私たちも、日本に連れて行ってもらえるようにしてくれるってことですか？」

「は、はい。ジルコニアさんたちが、嫌じゃなければ」

一良が答えると、ジルコニアはすぐさま一良に詰め寄り、両肩を掴んだ。

「抱いてください！　今すぐに！」

「えっ!?」

「ちょ、ちょ、ちょっと待ってください！」

バレッタが慌てて割って入る。

「ジルコニア様たちがカズラさんとそういう関係になるのは、１カ月経ってからです！　カズラさん、そうですよね!?」

「はい！」

鬼気迫る表情のバレッタに、一良が背筋を伸ばして返事をする。

「1カ月後？ どうして？」

ジルコニアが小首を傾げる。

それを見て、リーゼは苦笑した。

「お母様。バレッタは、カズラを独り占めする時間が欲しいんですよ」

「あ、なるほど……そうよね。新婚さんだもんね」

ジルコニアが手を放し、座り直す。

「じゃあ、カズラさん。1カ月後、楽しみにしてますからね！」

ニコニコしながら言うジルコニアに、一良は気圧されながらも頷いたのだった。


そうして話がまとまり、改めて結婚式の準備が始まった。

一良はお土産の温泉饅頭を持って各家を回っており、ジルコニアとエイラは料理作りに戻っている。

リーゼとバレッタは、アルカディアン虫を採りに森にやって来ていた。

「バレッタ、本当にありがとう。カズラにあんなこと言ってもらえるなんて、夢みたいだよ」

「もう、言い過ぎですよ。ちゃんと現実ですから、安心してください」

先ほどから何度も投げかけられる「ありがとう」の言葉に、バレッタが苦笑する。

「うん……でもさ。カズラが私たちのどこが好きかって話をしてた時、妬いてたよね？」

「それは……はい」

倒木の皮を引き剥がし、バレッタがため息をつく。

この木はハズレのようだ。

「私、すごく独占欲が強いっていうか、嫉妬深いみたいなんです。胸が、きゅーってなりました」

「……後悔してる？」

「実は、少しだけ」

おずおずと聞くリーゼに、バレッタが苦笑して答える。

「でも、今まで皆で過ごした日々が、本当に楽しくて……これからもずっと、そうありたいなって。カズラさんと、話し合ったんです」

「そっか。1カ月っていうのは、自分の中で区切りをつけるための時間ってことだよね？」

「はい。だからその間、カズラさんに目一杯甘えておきます」

「うん。そうしておいてよ。私たちも、その間は大人しくしてるから」

「あはは。ありがとうございます」

バレッタがリーゼに向き直り、笑顔になる。

「私、リーゼ様のこと、大好きです。これからも、仲良くしてくださいね」

「……」

「あっ⁉ ち、違いますよ⁉ 友達としてです！」

顔を赤くするリーゼに、バレッタが慌てる。

「分かってるって。何か、前にもこんなやり取りしたよね。あの時は、私が言ったんだけどさ」

「ふふ。そうですね……そういえば、村に帰ってきてからラースさんたちを見てませんけど、どこにいるんですか？」

「カイレン執政官たちを迎えに、イステリアに行ってるよ。ティティスさんが行くって言ったら、フィレクシアさんも行くって言って。なら俺もって、ラース将軍も付いて行っちゃった」

「なるほど」

森の中を歩きながら、倒木を見つけては皮を剥がす。

少々小ぶりながらも、そこそこの数のアルカディアン虫を見つけることができた。

リーゼがアルカディアン虫を指先で摘まみ、ため息をつく。

「うう、大丈夫かなぁ」

「リーゼ様？ どうかしましたか？」

「今から緊張しちゃって……1カ月後、ちゃんとできるかなって」

「えっと……エッチのことですか？」

「うん。ほら、私ってバレッタたちと比べると、胸が小さいでしょ？　カズラ、大きいのが好きみたいじゃん。満足させてあげられるかなって」

「そ、そこは心配しなくてもいいような。あんまり関係ないと思いますよ」

「そうかなぁ。バレッタは、カズラと初めてした時、どんな感じだったの？」

突っ込んだ質問に、バレッタがたじろぐ。

「いくらリーゼ様でも、そういう質問はちょっと……」

「だって、不安なんだもん……ああ、いいなぁ。バレッタは大きくて」

突然、リーゼがバレッタの胸を鷲掴んだ。

「きゃあ!?　何するんですか！」

「ん？　触り心地が、少し硬かったような……中に何か着てるの？」

「ブラジャーを着けてるんです！」

「ほほう？　どんなブラジャーか、ちょっとお姉さんに見せてごらんなさい」

「や、やめっ、やめてください！　ていうか、何がお姉さんですか！　私のほうが年上ですからね!?」

「細かいこと気にしないの！　ほらほら、見せて！」

「やーめーてー！」

そうして2人はいちゃいちゃしながら、虫探しを続けたのだった。

その頃、一良（かずら）はティタニアとオルマシオールと一緒に、温泉饅頭を村人たちに配り歩いていた。

リアカーを引きながら、2頭の口に目がけて、フィルムを取った饅頭をぽいぽいと投げている。

『もぐもぐ……これで、皆さんが幸せいっぱいですね』

口の周りをぺろりと舐め回し、ティタニアが念話で話す。

『カズラ様も男として、嬉しい立場で最高じゃないですか。よっ、色男！』

「……何か、言いかたにトゲがありません？」

『うふふ。褒めてるんですよ』

くすくすと笑うティタニア。

彼女たちには一連の会話が聞こえていたようで、家を出るとすぐに『よかったですね！』と声をかけてきた。

2人とも、こうなることを予想していたらしい。

『小難しいことなど、考える必要はなかったのだ。カズラはもう少し、欲望に忠実でもいいと思うぞ。もっと饅頭をくれ』

「はいはい」

欲望に忠実なオルマシオールに、さらに饅頭を投げる。

今投げている饅頭は一良(かずら)たちの分で、彼らのために買ってきたものは、すでにそれぞれの胃袋に収まっていた。

『それで、ナルソンさんには話したのですか？』

「いえ、それはまだです。そろそろ村に来ると思うんで、その時に話そうかと」

『ん。ちょうど来たようだぞ』

オルマシオールが、村の入口の方を見る。

ここからでは分からないが、ナルソンが村に入って来たらしい。

「……じゃあ、俺、行ってきます。お饅頭、お願いしてもいいですか？」

『うむ。ちゃんと配っておいてやるから、しっかり話してこい』

『怒られないといいですねぇ。うふふ』

「うう……」

『怒るわけないだろ。あまりカズラを虐めるんじゃない』

『あら、ごめんなさい。ふふ』

リアカーを彼らに任せ、一良(かずら)は村の入口へと向かう。

少し歩き、民家の陰に隠れていた村の入口が見えた。

ナルソンがアイザックやハベル、イクシオスといった重鎮たちとともに、こちらに歩いて来る。

カイレン、ラッカ、ラース、ティティス、フィレクシア、そしてアロンドとウズナも一緒だ。

「アロンドさんたちも来てくれたのか……うう、緊張する」

一良が緊張していると、ナルソンがこちらに向かって大きく手を振った。

一良は小走りで、彼の下へと向かう。

彼らの背後では、シルベストリアとセレットが、馬車を馬留に停めているのが見えた。

「ナルソンさん、来てくれてありがとうございます。カイレンさんたちも、遠いところをありがとうございます」

どうにか笑顔を作る一良。

ナルソンたちは、にこやかに微笑んでいる。

「カズラ殿、ご結婚おめでとうございます。楽しみにしておりました」

「おひさしぶりでございます。グレイシオール様の結婚式に参加させていただけるとは、この上ない光栄です。ご招待いただき、ありがとうございます」

ナルソンに続いてカイレンが話し、ラッカと一緒に深々と腰を折る。

「カズラ様、ご結婚おめでとうございます」

アロンドが一歩前に出て、一良に握手を求めた。

一良がその手を握り返し、「ありがとうございます」と答える。

「どうかなさいましたか？　顔色が優れないようですが……」

「い、いえ。大丈夫です。ナルソンさんに、話さないといけないことがあって」

強張った表情の一良に、ナルソンが怪訝な顔になる。

「何か、問題でも起こりましたか？」

「問題ってわけじゃなくてですね……」

皆の視線が気になるが、下がってもらうのも気が引けた。

どうせ知らせることにはなるのだからと、覚悟をして口を開く。

「あれから、バレッタさんやリーゼたちと話し合ったんですが……リーゼと、ジルコニアさんと、エイラさんを、側室にさせてもらうことになりまして……」

緊張で額に汗を浮かべながら一良が言うと、ナルソンが「えっ⁉」と声を上げた。

アイザックは目が点で、カイレンとハベルは「おー」と感心した顔になっている。

フィレクシアは目を輝かせており、ティティスは「でしょうね」とすまし顔だ。

「そうですか！　よくぞ決心してくださいました！」

ナルソンが笑顔になり、一良の両手を握る。

「リーゼもジルも、想いが報われてほっとしました！　末永く大事にしてやってください！」

「は、はい！　もちろんです！」

一良は怒られるとは思っていなかったが、まさかここまで喜んでもらえるとも思っていなかった。

側室に、という件も、問題ないようだ。

内心ほっとしながら、ナルソンに頭を下げる。

「必ず、リーゼたちを幸せにします。今後とも、よろしくお願いします」

「こちらこそ、よろしくお願いいたします。いやぁ、リーゼたちのことは、ずっと心配していたので。よかった、よかった」

ナルソンはよほど嬉しかったのか、目尻に涙が浮かんでいる。

「ティティスさん、すごいですね！　側室ですって！」

フィレクシアが、ティティスの腕をぺしぺしと叩く。

「まあ、当然でしょうね。むしろ、それ以外の選択肢なんて、初めからなかったように思えますし」

「えっ、そうなんですか？」

「完全包囲されていましたからね。バレッタさんの口添えがあったとは思いますけど」

ここぞと話す彼女たちの傍では、ウズナがアロンドに「側室なんて私は認めないからね」と釘を刺されている。

ナルソンはひとしきり喜び、そうだ、と口を開いた。

「ルグロ殿下たちも、今こちらに向かっています。夕方までには着くとのことです」

「マジですか。めちゃくちゃ遠いのに来てくれるなんて……」

「『親友の結婚式なんだから、死んでも行く』と言っておられました。カーネリアン殿も招待したかったのですが、無線機のない都市に行ってしまっているとのことで――」

話しながら、ぞろぞろと村の中央へと歩いて行く一良たち。

うなだれているアイザックにハベルが気づき、ぽん、と肩に手を置く。

「アイザック様、仕方のないことです。あまり気を落とさないでください」

「……ああ。喜ぶべきことだっていうのは分かってるんだが、実際こうなると堪えてしまってな」

アイザックが力ない笑みをハベルに向ける。

ハベルは、まったく、とため息をついた。

「アイザック様は、もっと周りを見てください。あなたにずっと好意を寄せている素敵な女性が、いるじゃないですか」

「え？　だ、誰のことだ？　まったく思い当たらないんだが」

「……それ、本気で言ってます？」

「本気だよ。誰のことを言ってるんだ？」

アイザックがそう言った時、シルベストリアとセレットが駆けて来た。

「どしたの？ 深刻そうな顔して。カズラ様たち、行っちゃったよ？」

小首を傾げるシルベストリアに、アイザックが顔を向ける。

「それが、ずっと俺に好意を寄せてくれている女性がいるってハベルが言っていて。シルベストリア様は、ご存知ありませんか？」

「……」

シルベストリアが、ギロリとハベルを睨む。

ハベルは口パクで、「リーゼ様たちがカズラ様の側室になられました」と伝える。

読唇術でそれを読み取り、彼女は一瞬驚いた顔になった。

再び、アイザックに顔を向ける。

頬を染め、上目遣いで彼を見た。

「……あ、あの？」

「えっと……本当に、分からない？」

「分かりません。まったく思い当た痛えっ⁉」

げし、とブーツの踵で足の甲を踏みつけられ、アイザックが倒れ込む。

「バーカ！ ずっとそこで倒れてろ！ ハベル、セレット、行くよ！」

シルベストリアが2人の腕を掴み、肩を怒らせて去って行く。

今の状況で何で分からないんだと、ハベルは腕を引かれながら呻くアイザックを驚愕の表情で見ている。

アイザックは痛みに悶えながら、どうして踏みつけられたんだと頭にハテナマークを浮かべていた。


数時間後。

空が夕焼け色に染まり始めたところで、一良とバレッタの結婚式が始まった。

ルグロたちの到着を待っての開始であり、当初の予定よりも押し気味の時間である。

一良とバレッタは衣装に着替え、バレッタの家の土間で呼び出されるのを待っていた。

バレッタの指には、一良が贈った婚約指輪が輝いている。

結婚指輪は、後日2人で買いに行く予定だ。

「そのドレス、すごく似合いますね。かわいいですよ」

昔に母が着た、緑を基調としたかわいいドレスに身を包んだバレッタは、いつも以上にかわいらしく一良には見えた。

サイズもぴったりであり、よく似合っている。

「ありがとうございます。カズラさんも、すごくかっこいいですよ」

バレッタが頬を染めて微笑む。

一良はベージュのタキシードで、薄いグレーのネクタイを締めている。

日本の教会式などで見られる、一般的な花婿衣裳だ。

「そうですか？　何だか、服に着られてる感がすごいんですけど」

「そんなことないです。惚れ惚れしちゃいますよ。後で返却する時に、買い取れないかお店に聞いてみませんか？」

「え？　そ、そこまでしなくても」

「一生の記念なんですから！　お願いしてみましょうよ！」

「んー、そっか。なら、聞いてみますかね」

「はい！」

そうしていると、コンコン、と入口の戸がノックされた。

戸が少し開き、ニィナが顔をのぞかせる。

2人の姿に、「わあ！」と笑顔になった。

「2人とも、すごく素敵だね！」

「ありがとう！　もう、出て行ってもいいの？」

「うん。皆、準備万端。ここに並んで！」

ニィナにうながされ、2人が戸の前に立つ。

ニィナが勢いよく戸を開くと、わっと皆が歓声を上げて拍手をした。

バレッタが一良(かずら)の腕に自身の腕を絡め、皆の前に歩み出る。

「おめでとう！　バレッタ、綺麗だよ！」

「カズラ様、かっこいいですよ！　おめでとうございます！」

村娘たちがきゃあきゃあと騒ぎながら、祝福の言葉を投げかける。

リーゼたちも皆と一緒に、拍手をしながら「おめでとう！」と声を上げている。

皆、アロンドの結婚式の時に着たドレスを着ており、カイレンたちは軍人らしく、鎧姿だ。

ティタニアたちも、たくさんのウリボウとともに、お座りして2人を見ている。

ルグロやエルミア国王、王都の重鎮たちもおり、満面の笑みで拍手をしていた。

傍で待っていたバリンがバレッタの隣に並び、皆に深々と頭を下げた。

「皆さん、娘の結婚式に参列してくださり、ありがとうございます」

皆が拍手を止め、口を閉ざす。

バリンは緊張した様子で、言葉を続ける。

「娘は光栄にも、グレイシオール様の伴侶にしていただくことになりました。思えば、バレッタは小さい頃から――」

バリンがバレッタの思い出話を語り出した。

あまり長くなりすぎないようにと気を付けながら、子供の頃のエピソードをいくつか話す。

そのたびに、村人たちから「懐かしい」という声がぽつぽつ漏れた。

自分の知らない彼女の思い出話に、一良は興味深く聞き入る。

子供の頃からよく気がつく子で、よく働き、とても思いやりのあるいい子に育ってくれて嬉しいという想いが、ひしひしと伝わってきた。

「――そしてめでたく生涯の伴侶に出会えたことは、親としてこの上ない喜びです。今後とも、娘夫婦共々、よろしくお願いいたします」

バレッタが頭を下げ、皆が拍手を贈る。

「では、2人の幸せと、今後いっそうの村の繁栄を祈念して、グレイシオール様に祈りを……あっ」

バリンは村での式における定型文を口にしかけたところで、当のグレイシオールが目の前にいることを思い出して固まった。

参列している村人たちがくすくすと笑い、「祈りはいらないですよ！」とロズルーが言うと、どっと皆が笑い声を上げた。

「そ、そうだな。まあ、これくらいにしておこう。カズラさん、バレッタ」

バリンが2人をうながし、皆の前に立たせる。

皆が2人に注目し、静かになった。

「……えっと。な、何か言うべきなんですか？」

「感謝の言葉とか、そんな感じで」

こそこそ話す2人に、ルグロが「神様、しっかりしろ！」と茶々を入れ、皆から笑いが起こる。

一良（かずら）は苦笑しながらも、口を開いた。

「えー……皆さん、本日は私たちのために集まっていただき、ありがとうございます」

一良（かずら）とバレッタが、軽く会釈をする。

「村に来た当初から、驚きの連続でした。右も左も分からない状態の私を皆さんは温かく迎え入れてくれて、すごく嬉しかったです。2年前に村で過ごした日々のこと、まるで昨日のことのように、よく覚えています」

皆が口を閉ざし、一良（かずら）の話に聞き入る。

ルグロやカイレンたちは話の内容に違和感を覚えたのか、少し怪訝な顔になっていた。

村人たちはそんなことはなく、皆が笑顔だ。

「──私たちが今こうしていられるのは、皆さんのおかげです。これからも村の一員として、妻共々、よろしくお願いいたします」

そう言って、再び2人で頭を下げた。

わっと皆が拍手を贈り、村娘たちが麦の入った椀を載せたおぼんを持って、皆に配って回る。

「広場で宴会を始めます！　カズラ様、バレッタ、行くよ！」

ニィナに先導され、2人が皆の間を進む。

次々に祝福の言葉と麦の実を投げかけられながら、2人はゆっくりと歩くのだった。

数時間後。

辺りはすっかり夜となり、お開きの時間となった。

宴会はひたすら騒ぎながら酒と料理を楽しむだけの催しで、堅苦しさはまったくなく、とても楽しい時間を皆で過ごすことができた。

途中、ジルコニアが余興として、空中に放り投げた丸太を剣で切り刻み、ものの数秒で腕を組んでいる一良とバレッタの人形を作り上げた。

飲みすぎたナルソンはへべれけで、草原に大の字で寝転んでいびきをかいている。

カイレンやルグロたちは、先にイステリアへと馬車で引き上げていった。

ティティスたちも一緒に付いて行き、バルベールに帰るとのことだ。

フィレクシアは村がとても気に入った、もとい、バレッタのことが大のお気に入りらしく、すぐにまた戻って来ると言っていた。

「お父様、起きてください。お開きですよ」

リーゼがナルソンの肩を揺する。

彼はまったく反応せず、ぐうぐうと寝息を立て続けている。

「もう。こんなお父様、初めて見るよ」

やれやれとため息をつくリーゼに、一良が笑う。

「そうだな。でも、喜んでくれてよかったよ。俺、何度も『ありがとうございます』って泣きながら言われちゃったもん」

ナルソンはリーゼとジルコニアを一良が受け入れてくれたことが心底嬉しかったようで、酒が入ってからはずっと泣きながら喜んでいた。

領主の件は気にしなくていいから、リーゼは一良と好きに生きていってくれとまで言っていたのだ。

ナルソンにはリーゼ以外に跡継ぎがいないので、どうするつもりなのだろうと一良は思ったのだが、口には出さなかった。

彼のことだから、何かしら考えがあるのだろう。

「でも、このままじゃ風邪引いちゃうよな。家まで運ぶか」

「うん。私、足を持つね」

2人でナルソンを抱え上げ、えっちらおっちらと運び出す。

すると、片づけを手伝っていたバレッタ、ジルコニア、エイラが駆け寄って来た。

「カズラさ……だ、大丈夫ですか？」

死体のように運ばれているナルソンを見て、バレッタがぎょっとする。

「それが、どうにも起きなくて。完全に泥酔してますね」

「あはは。すごくたくさん飲んでましたもんね。ずっと泣いてましたし。えっと、ジルコニア様たちからお願いがあるそうで」

「ん？　何です？」

一良が聞くと、ジルコニアが照れ笑いをした。

「明日、カズラさんとバレッタは、カズラさんのご両親に挨拶しに行くんですよね？」

「ええ、夕方頃から」

「その時になんですけど、私たちもご挨拶をしたくて。これを使って」

そう言って、持っていたハンディカメラを見せる。

「今から、3人で動画を撮れたらと思うんです。どうでしょうか？」

「ああ、なるほど。もちろん、いいですよ」

ジルコニアとエイラが、ほっとした顔になる。

「よかったです。ナルソンは、私が運びますね」

ジルコニアはそう言うと、ナルソンを肩に担ぎ上げた。

まるで土嚢を運ぶ作業員のように、てくてくとバレッタの家に向かって歩き出す。

とても機嫌が良いようで、鼻歌混じりだ。

「ご機嫌ですねぇ」

「だって、もうすぐ日本に行けるようになるんですよ？　ほんっとうに楽しみで」

それに、とジルコニアが頬に手を当てる。

「カズラさんに抱いてもらえるって思うと、嬉しくて。これでも一応、恋する乙女ですから」

「そ、そうですか」

一良はバレッタを気にしながら、微妙な笑みを浮かべる。

バレッタはまだ覚悟完了とまではいっていないようで、笑顔だが若干顔が強張っていた。

エイラは顔を赤くして、うつむいている。

そんなエイラを見て、一良は、はっとした。

「エイラさんのご両親にも、挨拶しないとですよね。エイラさん、いつにします?」

「い、いつでも大丈夫です!」

「じゃあ、近いうちに2人で行きましょう。ご両親に、予定を空けておいてもらってください。日取りは任せますんで」

「はい!」

真っ赤な顔で返事をするエイラの脇腹を、リーゼが肘で軽くつつく。

「エイラ、よかったね。家族みんな、きっとびっくりするよ」

「はい……うう、緊張します」

そうして家に着き、ナルソンを布団に寝かせ、リーゼたちの挨拶動画を撮影したのだった。


約2時間後。

風呂でさっぱりした後、急遽借りた空き家の一室で、一良とバレッタは布団を敷いていた。

リーゼが「新婚さんなんだから、家にいる時は2人きりのほうがいいでしょ」と言ってくれたので、そうすることにしたのだ。

というわけで、新居が完成するまでの間、2人はこの空き家を夜の仮住まいとすることになった。

家の掃除は村人が時々やってくれていたため、それなりに綺麗だ。

「んー、少し埃っぽいかな？」

「ですね。明日、きちんと掃除しないとです」

バレッタはそう言うと、布団の上で正座になった。

にこりと微笑み、三つ指を突く。

「ふつつかものですが、これからもよろしくお願いします」

頭を下げるバレッタに、一良も慌てて正座になって頭を下げる。

「こちらこそ、よろしくお願いします。必ず幸せにしますから」

同時に顔を上げ、微笑み合う。

「えへ。リーゼ様の真似をしてみました」

「あ、そういうことですか。別に、張り合わなくてもいいような」

「でも、気になっちゃうんです。カズラさんの初めてのキスだって、リーゼ様に取られちゃったし」

「……」

「……カズラさん？」

目を泳がす一良に、バレッタがいぶかしむ。

「もしかして、違うんですか？」

「……うん」

「そ、そうなんですね。こっちに来る前に、日本でお付きあいしてた人ですか？」

「あー、いや……違いますね」

「えっ。じゃあ、誰……もしかして、ジルコニア様ですか⁉」

「う、うん」

目をそらして頷く一良の両肩を、バレッタが掴む。

「いいい、いつですか⁉ いつの間に、そんなことしてたんですかっ⁉」

「こっ、この前、王都の海に行った時に不意打ちでされたんです！ 俺からじゃないですからね⁉」

必死に釈明する一良に、バレッタは、がっくりと肩を落とした。

「うう、まさか、ジルコニア様に抜け駆けされるなんて思わなかったです……」

「俺も驚きましたよ。キスされるなんて、まったく思ってなかったんですから」

「カズラさん、脇が甘すぎですよ……」

「そ、そんなこと言われても……」

「すごく、もやっとしました」

バレッタが一良ににじり寄り、抱き着く。

「このもやもやが消えるくらい、いっぱいかわいがってください」

そう言って、キスをせがむ。

妙に積極的な彼女に一良は応え、頭を撫でた。

ふっと笑う一良に、バレッタが赤くなる。

「な、何で笑うんですかっ」

「いや、かわいいなって思って」

「うう、何だか悔しいです……」

その後、今朝のリーゼたちとの一件もあってやきもちマックスになっていたバレッタは、これでもかというくらい情熱的に一良を求めた。

一良は体力の限界までそれに付きあい、深夜になって倒れ込むようにして眠りについたのだった。

最終章　そして繋がる物語

翌朝。

布団と寝間着の洗濯を済ませた2人は、朝食を食べにバレッタの実家にやって来ていた。

今朝のメニューは、目玉焼き、魚肉ソーセージの醤油炒め、温野菜サラダ、桜エビと夏イモの炊き込みご飯だ。

マリーも含めた女性陣と、バリン、ナルソンも席に着いている。

「ナルソンさん、大丈夫ですか？」

「うー……」

ナルソンは碗を手に、青白い顔で頭を押さえて唸っている。

二日酔いの薬は飲ませたとのことだが、まだ効いてこないようだ。

「カズラ、顔がちょっとやつれてるよ？　一晩中、バレッタに搾り取られちゃった？」

ニヤニヤしながら言うリーゼに、一良とバレッタが顔を赤くする。

バリンも同席しているのだが、黙々と食事を続けている。

「え、えっと。俺たち、これを食べたら日本に出かけるから。もしかしたら、村に戻って来るのは明日になるかもしれない」

「うん、分かった。カズラのご両親に、バレッタが挨拶するんだよね？」

リーゼがバレッタを見る。

「はい。リーゼ様たちのこと、動画を見てもらいながら私たちからも話しておきますね」

「ふふ。バレッタだけじゃなくて、さらに3人も貰うことになったなんて聞いたら、カズラさんのご両親、きっと驚くでしょうね」

くすくすと笑いながら言うジルコニアに、バリンが「えっ？」と驚いた顔を向ける。

そこでようやく、一良とバレッタはバリンに何も話していなかったことに気がついた。

「あ、あの、それはどういう……」

「あら？　まだ聞いてないの？　私とリーゼとエイラも、カズラさんの側室にしてもらえることになったの。1カ月後には、子供も作り始めるから」

「ええ……」

バリンが唖然とした顔で、一良を見る。

「す、すみません。うっかり、言い忘れちゃって……その、思うところはあると思うんですけど――」

「お父さん、私たち皆で話し合って決めたことなの。だから、心配しないで」

バレッタが一良を庇うように、口を挟む。

「……まあ、お前たちがそれでいいなら、口出しはせんよ。仲良くな」

「うん」

そうして食事を終え、一良たちは日本に向かった。

件の屋敷を出て、車に乗り込む。

バレッタは昨日買った洋服を着ており、どこから見てもただの外国人だ。

彼女の左手薬指には、婚約指輪が輝いている。

「それじゃ、買いに行きますか」

「はい！」

エンジンをかけ、車を発進させる。

両親との約束の時間にはまだだいぶあるので、その間に結婚指輪を買いに行くことにしたのだ。

アルカディアではそういった文化はないのだが、バレッタが「欲しい！」と言ったので買うことにした。

いつものように山道を下り、カーナビで検索したブライダルリングショップにやって来た。

黒を基調とした大きなガラス窓を備えた建物に、バレッタが「おー」と声を漏らす。

「オシャレなお店ですね」

「ですね。何か、緊張するな……」

ガラス扉を押して店内に入ると、数人の店員が「いらっしゃいませ」とにこやかに挨拶してくれた。

バレッタが、正面のショーケースに歩み寄る。

「わ、すごい」

キラキラと輝くたくさんの指輪に、バレッタは目を輝かせた。

ピンクゴールド、イエローゴールド、プラチナといったリングには、どれもダイヤモンドが光っている。

「すごく綺麗です……これ、ピンクダイヤモンドかな」

「そうみたいですね。いろいろ見て、好きなデザインのものを選ぶといいですよ」

「カズラさんも気に入ったものを選びたいです。これから、一生着けるものなんですから」

ゆっくりと指輪を見て回っていると、若い女性店員が寄ってきた。

「結婚指輪をお探しですか?」

声をかけられたバレッタが、「はい」と笑顔を向ける。

「どれも素敵で迷っちゃって。本当に綺麗ですね」

「ありがとうございます。最近のお勧めは――」

店員に意見を貰いながら、じっくりと選ぶ。

1時間以上かけて、プラチナリングに透明ダイヤモンドとピンクダイヤモンドが付いているものに決めた。

指のサイズを計って製作依頼をし、礼を言って店を出た。

料金は、受け渡し時とのことだ。

「いいものが見つかってよかった。完成が楽しみですね」

「はい。私、一生外さないで着けておきますね」

「俺もそうしますよ。ずっと着けてますから」

「あ、でも、リーゼ様たちも欲しいって言うでしょうから、カズラさんは付け替えてもいいですよ？」

「はは、ありがとうございます。そうしたほうがよさそうだ」

その後、目に付いたファミレスで昼食を食べ、駅周辺をうろついて時間を潰した。


夕方。

２人は車で、屋敷へと向かっていた。

「今日来るのって、ご両親だけですか？」

紙カップのコーヒーを助手席で飲みながら、バレッタが聞く。

「いや、祖父母も来るんじゃないかな。会うの、かなりひさしぶりだ」

「そうなんですね。ちょっと、緊張します」

「気のいい人たちですし、大丈夫ですよ。祖母はちょっと表情が薄くて話しかたがつっけんどんですけど、お茶目で優しい人ですから」

そんな話をしながら山を登り、屋敷に到着した。

そこには車が10台以上停まっていて、一良は目を丸くした。

「あれ⁉ 何でこんなに……」

「親戚の人たちでしょうか？」

2人が車を降りると、玄関から年配の男がポケットから煙草を取り出しながら出て来た。

一良の祖父、志野義忠だ。

「あ、じいちゃん！」

「おー、かず坊。ひさしぶりだなぁ！」

義忠が満面の笑みで歩み寄り、一良の肩を叩く。

体つきはかなりがっちりとしていて、身長は160センチほどだ。

皺は少なく、髪も黒のほうが多い。

まったく老いを感じさせない出で立ちで、はつらつとしている。

「あなたがバレッタさんだね。祖父の義忠です。よろしくお願いいたします」

義忠が煙草を箱に戻してポケットにしまい、背筋を伸ばす。

かかとを合わせ、ビシッと敬礼をした。

「バレッタです。よろしくお願いします」

敬礼？　と思いながらもバレッタが頭を下げると、義忠は屋敷を振り返った。

「じいちゃんは、元軍人なんです。陸軍で戦闘機パイロットをしてたらしくて、めっちゃ礼儀にうるさいんですよ」

「そ、そうなんですね……元軍人さんってことは、ご年齢は……」

「りあ！　かず坊のお嫁さんが来たぞ！」

どんなに若くても90歳以上なんじゃ、とバレッタが考えていると、義忠が大声で屋敷内に呼びかけた。

するとすぐ、一良(かずら)たちの前の地面に影が現れた。

何だろう、と2人が上を見た瞬間、その影の上に厚手の黒いコートを着た老婆が着地した。

深い皺と真っ白な髪、どこか北欧を感じさせる整った顔立ちの、色白の女性だ。

「わあっ!?」

驚いてのけ反る2人に、老婆がにやりとした笑みを浮かべる。

「いい反応だ。そうこなければな」

「おま、初対面のお嬢さんに、いたずらなんかするなよ。というか、いないと思ったら、ずっと屋根にいたのか」

呆れる義忠に、りあが、ふふっと笑う。

「いいじゃないか。面白いんだから」

りあはそう言うと、バレッタに向き直った。

「クィーリアだ。りあと呼んでくれ。よろしく」

彼女が右手を差し出す。

「は？　クィーリアって何？」

「りあの本当の名前だよ」

きょとんとする一良に、義忠が答える。

バレッタは先ほどのように名乗りながら、彼女と握手をした。

「バレッタさん。種族は？」

りあが握手をしたまま、バレッタに問いかける。

「しゅ、種族……ですか？」

「ああ。見たところ、人間のようだが」

「に、人間、です」

「ん、そうか。力に自信は？」

「え？」

矢継ぎ早にされる質問に、バレッタが戸惑う。

「なあに、ただの遊びだよ。思いっきり、この手を握ってごらん。先に、『痛い』と音を上げたほうが負けだ」

「ちょ、ちょっと、ばあちゃん！　ダメだって！」

一良が慌てて、りあの腕を掴む。

「バレッタさん、すみません。ばあちゃんって、いつもこんな感じでからかうんですよ」

「い、いえ、大丈夫ですよ」

緊張をほぐそうとしてくれているのかな、とバレッタは解釈し、りあに微笑む。

適当なところで、痛いと言って負けを宣言すればいいだろう。

りあは満足そうに、微笑んだ。

「よし。じゃあ、３つ数えたら力を込めるぞ。１つ――」

――そういえば俺、大学生の頃でも、ばあちゃんに力負けしたな。

年末に祖父母の家に行くたびに、一良はりあに握力勝負をさせられていた。

しかし、彼女は握力がかなり強く、一良は一度も勝ったことがないのだ。

「2つ、３つ！」

りあが、ぐぐっと力を込める。

バレッタはそれに合わせて、手加減しながら握る力を少しずつ強めた。

「……っ⁉」

予想を上回る力に、バレッタが慌てて力を強める。

りあは涼しい顔で、どんどん力を強くしていく。

まるで万力で絞められているかのようなすさまじい力に、バレッタは徐々に余裕がなくなり、最終的に渾身の力を込めて手を握った。

「う……い、痛い！　痛いです！」

バレッタが悲鳴を上げると、りあはすぐに手を放した。

「うむ。なかなかやるじゃないか。今までの嫁さんたちの中で、文句なしの一番だ」

満足そうに、りあが頷く。

一良は信じられないといった顔で、右手を摩っているバレッタを見た。

「え。バレッタさん、もしかして、本気を出しました？」

「はい。手を握り潰されるかと思いました……」

「りあはドラゴンだからな。人間じゃ、勝てるわけがないよ」

「「ドラゴン!?」」

一良とバレッタの驚愕の声が重なる。

「ああ。今はこんな見た目だけど、変異してこの姿になってるんだ。若い姿になると、えらい美人だぞ」

「ええ……ドラゴンって、ヨーロッパの神話に出てくるアレでしょ？」

「まあ、似たようなもんだ。火だって吐けるしな」

義忠の言葉に合わせるように、りあが口から紅蓮の炎を空に向かって吐き出した。

「「……」」

何だこれ、と2人が唖然としていると、玄関から母の睦が顔を出した。

「バレッタさん、いらっしゃい！　ささ、中に入って！」

満面の笑みで手招きする睦。

一良とバレッタは顔を見合わせ、玄関へと向かう。

「ちなみにだが、りあたちが本気でやりあったとすると、一番強いのは睦さんだぞ」

義忠が楽しそうに、一良に言う。

「ええ……母さんって、そんなに握力が強いの？」

「いや、力じゃなくて、睦さんは魔眼を持ってるんだ。力を使って目を見られたら、それだけで終わりだよ」

「……そういえば小学生の頃、俺を虐めてきたやつが、突然人が変わったように親切になったことがあったけど、まさか」

「もう、わけが分からないですよぅ」

突然の出来事に頭をクラクラさせながら、2人は屋敷へと入るのだった。

廊下を進み、大広間へと向かう。

睦はニコニコ顔で、バレッタに話しかける。

「ほんっと、こんな美人さんがお嫁さんになってくれるなんて！　バレッタさん、ありがとうね！」

「い、いえ！　私のほうこそ、カズラさんと結婚させていただいて、ありがとうございます！」

「これから、よろしくね！　あ、それって婚約指輪？」

「はい。カズラさんが、プロポーズしてくれた時にくれました」

「かわいい指輪ね！　カズラ、やるじゃないの！」

「は、はは……」

うきうきの母に、一良は戸惑い気味だ。

彼女はいつも元気なのだが、今日はそれが爆発している感じである。

そうして広間に着くと、そこには一良の親族数十人が、一堂に会していた。

それまでがやがやと話し込んでいた面々が、一斉に一良たちに目を向ける。

若い夫婦から高齢夫婦までさまざまだが、独り身の者や子供の親族は1人もいない。

長テーブルには寿司やオードブルが並び、ビール瓶やウーロン茶のペットボトルが置かれていた。

「おっ！　かず君が来たぞ！」

「わあ、綺麗な人……」

「かわいい！　えっと、人間……かな？」

「耳は普通だし、尻尾もなさそうだよね。鱗とかはどうなのかな？」

「私と同じ、ヴァンパイアだったりして」

「普通の人間だとしたら、かなり珍しいですよね！」

口々に話す親戚たちに、バレッタがたじろぐ。

だが、はっとすると、姿勢を正して腰を折った。

「バレッタと申します。種族は人間です。よろしくお願いします」

バレッタの挨拶に、皆が「よろしく！」と声を上げる。

「まあまあ、座って！　主役はここね！」

睦に中央の席を勧められ、2人が座布団の上に腰を下ろす。

一良の左側は義忠とりあ、バレッタの右側は睦と父親の真治だ。

睦が、一良とバレッタのコップにウーロン茶を注ぐ。

真治はビールを入れたコップを手に、立ち上がった。

「皆さん、息子のお嫁さんのお披露目会に集まっていただき、ありがとうございます。まあ、特に何をやるってわけでもないんで、大いにくっちゃべって飲み食いしましょう。乾杯！」

「「乾杯！」」

何とも適当な挨拶で乾杯し、皆がコップに口をつける。

ぱちぱち、とお決まりの拍手の後、女性陣が一斉にバレッタに話しかけ始めた。

「私、エリシスっていうの。こっちでも名前は同じよ。よろしくね！」

「私はサフィー。こっちでは桜って名前で――」

若い女性陣を中心に、次々にバレッタに自己紹介をする。

エリシスは赤毛のロングで、西洋風の顔立ちをした美人だ。

サフィーは黒髪で童顔のかわいらしい女性なのだが、頭に猫耳が付いていた。

バレッタは自己紹介されるたびに、「よろしくお願いします」と頭を下げた。

どうやら、瞳の色がブラウンで、髪が黒く顔立ちが日本人っぽい人は日本名を名乗っているようだ。

そういった人は、全員が女性だ。

皆、見た目は人間そのものなのだが、よく見てみると数人の女性の頭に、動物のような耳が生えていた。

バレッタは思わず、サフィーの頭に付いた猫耳を見つめてしまう。

「あ、これ？　本物だよ。普段は帽子で隠してるの」

サフィーが、ピコピコ、と猫耳を動かす。

本来人間の耳があるはずの場所は髪で隠れているのだが、その部分はどうなっているのだろうとバレッタは内心首を傾げた。

「バレッタさん、初めてこっちに来た時、びっくりしたでしょ？　いきなり頭の中に、ばーって何かが入ってきてさ」

「え？　頭の中に、ですか？」

何も思い当たらず、バレッタが小首を傾げる。

「うん。聞いたこともない言葉の情報が、ばーってさ。それで急に日本語が話せるようになるんだもん。私その時、頭がパンクしそうになって吐いちゃったよ」

「あ、あの、私にはそんなことは何も……」

「え？　頭に何も入ってこなかったの？」

「はい……あ、もしかして、あちらの世界にいる間に、日本語を覚えちゃったからでしょうか？」

「……自力で日本語を覚えたの？」

サフィーが信じられない、といった顔になる。

隣にいるエリシスも、「マジか」と唖然としていた。

ちなみに、エリシスは一良の従弟と国際結婚したと、一良は聞いていた。

やたらと日本語が上手いなと思っていたのだが、そういうからくりがあったらしい。

「頭がいいんだねぇ。それはそうと、バレッタさんは、りあさんと握手した？　力比べのやっ」

エリシスが興味津々といった顔を、バレッタに向ける。

「はい。頑張ったんですけど、ものすごい力で。簡単に負けちゃいました」

「あはは、だよね！　私なんて、今までやった中で一番非力だって言われちゃったよ」

「あんなの、無理無理。素手で鉄パイプをへし折れるんだよ？　勝てるわけがないって」

サフィーが、やれやれといったふうに笑う。

「あ、あはは……」

たぶん自分なら鉄パイプくらいはいけるなと思いながらも、バレッタは愛想笑いをする。

皆がバレッタのことを、かわいい、美人だと褒めたたえており、子供が楽しみだと話している。

バレッタが隣にいる一良の膝を、テーブルの下でとんとんと叩く。

「カズラさん、リーゼ様たちのビデオを見てもらわないとですよ」

「う、うん。でも、この空気で上映って、かなりまずいような……」

「でも、この場で言っちゃったほうが絶対にいいですって」

ハンディカメラと吊り上げ式スクリーンとモバイルプロジェクタは持ってきてあり、別の部屋に置いてある。

この状況で、「実は側室があと3人います」と宣言するのは、一良的にはかなり勇気がいる。

「そんじゃ、一良。恒例ってことで、あっちで何をやってきたかを話してくれ。長くなっていいからな」

真治が話を振ると、皆が口を閉ざして一良に注目した。

「えっと、その前に、俺からも聞きたいことがあるんだけど」

「おう。何でも聞いてくれ」

「別の世界に行く敷居がある部屋なんだけどさ。あそこを初めて見つけた時に、南京錠がかかってて。それに触ろうとしたら、いきなり割れて消えちゃったんだけど、あれって何なの？」

「あれは、お前にだけ見えた幻覚だよ」

「げ、幻覚？」

「ああ。見る人によって、かかっている鍵が違う。開かない扉に付いているものとして思い浮かぶものが見えるんだ。俺の時は、木製の扉なのに溶接されてたぞ」

「ということは、鍵を無視して扉を開こうとしても、開いたってこと？」

「いや、当人と相性がいい相手がまだどの世界にも存在していないうちは、どうやっても開かない。仕組みは分からないがな」

「へ、へえ……」

とりあえず1つ目の疑問が解消し、一良が頷く。

「じゃあ、2つ目。ばあちゃんはドラゴンで、桜さんやエリシスさんも人間じゃないんだよね？　母さんも、人間じゃないの？」

「そうだよ」

　真治が睦に目を向けると、彼女はにこりと微笑んだ。

「私ね、種族はラミアなの」

「ら、ラミア？　神話に出てくる、下半身が蛇みたいなやつ？」

「うん。びっくりしたでしょ？」

「そりゃもう……ていうか、母さんってまるっきり人間じゃん。ラミアなら、どうして足があるの？」

「私の種族は、いつでも脱皮できて自分で足を作ることができるのよ。脱皮すると怪我や病気が全部治って若返るから、実質寿命が永遠なの」

　以前、睦が言っていた、「ずっとあなたのことを守ってあげたいと思ってるし、それもできるの。あなたがよぼよぼのおじいちゃんになってからも、それは同じなの」という言葉の意味が、ようやく分かった。

　半ば不死である彼女なら、いつまでも若い姿のままで一良の傍にいることができるのだ。

「脱皮って……俺も、実はラミアだったりするの？」

　一良が自分の足を触りながら聞く。

　先ほど義忠から睦は魔眼を使えるといった話も聞いたが、そんな力を一良は自覚したことがない。

「ううん。私たちから生まれる子供は、全員が普通の人間として生まれるみたい。今までずっと、例外はなかったらしいよ」

「そ、そっか」

「他に、何か聞きたいことはある？　あ、私の本当の名前はイレアだよ。睦っていうのは、真治が付けてくれたの」

「『目は口ほどにものを言う』っていう意味で、ちょうどいいかなってな。仲良しって意味もあるし」

　はっは、と真治が笑いながら言う。

「酷いと思わない？　最初はいい名前って思ったけど、後から意味を聞いて凹んだもん。いくら魔眼があるからってさ」

　少し不満げに言う睦に、真治が「別に悪い名前じゃないだろ」と苦笑する。

「あと、魔眼っていうのは、催眠術のもっとすごい版みたいなやつね。志野家の人間には効かないから、安心して」

「うん、それはよかった」

　知らぬ間に性格を矯正されていたのでは、と一良は少し考えていたので、ほっとした。

　あの、とバレッタが睦に話しかける。

「このお屋敷って、そもそも何なんですか？　あまりにも超常的すぎて、どうなってるんだろうって、ずっと考えてて」

「それが、分からないのよ。大昔からあって、志野家の男は皆、あちこちの世界でお嫁さんを見つけてるってことしか分からないの」

睦が真治を見ると、彼は頷いた。

「前に一良には話したんだが、口伝であの扉の使いかたしか伝わってないんだ。ごめんな」

「いえ……それと、こっちでお嫁さんを見つけたら、その人はお屋敷を使わないってことですよね？」

「ああ。ただ、どういうわけか、こっちの女性とだと子供が作れないんだ。だから、俺の世代までは、皆が半ば強制的に他の世界に行かされてた。俺は別に、子供が作れなくても本人が幸せになるならいいと思って、一良にはそう仕向けなかったけど」

「でも結局、使わせることになっちゃったよね。一良、全然彼女ができないんだもん」

「な、なるほど。ありがとうございました」

バレッタがぺこりと頭を下げる。

「一良、他に質問は？」

真治が再び、一良に聞く。

「んー……あ。この屋敷が、30年間放置されてたってのは、嘘なんだよね？　初めて来た時、やたらと綺麗だったから、何でだろって思ってさ」

「そうだ。綺麗だったのは、じいさんばあさんが掃除しに来てたからだよ。お前が向こうに行ってからも、時々掃除してくれてたんだ。建物はどういうわけか、まったく劣化しなくて、ずっとこのままだな。時代によって、いきなり外観が変わることがあるみたいだが」

「そっか……あと、父さんたちの馴れ初めも気になるけど、それは後でいいや」

「よし。じゃあ、お前たちの話を――」

「ごめん。その前にさ、皆に見てもらいたいものがあって。ちょっと待ってて」

そう言って、一良が立ち上がる。

バレッタも席を立ち、2人して広間を出て行った。

何だろう、と皆が待っていると、ハンディカメラ、プロジェクタ、吊り上げ式スクリーンを手に、2人が戻って来た。

それらを部屋の壁際に手早く設置し、一良がプロジェクタの電源を入れる。

「ん？　何を見せるんだ？　映画か？」

「ううん。見れば分かるから」

一良は強張った笑みを浮かべ、バレッタに目を向けた。

バレッタが頷き、パソコンの電源を入れた。

デスクトップに置いておいた動画ファイルを再生する。

真っ白なスクリーンに、バレッタの家の居間を背にした、リーゼ、ジルコニア、エイラの姿が現れた。

真ん中にいるのはリーゼだ。

「うわ！　真ん中の子、超美人！　やばくない⁉」

エリシスが思わず声を上げ、男たちからも「おおっ」と声が漏れる。

『お義父様、お義母様、初めまして。リーゼ・イステールと申します』

『ジルコニアです』

『エ、エイラです！』

緊張した様子で、3人が名乗る。

真治たちは皆、唖然とした顔でスクリーンを見つめる。

『このたび、私たちはカズラの側室にしていただきました。子供ができ次第、改めてご挨拶に伺わせていただきますので、その時は――』

「ちょ、ちょ、ちょっと待て！　一良、どういうことだ⁉」

真治が大慌てで、一良に叫ぶ。

「い、いや。今、リーゼが言ったままなんだけど……」

「言ったままって、お前正気か⁉　バレッタさんを含めて、4人も嫁さんを貰ったのか⁉」

「う、うわぁ。かず君、マジかぁ……」

「ハーレム……ってコト⁉」

エリシスとサフィーが騒ぐ。

この2人、とても仲がいいようだ。

そうしている間に、リーゼが自己紹介を始めた。

簡潔に話し終え、ジルコニアに顔を向ける。

『では、次はお母様が』

『ええ。私は、元イステール家の者で――』

「お母様⁉」

「親娘丼だ⁉」

エリシスとサフィーが、即座に反応する。

睦は驚愕の顔で一良（かずら）を見た。

「一良（かずら）！　あんた、不倫したの⁉」

「違うって！　ジルコニアさんは、ちゃんと旦那さんと別れてるから！」

「略奪愛⁉」

「フルコンボ！」

まるで合いの手を入れるかのように、エリシスとサフィーが言う。

2人とも顔は驚いているが、どことなく楽しそうだ。

ジルコニアとエイラも自己紹介を終え、3人が「どうぞよろしくお願いします」、と頭を下げて動画が終わった。

しん、と広間が静まり返る。

「……え、えー、そういうわけで、もうしばらくしたら、彼女たちもこっちに来ます。その時にまた、皆に挨拶をさせてもらいたいです」

「皆さん、よろしくお願いします」

深々と腰を折るバレッタに合わせ、一良も腰を折った。

プロジェクタとノートパソコンの電源を切り、そそくさと自分たちの席に戻る。

皆、唖然とした顔で2人に視線を送る。

「じゃ、じゃあ、俺たちの馴れ初めを話せばいいのかな？」

一良が真治の顔をうかがう。

「……まあ、お前もいろいろあったんだよな」

真治が苦笑し、ビールをあおった。

とん、と空になったコップをテーブルに置く。

「よし、お前たちの物語を聞かせてくれ」

にっと笑う父に、一良は頷くと口を開いた。

後日談①　1カ月後

一良とバレッタの結婚式から、1カ月後。

群馬県内のレストランで、一良とバレッタは昼食をとっていた。

昨日まで2人は山梨と長野に旅行に行っていて、今朝、群馬に帰ってきたところだ。

長野では松本城、上田城、諏訪大社といった有名どころを見て回り、山梨では、ワイン工場とビール工場見学、ぶどう狩り、富士急ハイランドなどを楽しんだ。

10日間かけて温泉宿に泊まりながら観光をし、バレッタはとても楽しそうだった。

しかし、今の彼女は元気のない様子で、何度もため息をつきながらエビグラタンをちびちび食べている。

その左手薬指には、一良とおそろいの結婚指輪が輝いていた。

「はあ……カズラさんを独り占めできる時間、終わっちゃいました」

しょんぼりしているバレッタに、一良がエビドリアを食べる手を止めて苦笑する。

「やっぱり、後悔してますか？」

「後悔ってわけじゃなくて……ただ、残念だなって」

「これからだって、ちゃんと2人の時間は取るようにしますよ」

「はい……自分で決めたことなんだから、ちゃんとしないとですね。こんな顔、リーゼ様たちには見せられないし」

　バレッタはフォークを置き、両手でパシッと頬を叩いた。

「それに、今から『あの話はなかったことに』なんて言ったら、カズラさんがジルコニア様に殺されちゃいます」

「あの人を怒らせたら、止められる人なんていませんからね……想像しただけで怖い」

　ぶるっと震える一良に、バレッタが笑う。

「今夜から、夜は3人の誰かと過ごすんですよね？　その……そういうことも、しますよね？」

　バレッタの突っ込んだ質問に、一良の表情が少し強張る。

「ど、どうだろ。いきなりってのは、ないような気が」

「でも、3人とも、きっとしてほしいと思ってますよ」

「まあ、皆、日本に来たがってましたからね……」

　一良が言うと、バレッタは顔をしかめた。

「カズラさん、それは絶対に、3人には言っちゃダメですよ？　皆、カズラさんのことが好きだから、してほしいって思ってるんです。日本に来れるっていうのは、オマケですよ」

「う……す、すみません。確かに、とんでもなく失礼な言いざまでした」

謝る一良に、バレッタが苦笑する。

「その時になったら、私にしてくれたみたいに、たっぷり愛を囁いて優しく抱いてあげてください。皆、それを望んでますから」

「……うん」

気まずそうに、一良が頷く。

この1カ月間で分かったのだが、バレッタはかなりの甘えん坊だった。

2人きりになると常に引っ付いていたがり、風呂はいつも一緒に入り、夜はかなりの頻度で求めてくる。

そんな彼女だから、きっと無理をして言っているんだろうな、と一良は思っていた。

ちなみに、一良の実家に何日か泊まったことがあるのだが、その間のバレッタは家事を率先して手伝っていた。

真治の畑仕事も手伝いに行き、睦の買い物に付きあったりと、「お義父さん、お義母さん」、とコミュニケーションを欠かさなかった。

そのマメさと気配り、家事スキルの高さと愛嬌の良さで、両親からのウケは非常にいい。

睦は、「こんなにいい娘がお嫁さんになってくれたなんて」と涙ながらに喜んでいた。

「カズラさん、私は大丈夫ですから。私と同じくらい、皆も愛してあげてくださいね」

にこりと微笑むバレッタに、一良も笑顔を作って頷いた。

彼女が心配ではあるが、今何かを言うのはヤボだし、言ったところでどうにもならない。
自分も彼女も、これからの新しい日常を受け入れなければいけないのだ。

その頃。

グリセア村のバレッタの実家の居間では、ジルコニア、リーゼ、エイラの3人が、真剣な顔つきで対峙していた。

「……いい？ 一発勝負よ？」

「望むところです」

「恨みっこなし、ですね」

ジルコニアの言葉に、リーゼとエイラが答える。

今夜から3人は正式に一良の側室になるのだが、誰が最初の夜を一良と過ごすのかの順番決めをしているのだ。

最初は話し合いで決めようとしたのだが、誰もが1番手を希望したのでまとまらず、公平にじゃんけんで決めることになった。

3人が、握った拳を振り上げる。

「「「じゃんけんぽん！」」」

ぱっと出された3つの手は、パーが1つ、グーが2つ。

「よしっ！」

見事一番手をゲットしたジルコニアが、開いていた手を握りこぶしに変えて大喜びする。

その様子を、リーゼとエイラは愕然とした顔で見つめる。

視線に気づき、ジルコニアは表情を取り繕って、「こほん」と咳をした。

「そ、それじゃ、今夜は私ね。2番目も決めないと」

「うう、母親に先を越されるなんて……」

リーゼが半泣きになりながら、エイラと対峙する。

「……エイラ、譲ってくれない？　お給金、もっと増やすようにお父様に言ってあげるから」

「ダメです。この勝負だけは、主従関係なしでやります」

これでもかというほどに真剣な表情で、エイラが言い切る。

目がマジである。

「うー……」

リーゼが仕方なく、拳を振り上げる。

「じゃんけんぽん！」

チョキとパーが出され、一瞬時が止まった。

「勝ちました！」

エイラが満面の笑みでピースサインをジルコニアに向け、リーゼは膝から崩れ落ちて、開いた手を床に突いた。

その日の夜。

村人たちが建ててくれた新居の風呂で、ジルコニアは湯に浸かりながら頭を抱えていた。

設計はマリーが行い、冬場でも寒くないようにと風呂と住居が渡り廊下で繋がっている。

床下には大理石が敷き詰められ、その下の空間には外壁に設置したかまどから温かい煙が流れるようになっており、床暖房システム付きの高性能住宅だ。

風呂は他の家々にあるものと同じ五右衛門風呂だが、脱衣所併設で床暖房も効く。

「うう、緊張しすぎて気持ち悪くなってきた……」

ジルコニアはじゃんけんで勝った時は大喜びしていたものの、いざとなると緊張でいっぱいいっぱいになってしまった。

何しろ、ちゃんとするのは初めてのことであり、そういった方面に疎いのもあって、何をどうしたらいいのかさっぱり分からない。

以前、一良(かずら)にキスした際は体もメンタルも拒否反応はまったくなかったので、そういう意味では問題ないだろう。

「こんなことなら、バレッタに教えてもらえばよかったなぁ。映画だと、やたらとちゅっちゅしてたけど、ああすればいいのかな……」

「お困りのようですね」

「ひいっ⁉」

突然響いた声にジルコニアが目を向けると、窓からティタニアが顔をのぞかせていた。

ペンライトで顔を下から照らしており、驚かす気満々のようだ。

「な、な、何をしてるんですか⁉」

「昼頃から、ジルコニアさんがずっとそわそわしていたので。おもし……心配で」

「今、面白そうって言いかけましたよね？」

「あれですよ、カズラ様はバレッタさんとの営みで慣れていますから、すべて任せてしまえばいいのです」

ツッコミを華麗にスルーして、ティタニアが助言する。

「いざ2人きりになれば、どうとでもなりますよ。ど一んと構えていればいいのです」

「で、でも、緊張しちゃって……」

「初々しくていいじゃないですか。かわいいって思ってもらえますって」

「ええ……私、今27ですよ？　さすがに無理がありますって……」

やたらと後ろ向きなジルコニアに、ティタニアが困り顔になる。

「そんなこと言っても、もうやるしか……あ、なら、私がお膳立てしてしましょうか？」

「え？　お膳立て？」

「それがいいです。そうしましょう」

勝手に結論付け、ティタニアが笑顔になる。

「両手の親指と人差し指同士をくっつけて、輪っかを作ってください」

「は、はあ」

言われるがまま、ジルコニアが指で輪っかを作る。

「そのまま手を、おへそを覆うようなかたちにしてください」

「こうですか？」

「はい。目を閉じ肩の力を抜いて、ゆっくり息を吐いてください」

「……ふぅぅ」

ジルコニアが目を閉じ、息を吐く。

吐き終わると同時に、ジルコニアの頭が、がくん、と垂れた。

外に立っていたティタニアが倒れ、ドサッ、と音が響く。

「よし。それでは、行きましょうか」

ジルコニアの体に乗り移ったティタニアは、不敵な笑みとともに立ち上がった。

その頃、一良（かずら）は新居の寝室でベッドに腰掛け、コチコチに緊張していた。

バレッタの実家で皆で夕食を食べた時に、今日からの順番を教えられ、夜はその相手と朝まで2人きりで過ごすことになっている。

その時リーゼに、「子供ができた人はいったん抜けるってことで、毎日この順番でいくね」と言われた。

つまり、毎晩誰かしらと夜の営みを行えということだ。

バレッタは特別扱いで、順番の最後に常に組み込まれることになっている。

「まさか、最初がジルコニアさんだとは……」

誰が最初でも緊張したとは思うが、ジルコニアが相手となるとかなり身構えてしまう。

積極的かと思えば恥ずかしがって姿を消したり、かと思えばちょっかいをかけてきたり、急に真面目になったりと、一良(かずら)はいつも掌の上で転がされている。

しかし、今夜はジルコニアから、とリーゼが言った時は、彼女は顔を真っ赤にしてガチガチになっていた。

きっと今もいっぱいいっぱいになっているだろうから、自分が優しくリードしなければと、一良(かずら)は気合を入れた。

「失礼します」

「は、はい！」

一良(かずら)が答えると、引き戸が開いて寝間着姿のジルコニアが入って来た。

彼女はにこりと微笑み、ゆっくりと歩いて一良(かずら)の隣に座った。

ぴったりと密着する彼女に、一良はびくっと肩を跳ねさせる。

「ふふ。何をそんなに、驚いた顔をしているんですか？」

ジルコニアが艶のある声で言いながら、一良の頬を撫でる。

彼女の予想外の態度に、一良はタジタジになってしまう。

「す、すみません。ジルコニアさんのほうが緊張してるかなって思ってたんで……」

「緊張していますよ。さっきからずっと、胸がドキドキしてしまって。ほら」

ジルコニアが一良の右手を掴み、自身の胸に押し付ける。

「ね？　こんなになってしまっているんです。カズラ様を想うと、すぐにこうなってしまうんです」

「そ、そうですか。光栄です。はは」

いつもと違う呼ばれかたをされていることにも気づかず、一良は手に彼女の胸の柔らかさを感じたまま、どうにか笑顔を作った。

どうやら、彼女はやる気満々の様子だ。

予想外の態度に面食らったが、しっかりと相手をせねばならない。

こんなになってしまっている、という彼女の言葉に反して、心臓の鼓動が落ち着いているのが、少しだけ気になるが。

「えっと、その、できるだけ優しくしますから……もし嫌だってなったら、言ってください。

すぐにやめますから」

「まあ。優しいんですね。でも、大丈夫です」

ジルコニアはそう言うと、一良の肩を押してベッドに横にならせた。

馬乗りの姿勢になり、熱っぽい目で一良を見据える。

「私が、カズラ様を満足させてあげますから」

そう言って、キスをしようと顔を近づける。

そして、あと10センチで唇が触れ合うというところで、ぴたりと止まった。

「……ジルコニアさん？」

急に動きを止めたジルコニアに一良が戸惑っていると、彼女はいきなり白目を剥いて一良に倒れ込んできた。

ごん、と2人の額が激突し、ジルコニアは額を押さえて一良の隣にあお向けに倒れた。

「うげ⁉」

「いったぁ！　ひ、人の体で何をやってるんですか！」

ジルコニアが涙目で額を押さえながら跳ね起き、怒りの形相で部屋を見渡した。

一良はわけがわからず、額を摩りながら目を白黒させている。

「い、痛え……何がどうしたんですか？」

「ティタニア様が、私の体を乗っ取ってカズラさんを襲おうとしてたんです！」

「ええ⁉」

ジルコニアは魂だけの状態で、ティタニアが一良に迫る様子をずっと見ていた。

体を返せと風呂場から必死に訴え続けたのだが完全に無視され、挙句の果てにそのまま始めようとするのを見て、完全にブチギレて自分の体に突撃したのだ。

結果、上手いことティタニアの魂を弾き飛ばして、体を取り戻せたのだった。

「あの人、絶対あのままカズラさんとやっちゃうつもりでしたよ！　私の体で！」

「ま、マジですか。ティタニアさんは……逃げたのかな？」

「たぶん、自分の体に戻ったんじゃないですか？　はあ……」

ジルコニアが疲れた顔でため息をつく。

「まあ、いつものいたずらの酷い版ってことですかね……」

「もう、こういうのは本当に勘弁してほしいです。私の一世一代のイベントなのに、雰囲気ぶち壊しですよ……」

「そ、そうですね……えっと、どうします？　今日はやめときますか？」

「……」

ジルコニアが、おずおずと一良を見る。

そして、その顔が徐々に赤くなり始めた。

「……してほしい、です」

そう言うと、煙が出そうなほどに真っ赤になって、涙目でうつむいてしまった。

一良は苦笑し、彼女の頭をよしよしと撫でるのだった。


その頃、自分の体に戻ったティタニアは、風呂場の外で後頭部を押さえながらのたうち回っていた。

ジルコニアの体を乗っ取った際に魂の抜けた自分の体が倒れ、その拍子に落ちていた石に後頭部を強打していて、体に入った瞬間に激痛に襲われたのだ。

そんな彼女の姿をオルマシオールはすぐ傍でお座りして眺めながら、「お前バカだろ」と呆れ顔で言うのだった。

後日談② 叶えられた夢

寒さを強く肌に感じるようになってきた、11月のある晴れた日。

千葉県鴨川市にある、鴨川シーワールド入口の大きなシャチの模型が置かれている花壇の前で、バレッタはしゃがみ込んでいた。

花壇には青々とした低木が植えられていて、緑色の小さな芋虫が数匹、葉を食べている。

バレッタの衣服は日本で買ったもので、白のセーターに黒のロングスカート、黒のローヒールブーツという恰好だ。

「うーん。これ、毒はあるのかなぁ。食べられないかな……」

バレッタが芋虫を観察していると、トイレに行っていた一良が戻って来た。

「バレッタさん、何をしてるんですか?」

「芋虫を見つけたんです。美味しそうなんで、食べられないかなって」

バレッタが一良に振り返り、これ、と芋虫を指差す。

「ええ……寄生虫がいるかもですし、食べちゃだめですよ」

「うう、美味しそう。最近、芋虫を食べてないから、ひさしぶりに食べたいんですよね」

「危ないんでやめてください。お腹を壊すだけじゃ済まないかもしれないですよ」

苦笑する一良に、バレッタが笑い、立ち上がった。

「ふふ、そうですね。赤ちゃんがびっくりしちゃいますよね」

バレッタが、自分のお腹を摩る。

彼女のお腹はまだ膨らんでいないが、産婦人科での診察では、経過は順調とのことだった。

バレッタはすでに住民票を持っており、戸籍は一良の配偶者となっている。

どうやったのか2人は詳しくは知らないのだが、志野家にはそういった方面を融通できる立場の者が何人かいて、バレッタはフィンランド系日本人となっていた。

国民健康保険証も交付されていて、現在の彼女の名は「志野　バレッタ」となっている。

架空のプロフィールも用意され、バレッタは完全に暗記していた。

フィンランド語も覚えようと思ったのだが、こちらの世界に来た時点ですべての国の言語を理解できるようになっていたようで、すでに話せる状態になっていた。

群馬の屋敷に初めて来た際は、頭に違和感を覚えなかったのだが。

「そういえば、お腹ってまだ膨らんでこないんですね」

一良が、バレッタのお腹を触る。

「早くても、あと1カ月半くらい経たないと分からないみたいです。赤ちゃん、まだこれくらいの大きさだと思いますよ」

これくらい、とバレッタが右手の親指と人差し指で、2センチメートル弱の隙間を作る。

「そっか。バレッタさんの血を引いてるから、天才児が生まれそうだ」

「て、天才ってわけじゃないですよ。私はただ、頑張ってただけですし」

「いや、あっという間に日本語をマスターしたうえに、機械設計やら医療技術やらをあんなに簡単に覚えておいて、頑張っただけっていうのは……」

「カズラさんのためだから頑張れたんです。愛の力ってやつです」

かわいらしく微笑み、バレッタが一良の腕に抱き着く。

「なーにをいちゃいちゃしてるのよ」

「ふふ。相変わらず、お熱いわねぇ」

その声に一良が振り向くと、呆れ顔のリーゼと、くすくすと笑っているジルコニアがいた。

リーゼは黒のタートルネックニットにジーンズ、黒のパンプスを履いている。

白いふわふわした毛のミニポシェットを斜めがけしていて、よく似合っている。

ジルコニアは白のセーター、白のロングスカート、厚手の黒いボアショートコートを肩にかけ、スニーカーを履いていた。

「あれ？　エイラさんは？」

「あっちでお汁粉を買ってるよ」

リーゼが少し離れた場所にある自動販売機に目を向ける。

エイラが腰をかがめ、取り出し口に手を入れていた。

肩掛けしているポシェットに缶を入れ、こちらに走って来る。

「お待たせしました」

「エイラ、ほんとにお汁粉好きだよね」

「えへへ。すごく美味しくて」

エイラが照れ笑いしながら、ポシェットから1缶取り出す。

エイラは黒のインナーに白の厚手のカーディガン、チェックのワイドパンツに黒のパンプスという格好だ。

5人の左手薬指には、同じデザインの結婚指輪が輝いている。

デザインが同じ理由は、リーゼたちに結婚指輪の話を一良(かずら)がした時に、皆が「皆で同じものを着けていたい」と申し出たからだ。

「皆さんも、お飲みになられますか？」

「俺はいいや。皆は？」

今はいい、とバレッタたちが首を振る。

「エイラ、もう少ししたらお昼なんだし、飲んだら響くんじゃない？」

「いえ、大丈夫です」

エイラはリーゼににこりと微笑み、プルタブを上げた。

ふうふうと冷ましながら、美味しそうにお汁粉を飲む。

皆がトイレに行っている間に買っておいたチケットをバレッタが配り、さて行こう、と入口に向かった。

入口は、QRコード式の自動ゲートだ。

一良が先にコードをかざして中に入り、皆もそれを真似て後に続く。

「わあ、海が真ん前だね！」

リーゼが少し先にある手すりに駆け寄る。

手すりの先は海岸で、ざあっという波の音が響いていた。

「りっちゃん。はい、パンフレット」

バレッタがリーゼにパンフレットを差し出す。

「ありがと！　んふふ。その呼ばれかた、やっぱりいいなぁ。友達って感じでさ」

パンフレットを受け取りながら、リーゼは嬉しそうにしている。

今までのような様付けだと、他人に聞かれた際に変に思われるからということで、リーゼが呼びかたを変えてくれと言ったのだ。

敬語もやめてほしいと言ったのだが、癖になってしまっているのでこのままがいい、ということになった。

ちなみに、バレッタがジルコニアを呼ぶ際は「ジルさん」で、エイラは皆を「さん付け」で呼ぶことになった。

ただし、エイラは一良（かずら）だけは「カズ君」と呼ぶことになっている。

親族へのお披露目会で、一良（かずら）の従弟のお嫁さんがそう呼んでいるのを聞き、気に入ったとのことだ。

「ふふ、よかったです。私も、この呼びかた好きですよ」

「バレッタにも、もっといい呼びかたがあればよかったんだけどね」

「あはは。名前的に、ちょっと難しいですよね。『ばっちゃん』は、さすがにアレですし」

「おーい、行くよー！」

一良（かずら）に呼ばれ、２人が「はーい！」と返事をして小走りで向かう。

建物の中に入ると、リーゼは「わあ！」と声を上げた。

やや薄暗い館内には大きな水槽がいくつも並び、いろいろな魚が泳いでいる。

「すごい！　魚がいっぱい！」

リーゼは水槽のすぐ前に立ち、目をキラキラさせて魚を見つめている。

バレッタたちも、「おー！」と楽しそうだ。

「こ、これはすごいですね……」

ジルコニアがアクリルガラスに指先で触れる。

ガラスは天井にまで続いており、水も天井スレスレにまで入っているようだ。

よく割れないな、と思いながら、角度を変えてガラスの厚みを見てみるが、よく分からない。

「あっ、カズ君！　あれってタコですよね⁉　私、初めて見ました！」

エイラが一良の腕を抱き、水槽に近づく。

「ですね。おお、目が合った」

「うねうねしてて、何だか不思議です」

エイラが頬を染めながら、嬉しそうに一良に微笑む。

「……エイラ、すごく積極的になったよね」

いちゃいちゃしている2人の姿を見ながら、リーゼが小声でバレッタに言う。

「きっと、今まで我慢してきた反動ですよ」

「まあ、それはあるよね……うーん。悔しいけど、あの2人って、すごく様になるなぁ」

「大人のカップルって感じですよね……確か、同い年ですし」

話している2人をよそに、ジルコニアは我関せずといった様子で、隣の水槽で「おー」と口を半開きにして、ニジマスを眺めている。

「お母様は、2人が気にならないんですか？」

「別に？　昨晩も今朝も、思いっきりイチャイチャさせてもらったし」

ふふん、と余裕の笑みを浮かべるジルコニア。

夜に一良と過ごすのは、2日間ずつ順番に、ということになっている。

昨日は群馬県内のビジネスホテルに泊まったのだが、一良とジルコニアで1部屋、他の3人で1部屋という割り振りだった。

朝になって部屋を出てきた一良が、やたらと疲れた顔をしていたのを2人は覚えている。

「ええ……昨日も同じこと言ってましたよね？ どんだけお盛んなんだか……」

「だって、カズラさんと2人きりになると、我慢できなくなっちゃうんだもん」

「それでカズラさん、疲れた顔をしてたんですね……」

そんなことを話しながら、のんびりと館内を進む。

順路を進み、クラゲの水槽が並ぶエリアにやって来た。

ふわふわと漂うクラゲに、一良以外が目を丸くする。

「え、何これ？ 魚じゃないよね？」

リーゼがガラスに両手を当て、まじまじとクラゲを見つめる。

そして、説明書きの「ミズクラゲ」という名前を見て、怪訝な顔になった。

以前、「匂いクラゲ」をクレアに見せてもらったことがあるが、見た目が全然違うからだ。

「クラゲだよ。お姉ちゃん、知らないの？」

すぐ隣からした声にリーゼが目を向けると、5歳くらいの男の子がリーゼを見上げていた。

傍にいた若い両親が、慌てて「すみません」と謝って子供をなだめる。

「あ、いいんですよ」

リーゼは彼らに微笑むと、しゃがんで子供と目線を合わせた。

「これ、クラゲっていうんだ?」

「そうだよ。触ると刺されて、大変なんだよ!」

「刺されるの? もしかして、毒があるのかな?」

「うん。触手っていうのがあってね、すごく小さい針が——」

得意げに説明をする男の子に、リーゼは「そうなんだ!」とか「物知りなんだね!」と褒めている。

リーゼの反応に男の子は嬉しくなったのか、「こっちにもいるよ!」とリーゼの手を引いて案内を始めた。

両親が慌てて、その後を追う。

「……リーゼ、いい母親になりそうだなぁ」

その様子を見ながら一良がぽつりと言うと、エイラが少しむっとした顔になった。

「私だって、いいお母さんになりますよ」

「え? い、いや、そういう意味で言ったわけじゃ……」

「カズ君、すぐにリーゼさんのことを目で追うじゃないですか。この前だって、私の番だったのに、夕食の後もずっとリーゼさんとしゃべってましたし」

「ええ……あれはリーゼが——」

「……エイラって、意外とヤキモチやきよね」

少し離れた水槽でクラゲを眺めながら、ジルコニアがバレッタにこそっと話す。

「そ、そうですね。でも、気持ちは分かります」

「バレッタは、もう平気なの？」

「1カ月いただきましたから、気持ちの切り替えはでき……やっぱり、ちょっとだけありますね」

「私はヤキモチとか、全然ないんだけどなぁ。皆が仲良しで、文句なしだと思うんだけど」

「ジルさんは大人なんですね……」

そうしてリーゼが男の子と別れるまで、5人はクラゲエリアを見物したのだった。

順路を進み、シャチショーの会場にやって来た。

もうすぐショーが始まる時間なため、席はほとんど埋まっていて大賑わいだ。

半円状の座席は一列ごとに段差がついており、後ろの席からだと巨大水槽を上から見下ろすかたちになっている。

「す、すっごく大きな魚が泳いでる……」

水槽の中を泳ぐシャチの姿に、ジルコニアが目を丸くする。

シャチは3匹いて、かなりの速さで水槽内をぐるぐると周回していた。

数人の子供たちが、ガラスの前で大騒ぎしている。

「うわ、席が埋まっちゃってるなぁ」

「前のほうは、たくさん空いてますよ？」

バレッタが中央最前列付近を指差す。

「ああ。あの辺はシャチが水をかけてくるからですよ。もう肌寒いし、皆避けてるんですね」

「えっ、楽しそうじゃん！　座ろうよ！」

リーゼはそう言うと、さっさと階段を下りて行ってしまった。

「あっ！　リーゼ！　やめたほうがいいって！」

「いいから、いいから！　皆も来てよ！」

最前列ど真ん中の席を確保したリーゼが、一良に手を振る。

「あいつ……どうなっても知らないぞ」

「そんなに濡れるんですか？」

やれやれと下りていく一良に、バレッタが聞く。

「子供の頃に来た時、頭のてっぺんから足の先までびしょびしょになりました」

「そ、そんなに？　タオル、持ってきてないですよ。大丈夫かな」

「まあ、あれを買えばある程度は大丈夫かも」

ビニール製のポンチョを売っている従業員に一良は歩み寄り、人数分購入した。

皆が羽織り、席に座る。

「ふふ、どんなショーなのかな。楽しみ！」

一良（かずら）の隣で、リーゼはうきうきした顔で泳いでいるシャチを見ている。

一良（かずら）の反対側の隣は、素早くバレッタが確保していた。

「めちゃくちゃ濡れるぞ。覚悟したほうがいい」

一良（かずら）がそう言って腰を浮かし、座席に貼られている注意書きを見せる。

そこには、「この付近は特に大量の水がかかります」と書いてあった。

「分かってるって。きっと楽しいよ！」

「絶対に後悔すると思うんだけどなぁ……」

「あっ、始まるみたいですよ！」

アナウンスがかかり、トレーナーが会場に入って来た。

皆が拍手を送り、シャチとトレーナーの紹介が始まる。

「す、すごい……シャチって、頭がいいんですね」

垂直に立ち泳ぎしながら、ぱたぱたと手を振るようにヒレを動かすシャチの姿に、エイラが驚く。

「まるで言葉が分かってるみたいよね……あ、始まった！」

音楽とともに勢いよく泳ぎ出した３匹のシャチに、ジルコニアは「おー！」と楽しそうだ。

水槽の両脇から３匹が同時に飛び上がり、空中でクロスして着水する。

トレーナーの号令と身振り手振りに合わせて泳ぎ回るシャチに、観客たちが歓声を上げる。

そして、水槽の少し手前にシャチが着水した時、パシャッと少量の水が飛んできた。

「わっ、冷たい！　あはは！」

とっさに一良の腕にしがみついたリーゼが、楽しそうな声を上げる。

「ほら、大丈夫だったでしょ？　こんなものなんだよ」

「それはどうかな……」

意味深に言う一良に、リーゼが小首を傾げる。

ショーが進み、クライマックスに差しかかった。

シャチの口の上にトレーナーが乗り、そのまま勢いよく水槽を泳ぎ回る。

わあっと会場が拍手に包まれ、シャチたちはトレーナーを下ろすと、一良たちのすぐ傍まで泳いできた。

尾を上にした、逆立ちの姿勢になる。

「え？　ちょ、まさか」

リーゼが声を漏らすと同時に、シャチが一斉に尾を前後に振り始めた。

とんでもない量の水が一良たちに降りかかり、皆が「わああ!?」と悲鳴を上げた。


半日後。

大手リゾートホテルの屋上露天風呂で、バレッタとリーゼは湯に浸かっていた。

2人が入っているのは「立ち湯」というもので、立ったまま入る深めのものだ。

ここからは海が一望できるのだが、夜ということもあって真っ暗な景色が広がっている。

明日の朝ならば、壮大な景色とともに温泉を楽しめるだろう。

あれから、ポンチョを着ていたにもかかわらず、5人は全身ずぶ濡れになってしまった。

ショーが終わった後、シャチの絵が描かれたタオルを買って服を拭いたのだが、完全に焼け石に水だった。

仕方がないので売店でシャツとパーカーを買い、皆が上だけおそろいの恰好で見学を続けた。

「ほんっと、楽しかったなぁ」

湯に浸かりながら両腕をへりに乗せ、リーゼはご機嫌だ。

シャチショーでずぶ濡れになった後も、寒さに震えながらも楽しそうにしていた。

「魚を見て、あんなに感動するなんて思わなかったよ。びしょびしょになっちゃったのは、びっくりしたけどさ」

「ふふ、そうですね。風邪を引かなくてよかったです」

「ほんとだよね……って、私たちは病気なんてしないんじゃない？」

「あ、確かに。でも、カズラさん、大丈夫かな……」

「今夜から、私の番なんだけどなぁ……まあ、今朝も大変だったみたいだし、ゆっくり寝させてあげようかな」

そうして話していると、ジルコニアとエイラもやって来た。

「外は涼しくていいわね。気持ちいいわ」

「わあ、こっちもすごいですね！」

2人も湯に入り、ふう、と息をつく。

「内湯はどうでした？」

「ちょっと熱めだったけど、気持ちよかったわよ」

「ジャグジーっていうのが、じゃぶじゃぶしてすごかったです。お湯でマッサージされてるみたいな感じでした」

「あれ、すごかったわね。明日の朝、また入りに来ようかな」

ジルコニアがそう言って、とろけた顔で首まで湯に浸かる。

「ああ、いい気持ち。こっちでずっと暮らせるなんて、まるで天国ね」

「ですね。でも、子供を両親に会わせてあげられないのが残念です」

「ねー。お父様に、孫を抱かせてあげたかったなぁ」

エイラとリーゼが言うと、ジルコニアは苦笑した。

「まあ、それは仕方ないわよ。写真と動画で、我慢してもらうしかないわ」

これから生まれる子供たちは、件の屋敷の都合上、アルカディアに連れて行くことはできない。

残念だが、ジルコニアの言うようにするしかないだろう。

「村に住むはずが、私たちが日本に移住することになっちゃいましたね。子供が産まれたら、あまりあっちには戻れないでしょうし」

バレッタがそう言って、夜空を見上げる。

この星空は、村で見る星空と繋がっているのだろうかと、ふと考えた。

一良の親族たちは、まるで現実の生き物とは思えないような種族の者が何人もいたので、科学を超越した別次元の生き物かもしれないとも思える。

そうなると、自分もそういった存在になってしまうのだが。

「あはは、そうね。まさか、別の世界に移住することになるなんて思わなかったわ」

ジルコニアはそう言うと、自分のお腹を摩った。

「フィリアは、どんな世界に行くことになるのかしら」

「フィリア？　もう名前を決めたんですか？」

リーゼが少し驚いた顔になる。

「ううん。そうじゃなくて、今お腹にいる子供、私の妹の生まれ変わりなの」

「う、生まれ変わり？」

「そ。２カ月くらい前に、村でお祭りをしたでしょ？　その時に――」

そうして、ジルコニアは妹と再会した時の話をするのだった。

小一時間後。

高層階にある露天風呂付客室で、リーゼは急須で緑茶を淹れていた。

今夜と明日の夜はリーゼが一良と過ごす順番で、明日も2人でこの部屋に泊まることになっている。

一良はテーブルを挟んで向かいに座っており、疲れた顔で座椅子にもたれていた。

2人とも、浴衣姿だ。

「今日は楽しかったけど、疲れたなぁ」

「ふふ、お疲れ様。びしょ濡れになっちゃったから、なおさらだよね。シャチのショー、あんなことになるなんて思わなかったよ」

「だから言っただろ。でもまあ、いい思い出になったよな」

「うん。一生忘れない思い出になった。はい、お茶どうぞ」

リーゼが湯のみを一良の方に寄せる。

「ありがと。お菓子もいただこうかな」

一良が茶菓子入れに入っていた小袋を、1つ取る。

それは米で作ったクッキーで、このホテルの売店でも売っているものだ。

リーゼが「私も食べよ」と、残りの1つを取る。

「ん、これ美味しいね！　クッキー……だよね？」

「食感はそうだよな。うん、お茶によく合う」

お茶をしながら、今日のことを話してのんびりと過ごす。

リーゼはよほど楽しかったのか、水族館、ホテルの夕食バイキング、大浴場などの感想を楽しそうに話した。

「明日は、牧場とドイツ村ってとこに行くんだよね？」

「そのつもり。で、またここに戻って来て一泊だな」

「楽しみだね！　またカズラに運転してもらうし、お部屋の露天風呂は明日にして、そろそろ寝ない？」

「んー……」

少し考える一良に、リーゼが小首を傾げる。

「リーゼってさ、2人でいる日の初日は、だいたい休ませてくれるよな。布団も別で寝るって言うしさ」

「え……うん。カズラ、いつも疲れた顔をしてるから。ちゃんと休んでもらわないとって思って」

「ありがとな。でも、我慢させちゃってるよな」

一良が申し訳なさそうな顔になる。

「あはは。そんなことないって」

リーゼが明るい笑顔を一良に向ける。

「私は、こうしてカズラと一緒にいられるだけで、十分幸せなの。だから、気にしないで」

「け、健気すぎる……」

感激している一良に、リーゼが笑う。

「今日はもう寝よ！　その代わり、明日の夜にたっぷり甘えさせてもらうからね？」

「……うん。今日は、一緒のベッドで寝ないか？」

「え……嬉しいけど、1人のほうがよく眠れるんじゃない？　無理しなくていいよ？」

「俺がリーゼと一緒に寝たいんだ。ダメかな？」

一良が言うと、リーゼはとても嬉しそうに微笑んだ。

「ダメなわけないよ。ありがと」

「んじゃ、歯を磨いて寝るとするか」

「うん。外を眺めながら磨こ！」

「おうよ」

部屋の洗面所で備え付けの歯ブラシを取り、窓辺に2人並んでゴシゴシと歯を磨く。

「あ、何あれ！」

リーゼが歯を磨く手を止め、眼下の噴水を指差す。

不規則に噴き出すたくさんの噴水にさまざまな色の光が当てられ、幻想的な水のショーが行われていた。

「しまった。受付で教えてもらってたのに、すっかり忘れてた」

「綺麗だねー」

ショーを見ながら、少し長めに歯を磨く。

そうして数分眺めた後、洗面所に戻って口をゆすいだ。

部屋の灯りを消し、２人で１つのベッドに入る。

「腕、抱いて寝ていい？」

「うん」

リーゼが一良（かずら）の腕を抱き、えへへ、と微笑む。

「おやすみなさい」

「おやすみ」

互いのぬくもりを感じながら、目を瞑る。

数分して、一良（かずら）がすうすうと寝息を立て始めた。

リーゼは目を開き、彼の顔を見る。

――やっぱり、すごく疲れてたんだよね。

そっと身を起こし、彼の唇に触れるだけの口づけをした。

「夢を現実にしてくれて、ありがとう。ずっとずっと、大好きだよ」

愛おしそうに彼の頭を優しく撫で、再び横になる。

今度は腕を抱かない替わりに、右手を彼の左手にそっと重ねた。

――夢の中でも、あなたに会えますように。

そう心の中でつぶやいて、リーゼは静かに目を閉じた。

ＥＸエピソード　希望の船

穏やかな日差しが降り注ぐ、とある春の日。

山の中にある河原で、ゴワゴワとした白い服を着込んだ2人の若い男女が川を眺めていた。

2人とも、左腕には縦長の銀色の腕輪を付けている。

顔の部分は光沢を放つ透明なカバーで覆われており、その中の表情は2人とも嬉しそうだ。

男は手に、持ち手の付いた細長い筒状のものを持っている。

女がしゃがみ込み、親指ほどの大きさの透明な小瓶をポケットから取り出した。

「綺麗な川ね……ものすごく澄んでる」

小瓶のフタを開け、水を汲む。

「ここは適合しそうだな」

男が周囲を眺め、嬉しそうな声色で言う。

「大気の成分は完璧だ。液体の水も豊富にあるし、重力もちょうどいい。一日のサイクルも、ちょうど24時間ときたもんだ」

「周回衛星もあるしね。なかなか珍しいわ」

水を汲んだ女が、腰に付けていた黒い手のひらサイズの四角い箱を手に取ってフタを開け、中に小瓶を入れる。

箱のフタを閉めると、キュイイン、と音が響き、表面の画面に文字と数字が現れた。

「炭酸水素イオン、塩化物イオン、硝酸イオン……うん。私たちでも飲めるレベルの真水よ。害のある微生物も、この川にはいないみたい」

「この星と周回衛星との距離って、どれくらいだっけ?」

「約37万キロから42万キロよ。今は41万キロくらいね」

「すごいな。俺たちの星と、ほとんど同じじゃか」

「珍しいわよね。海の生物の種類、きっとすごいことになってるわ」

2人が話していると、森の中からガサガサと音が響いた。

男がとっさに、そちらに筒の先端を向ける。

「俺たちだって！　銃なんか向けるな！」

現れた2人の白ずくめの片方が叫び、男が筒を下ろす。

森から出てきた男も、まったく同じ筒を手にしていた。

「びっくりさせるなよ。例の、大型の肉食獣かと思ったぞ」

「この辺にはいないよ。一番近いやつでも、2キロは離れてただろ?」

森から出てきた男がしゃがみ込んでいる女に近づき、ほれ、と小瓶を差し出した。

中には、ピンク色の肉片が入っている。

「死にたてほやほやのから採ってこれた。おかげで汗だくだよ」

「原住民には見つからなかった？」

女が手を差し出し、彼から小瓶を受け取る。

「ああ、大丈夫だ。土葬文化で助かった」

「外見も私たちにそっくりで、驚いちゃった。これで何例目かな？」

彼と森の中から出てきた女が、嬉しそうに聞く。

「完全に俺たちにそっくりっていうんなら、３例目だ。意外といるもんだな」

「びっくりだよね。あのさ、ヘルメットは外してもいいんじゃない？　大気は問題ないんでしょ？」

「ダメよ。万が一のことがあるかもしれないじゃない。完全に分析が終わるまで、我慢して」

「ちぇーっ」

むくれる女に彼女は苦笑し、立ち上がった。

「さあ、戻りましょう。誰か来ないとも限らないし」

女の言葉に３人は頷き、河原を後にした。

「本当、素晴らしい星だわ。これで、原住民が適合していたら問題なしね」

ざくざくと落ち葉を踏みしめて森の中を歩きながら、先ほど水を汲んでいた女が言う。

「……倫理的には大ありだけどな。何も知らない奴らを、俺たちが好き勝手に使おうってんだから」

「仕方がないじゃない。もう、私たちしか残っていないんだし」

「あのまま滅びる道だってあったんだ。運命を受け入れるなら、そうするべきだった」

「運命？　そんなの、クソくらえよ」

　女が吐き捨てるように言う。

「これで終わりだなんて、私は嫌。あがけるだけあがいて、私たちという存在を未来に繋ぐの。そのためなら、何をしたっていいはずよ。私たちには、それだけの力があるんだから」

「カレアちゃんは、諦めないんだね」

　もう1人の女に言われ、カレアが頷く。

「諦めないわ。このまま私たちまで死んでしまったら、今まで繋いできた生命のバトンが完全に途切れてしまう。そんなの、あんまりよ」

「私は別に、楽しく生きて死ねるなら、後のことはどうでもいいけどなぁ」

「ノア、ご先祖様が聞いたら悲しむわよ」

「死んだら無になるんだから、聞きようがないじゃん。あの世の存在、結局誰も証明できなかったんだし」

　ノアと呼ばれた女が、やれやれといったふうに言う。

カレアが立ち止まり、ノアを見る。

他の皆も、立ち止まった。

「それでも、私は死後の世界を信じるわ。死んだら何もかも消えてなくなるなんて、そんなことがあるはずない」

「まあ、そう考えるのは自由だけどさ。あと、今さらだけど、あっちこっち銀河を飛び回って、適合する生命体がいる星を探すのって、いくらなんでもやりすぎじゃない？」

「……私たちのわがままで生まれてくる子たちには、幸せになってもらいたいの。せっかく生まれてきたのに、結ばれる相手がハズレだったら嫌だと思わない？」

「でも、それって自然の摂理に反してると思うんだけどなぁ。自然に気の合う相手と出会って、結ばれるっていうのが正しい姿っていうかさ。いっそのこと、私たちの細胞から子供を作っちゃえばいいんじゃないの？　性格も知能も調整してさ」

「直前に言ったことと、いきなり矛盾してるわよ」

「……皆、そのまま動くな」

その時、男の一人が緊張した声で言った。

皆が彼を見る。

彼の視線の先に、真っ白な毛並みの、４つ足にふさふさとした尻尾を備えた巨大な獣がいた。

男が銃をかまえ、横目で皆を見る。

もう1人の男も、慌てて銃口を獣に向けた。

「リシド！　撃たないで！」

慌てて言うカレアに、リシドと呼ばれた男が顔をしかめる。

「相手は肉食獣だぞ」

「雑食性よ。それに、原住民と友好関係にあることが確認できてるわ」

「だからって、すべての個体がそうとは限らないだろ……近づいてくるぞ」

獣がゆっくりと、彼らに歩み寄る。

その距離、わずか20メートルだ。

「撃つぞ」

リシドが引き金に指を添える。

「待って、何か様子がおかしいわ」

獣を注視しながら、カレアが言う。

その獣は彼らを1人ずつ見ながら、何やら口をもごもごさせていた。

酷く動揺している様子で、その場でくるくると回り始める。

「……何をやってるんだろ、あれ」

ノアがそう言った時、獣が動きを止め、お座りの姿勢になった。

両前足を上げ、ちょいちょい、と森の奥を指し示す。

「……こっちに来い、って言ってる？」

ノアの台詞に、リシドが銃を構えながら「まさか」と言った。

「でも、そう見えるよ？　ボッツもそう思わない？」

ノアが、もう1人の男に顔を向ける。

「俺にもそうとしか……あの獣、そんなに知能が高いのか？」

「原住民と友好関係にあるって言ったでしょ？　獣が原住民の子供と遊んだり、獣が狩りで得た動物を原住民と物々交換している様子も、船から確認したわ。あれは、かなり高度な知能を持つ動物よ」

「……どうする？」

リシドが銃を獣に向けたまま、カレアに聞く。

「付いて行ってみましょう。シールド発生装置のエネルギー残量に注意してね」

彼女の言葉にリシドは頷くと、銃を下ろした。

20メートルの距離を保ったまま、4人は獣の後を追って森の中を進む。

獣は時折こちらを振り返り、付いてきているかを確認していた。

「どこまで行くつもりだ？」

「だいぶ歩いたわね……」

リシドとカレアが周囲に目を向ける。

あれから2キロは歩いており、獣は相変わらず、時折振り返りながら進んでいる。

さらに進むと景色が開け、高さ20メートルはある崖の岩肌が見えてきた。

獣が小走りになり、崖下でぴたりと足を止めた。

「あ、子供だ！」

「おい！　待て！」

駆け出すノアにリシドが叫ぶが、彼女は獣のところまで行ってしまった。

リシドたちも、その後を追う。

そこには、血を流しながら荒い息を吐く、全身を黒い毛に覆われた子供の獣が横たわっていた。

後ろ右足の折れた骨が皮膚を突き破っており、両前足もあらぬ方向に曲がっていた。

少し離れた草地の中には、別の子供の獣が不安そうにこちらを見つめている。

「ワウ！」

獣がお座りし、小さく吠えた。

倒れている子供に目を向け、再びリシドたちを見る。

「……助けてくれってことか」

リシドはそう言うと、銃を腰に戻した。

反対側の腰に付いていたサイドパックから、長方形の箱を取り出す。

「皆、いいな？」

３人が頷いたのを確認し、箱の上部に付いていたボタンを押した。

箱から半透明の青い光が照射され、子供の獣を照らす。

彼らを連れて来た獣は、不安そうな目でリシドを見た。

「大丈夫だ。任せておけ」

言葉が伝わるとは思っていないが、努めて優しい声でリシドが獣に言う。

数秒の照射が終わり、箱のボタン下の画面に文字が現れた。

「……内臓を酷く損傷しているな。それに、出血量が危険水域だ。俺たちに有害な細菌やウイルスは、持っていない」

「ノア、止血スプレーを出して」

「うん！」

カレアに言われ、ノアがサイドパックからスプレー缶を取り出し、シューッ、と骨が露出している傷口にかけた。

傷を覆うように白い泡が付着し、数秒で固まった。

「船を呼ぶわ」

「カモフラージュを忘れるなよ」

「分かってる」

カレアが左腕の腕輪を、指で叩く。

ピッ、ピッ、と電子音が響き、ピコン、と再び音が鳴った。

「……着いたわ」

1分ほどして、カレアが左に目を向けた。

ヴン、と音がして、30メートル四方はあろうかという半円状の建物が姿を現した。

獣は口を半開きにして、唖然としてそれを見つめる。

リシドはぐったりしている子供の獣を慎重に抱えると、建物に向かった。

建物の壁が音もなく開き、金属製の階段が現れた。

階段を上がる彼らの後を、獣は慌てて追った。

透明のカバーに覆われた手術台の上に、子供の獣が横たわっている。

ノアが手術台の下部に付いているパネルを操作した。

『血液不足で開腹手術を行えません。人工血液の投与を提案します』

機械音声が流れ、カレアが顔をしかめる。

「どうしましょうか。この子に合った血液を作るには、時間が……」

「私たちの予備を調整しちゃえば？　1分かからないよ？」

ノアの提案に、カレアが唸る。

「そうだけど、血液の遺伝子構造的に後々問題が起こるかもしれないわ」

「別に大丈夫でしょ。そのうち完全に、この子たちの血液に入れ替わっちゃうんだし」

「今、死なないことが大切なんだろ？　輸血のせいで後々死んじまったとしても、今死ぬよりはいいんじゃないか？」

ノアとボッツが言うと、リシドも頷いた。

「だな。この出会いも何かの縁だ。やってやれ」

「……そうね」

カレアが頷き、ノアは嬉々としてパネルを操作し始めた。

1分ほどして、手術台から延びた透明チューブが首元に刺し込まれ、成分調整された人工血液が流し込まれる。

親の獣はわけが分からないながらも、黙ってその様子を見守った。

20日後の夜。

彼らの船の手術台に、先日とは違う白い子供の獣が横たわっていた。

両目が爛れていて高熱があり、呼吸は浅く瀕死状態だ。

獣の親とその子供たちが、心配そうにそれを見つめている。

「また、こんなことになるなんてなぁ」

苦笑しながら言うボッツに、カレアも苦笑する。

皆、直接獣に触れてノミや寄生虫が付かないようにと、防護服を着たままだ。

獣が感染している病原菌は、彼らには感染しないと分析結果が出ている。

「ほんとよね。まあ、今回は怪我じゃなくて、病気で助かったけど」

「とはいえ、あと半日遅かったら死んでいたな。運のいいやつだ」

リシドが、親の獣の頭を撫でる。

クゥン、と声を漏らす親の獣に、「大丈夫だ」と優しく微笑んだ。

そんな彼らをよそに、ノアが鼻歌混じりで手術台のパネルを操作している。

『非常に危険な栄養状態です。強化栄養剤の投与を提案します』

「ほいほいっと。キミには、すんごく良く効くからね！」

「大丈夫か？　強化栄養剤って、細胞に影響が出るんじゃなかったっけ？」

ボッツが心配そうに尋ねる。

「平気、平気。ちょびっとだけ、体が強くなるとは思うけどね」

ノアがパネルを操作し、手術台から針の付いたアームが現れた。

針が子供の獣の前足の脇の下に刺さり、投与が始まる。

「それにしても、この星ってびっくりだよね。私たちじゃこの星の何を食べても、栄養を摂取できないなんてさ。そもそも栄養がほとんどないみたいなのに、在来種は超低燃費で生きていけるって、すごすぎだよ」

ノアが不思議そうに、リシドの隣にいる親の獣を見る。

「俺らと同じ栄養を長期摂取すると、細胞が一時的に変質するってのもすげえよな。しばらくするとまた元に戻るっていうのが、余計にすごいっていうか」

「短期摂取と長期摂取で細胞の反応が変わるのが、私的には一番驚きだわ。こんなの、聞いたこともない」

ボッツとカレアの話に、リシドも頷く。

「そうだな。まあ、俺たちがこの星に定住するのは無理だが、少しの遺伝子調整で原住民との交配ができることは分かった。データも集まったし、ゲートを設置したら次に行こう」

彼が言い終わると、ピーッ、と手術台から音が響いた。

針が抜かれ、機械アームが手術台に収納される。

「これで大丈夫。ボッツ、培養肉をお願いね」

「おう」

ぐったりしている子供の獣をノアが抱き上げ、ボッツが壁の収納棚から金属の箱を取り出した。

船の扉が開き、２人は親の獣たちをうながして、外へと出て行った。

翌日。

うっそうとした森の中、4人は一抱えほどの大きさの金属箱を地面に設置していた。

皆、防護服は着ておらず、ズボンと長袖のシャツというラフな服装だ。

リシドが箱のボタンを押し、皆で距離を取る。

ガシャガシャと音を響かせて箱が変形し、あっという間に大きく四角い銀色の通路が出来上がった。

ヴン、という音とともに、それの見た目が一瞬で古びた石造りに変わる。

カレアが、左腕の腕輪を操作した。

「範囲内に原住民や大型動物の反応はなし。虫と植物、小動物が少しってとこね。強制転移設定と、半径50キロメートルで最適交配者の探知機能を有効に切り替えるわ」

ピッ、と音がして設定が完了した。

通路から青白い光が発生し、周囲に拡散した。

「正常動作を確認。装置が壊れない限り、これで半永久的に使える」

「しっかしまぁ、俺らのやってることって、神様がいたらブチギレそうだよな」

「だよねー。自己中ここに極まれりって感じ。私は楽しいからいいけどさ」

笑いながら言うボッツとノアに、カレアもくすりと笑う。

「不満があるなら止めてみろってね。止めに来ないんだから、神様も容認したってことよ」

「カレアちゃんってさ、普段は真面目なのに、そういうとこはちょっとズレてるよね」

「失礼ね。常に前向きって褒めてくれてもいいんじゃない？」

楽しそうに話す彼女たちに、リシドも笑う。

「よし、次の星に向かおう。定住先も、早く決めないとな」

皆が頷き、リシドに続く。

ひらけた場所に停めておいた船に、彼が乗り込んでいく。

最後尾で階段を上がったノアは、入口の脇に書かれていた船の名前に目を向けた。

元の船の名前が表記されていた場所にはテープが張られており、その上に新しい船の名が書かれている。

「もうちょい、私たちのわがままに付きあってね。頼りにしてるよ！」

ぽん、とテープを叩き、彼女は船に乗り込んだ。

テープには、彼らの星の言葉で「希望」を意味する「シノ」という名が書かれていた。

あとがき

「宝くじで40億当たったんだけど異世界に移住する」を2010年に執筆し始めてから13年、皆様の応援のおかげで、無事に完結まで書ききることができました。

本作のタイトルですが、ストーリーの大筋を考えた後、タイトルはどうしようと考えていた折、その頃は「小説家になろう」ではこのような長いタイトルの小説が見当たらなかったので、せっかくだから目立つように、とこんな長いタイトルにしたという経緯があります。

また、タイトルにある「異世界に移住する」は、主人公の一良（かずら）が異世界に移住するという意味ではなく、バレッタさんたちが日本へ、つまり、彼女たちにとっての異世界に移住するという意味が込められています。

舞台となるアルカディア王国は、古代マケドニアと古代アッシリアを少々のイメージで、一良（かずら）たちの自由度を高めるために各地の領主の権限が非常に大きいものとしました。

バルベールは共和制末期の古代ローマ帝国、クレイラッツはギリシア都市同盟、北方の部族集団はガリア、東の異民族はフン族がモデルです。

あれこれと話を書き進めていくなかで、当初は登場させる予定のなかったマリーがハベル繋がりで何となく登場させたら重要人物になったり、最初に何となく登場させたアルカディアン虫がジルコニアさん救出作戦の際の伏線になったりと、自分で書いておきながら「そういうことだったのか！」と驚くという意味不明な現象が何度も起きました。

その他にも、たぶん必要になるだろうな、と思って何となく入れた設定が、後々になって超重要になることばかりだったので、小説って生き物なんだなぁとしみじみ感じた次第です。

こうして無事完結でき、今まで楽しく執筆を続けることができたのは、ひとえにご購読してくださった読者様のおかげです。本当にありがとうございます。

本作はこれにて完結となりますが、何か機会があれば、さらに後日談を書くことがあるかもしれないので、「小説家になろう」の活動報告や私のX（旧ツイッター）を時折チェックしていただけますと嬉しいです。

一良たちの今後が、いったいどうなっていくのだろうかと私も気になっています！

まあ、一良はお金は山ほどあるし、しっかり者の女性陣が付いていてくれるので、きっとこの先も幸せに暮らしていってくれることでしょう。資産を遊ばせておくのはもったいないからと、バレッタさんなんかは株で運用を始めそうですね！

改めまして、最後まで本作を応援してくださった皆様、本当にありがとうございました。

素晴らしいイラストを描いてくださった、黒獅子先生。初めて一良やバレッタさんのキャラデザを拝見した時の感動は、私の生涯の宝物です。たくさんの素晴らしいイラストを、ありがとうございました。コミカライズ版の作画をしてくださっている、今井ムジイ先生。一良たちの生き生きとした様子をすさまじい画力&描写力で描いてくださり、毎話読むのがとても楽しみです。先生の漫画は、私の心のリポDです。素敵な漫画家さんに描いてもらえて、本作は本当に幸せ者だなと、毎話見るたびにしみじみ感じております。今後とも、よろしくお願いいたします。コミカライズ版を連載してくださっている、メディアファクトリー様。いつもご尽力、ありがとうございます。これからも尽力しますので、よろしくお願いいたします。スピンオフ漫画の作画を担当してくださった、尺ひめき先生。マリーさんを中心に、どのキャラも表情豊かで、楽しくコミカルに描いていただき、最高でした。素晴らしい作品に仕上げていただき、いくら感謝してもしきれません。本当にありがとうございました。

また、今まで担当してくださった、担当編集の荒田様、山田様、橋本様、高田様。皆様のご尽力があったからこそ、今日まで頑張ってこられました。ありがとうございました。宣伝、販売にご尽力いただいた、双葉社営業部の皆様。最終巻まで出版させてくださり、ありがとうございました。双葉社校正様、いつも細かくチェックしてくださり、大変助かりました。ありがとうございました。装丁デザインをしてくださった、ムシカゴグラフィクス様。いつも素敵でキャッチなデザインに、感服しきりでした。ありがとうございました。本作のファンだと言ってくださった、双葉社総務部長様。私、その話を聞いた時、本当に嬉しくて、少し涙が出てしまいました。ありがとうございます。最終巻にサインを入れて、お贈りさせてくださいね。

この作品が、皆様の心に末永く残り続けるものになりますように。

２０２３年12月　すずの木くろ

「宝くじで40億当たったんだけど
異世界に移住する」完結
すずの木先生
お疲れさまでした！
そして、最後までお付き合
くださいました読者の皆様
ありがとうございました！
カズラたちの物語、楽しんで
いただけましたでしょうか？
作中に登場するキャラクター達
みな魅力的で、脇役たちもま
ユニークで楽しく描く事が出来ま
この作品に出逢えた事、感謝
しております。
カズラたちの未来に乾杯
黒獅子
Kurojishi

完結
おめでとうございます
&
お疲れ様でした!!
コミカライズという形で
関わらせていただきつつ、
いち読者としても楽しく・
ドキドキしながら
拝読しておりました。
カズラたちが
紡ぎあげた
豊かで幸せな世界が
これからもずっと
続きますように!
今井ムジイ

すずの木先生・黒獅子先生
「宝くじで40億当たったんだけど
異世界に移住する」シリーズの完結、
おつかれさまでした！
最終巻大切に大切に拝読させて頂きます
〜マリーの
イステリア商業開発記〜
では カズラやバレッタ、
何よりマリーを沢山
描くことができて
幸せでした！
ひめき

本書に対するご意見、ご感想をお寄せください。

あて先

〒162-8540 東京都新宿区東五軒町3-28
双葉社　モンスター文庫編集部
「すずの木くろ先生」係／「黒獅子先生」係
もしくは monster@futabasha.co.jp まで

宝くじで40億当たったんだけど異世界に移住する⑱

2024年1月31日　第1刷発行

著者　すずの木くろ

発行者　島野浩二

発行所　株式会社双葉社
〒162-8540
東京都新宿区東五軒町3-28
電話　03-5261-4818(営業)
　　　03-5261-4851(編集)
http://www.futabasha.co.jp
(双葉社の書籍・コミック・ムックが買えます)

印刷・製本所　三晃印刷株式会社

フォーマットデザイン　ムシカゴグラフィクス

落丁・乱丁の場合は送料双葉社負担でお取り替えいたします。［製作部］あてにお送りください。
ただし、古書店で購入したものについてはお取り替えできません。
［電話］03-5261-4822(製作部)

定価はカバーに表示してあります。

ISBN978-4-575-75335-6　C0193
Printed in Japan

Mす01-18

モンスター文庫

進化の実 1

知らないうちに勝ち組人生

Miku 美紅

Umiko U35 illustrator

ある日、柊誠一の通っている高校が学校ごと異世界に転移した。デブ&ブサイクの誠一はクラスメイトに仲間はずれにされ、一人森をさまよう。クレバーモンキーが持っていた〝進化の実〟を食べて飢えをしのぐが、ステータスで〈運〉がゼロの誠一は、カイザーコングのサリアに襲われる。しかし……『私、初メテ。ダカラ、優シクシテネ？』なぜか、サリアに求婚されたァぁぁぁ!? 一途なサリアに〝ゴリラもありかな〟なんて思っていた矢先、2人は悲劇に見舞われる。しかし〝進化の実〟を食べていた2人には、信じられない奇跡が!?——『小説家になろう』発、大人気アニマルファンタジー！

モンスター文庫

発行・株式会社　双葉社